Oliver Pautsch, 1965 in Hilden geboren, lernte in Solingen laufen, ging in Hilden zur Schule und studierte in Düsseldorf. Er lebt heute mit seiner Frau und drei Kindern in Köln. Wenn er behauptet, die Region besser als den Inhalt seiner Schreibtischschublade zu kennen, kann man ihm ruhig Glauben schenken. Der Autor hat in der Gegend viele Jahre lang Klaviere und Flügel transportiert. Das tut er noch heute – falls er nicht gerade Romane oder Drehbücher schreibt. Im Emons Verlag erschienen bisher die Hanna-Broder-Krimis »Tödliche Stille« und »Seelentöter«.
Im Jahr 2010 ist Oliver Pautsch der erste Stadtschreiber der Stadt Hilden. Der Autor freut sich über einen Besuch seiner Heimseite www.pautsch.net und www.stadtschreiber-hilden.de

OLIVER PAUTSCH

Die Fabry-Papiere

KRIMINALROMAN

emons:

Mix
Produktgruppe aus vorbildlich bewirtschafteten Wäldern und anderen kontrollierten Herkünften
www.fsc.org Zert.-Nr. GFA-COC-001223
© 1996 Forest Stewardship Council

Umschlagzeichnung: Heribert Stragholz
Umschlaggestaltung: Tobias Doetsch, Berlin
Druck und Bindung: CPI – Clausen & Bosse, Leck
Printed in Germany 2010
ISBN 978-3-89705-741-8
Originalausgabe

Von ganzem Herzen gewidmet
Inge Clemens
meiner ersten Lehrerin

Vorwort

Das Jahr 2010 steht in Hilden ganz im Zeichen von Wilhelm Fabry. Der berühmteste Sohn der Stadt wurde am 25. Juni 1560 im Gut »In der Schmitten« an der heutigen Ecke Berliner Straße/Schwanenstraße geboren. Er war der berühmteste deutsche Wundarzt seiner Zeit. Seine meist in lateinischer, aber auch in deutscher Sprache verfassten Bücher erschienen bereits zu seinen Lebzeiten in mehrfach überarbeiteten Auflagen und wurden auch nach seinem Tode immer wieder nachgedruckt. Seine Schriften fanden nicht nur in Deutschland und in seiner Wahlheimat Schweiz Beachtung. Teilweise wurden sie ins Französische, Englische und ins Niederländische übersetzt.

Selbst in englischen Publikationen wird Fabry als »father of german surgery« gepriesen.

Den 450. Geburtstag Wilhelm Fabrys hat die Stadt zum Anlass genommen, ein Fabry-Jahr durchzuführen, in dem Fabry und seine Zeit thematisiert und vorgestellt werden.

Insgesamt werden über 140 Veranstaltungen rund um Fabry, seine Zeit, Medizingeschichte und Gesundheit stattfinden. Über das ganze Jahr verteilt gibt es in Hilden an verschiedenen Veranstaltungsorten Ausstellungen, Vorträge, Lesungen, Theater, Konzerte, ein Festwochenende, einen Kongress, eine Frauengesundheitswoche und Kinderaktionen.

Die Idee, dass Oliver Pautsch als gebürtiger Hildener zum Fabry-Jahr einen Krimi schreibt, fand ich von Anfang an besonders reizvoll. Oliver Pautsch ist dabei nicht der Versuchung erlegen, eine weitere Bearbeitung des »Medicus« vorzulegen. Er hat es geschafft, mit seiner Kommissarin Hanna Broder eine spannende Geschichte um die »Fabry-Papiere« zu entwickeln, die lokale Ereignisse wie den Abriss des Sparkassengebäudes in der Mittelstraße im Jahr 2009 aufnimmt und nicht nur den ortskundigen Leser schon nach wenigen Seiten fesselt.

Die »Fabry-Papiere« sind ein wichtiger Bestandteil des Fabry-

Jahres und werden sicher in manchem Gepäck für den Sommerurlaub 2010 zu finden sein.

Dr. Wolfgang Antweiler
Leiter des Stadtarchivs Hilden, Projektleiter des Fabry-Jahres 2010

Hilden, im Mai 2010

Vive ut vivas
Lebe, damit du leben mögest

Auf Wilhelm Fabrys Grabstein in Bern

Hanna Broder war merkwürdig gelassen für jemanden, der fünf Pistolenschüsse auf einen anderen Menschen hatte ertragen müssen. Sie fühlte sich erlöst.

Den gewaltsamen Tod eines Menschen mitzuerleben, und sei es ein überführter mehrfacher Mörder auf dem Weg zum Gericht, ist ein einschneidendes Erlebnis. Das wusste Hanna aus Erfahrungen, die sie im Laufe der Dienstzeit am eigenen Leib gemacht hatte. Erst als die Hauptkommissarin den Hasseler Forst Richtung Hilden durchquerte und die Stadtgrenze von Düsseldorf hinter sich ließ, atmete sie tief durch.

Konnte ich etwas dafür? Hätte ich es verhindern müssen? Nein. Für dieses Schuldgefühl bin ich definitiv nicht katholisch genug, dachte sie und öffnete das Fenster des dunkelblauen Opel Astra, den sie als Dienstwagen so leidenschaftlich verabscheute, wie man eine Sache nur hassen konnte. Kalte Luft fuhr ihr ins Haar und verwirbelte den Staub unzähliger Kollegen aus Teppichen und Polstern.

Wieso macht mir Striebeks Tod nichts aus? Bin ich so abgebrüht? Oder kommt der Schock erst noch? Hanna fühlte kein Mitleid mit dem Täter, der ihren Exmann als Geisel genommen und sowohl ihn als auch Hanna und den Kollegen Cocker fast getötet hatte. Sie durchsuchte ihr übermüdetes und überfordertes Gehirn nach Gefühlen, die sie nun bewegten. Keines davon hatte mit Genugtuung zu tun.

Die feuchte Waldluft roch würzig. Hanna ließ die Scheibe des Beifahrerfensters ebenfalls ganz in der Tür verschwinden. Der plötzliche Temperaturabfall würde sie wieder munter machen und auf andere Gedanken bringen, hoffte sie.

Vielleicht bin ich einfach nur erleichtert, dass Striebek endlich weg ist, dachte sie. Endgültig weg. Dieser Gedanke beunruhigte Hanna. Sie gab Gas, während sie auf der Lehne des Beifahrersitzes ein langes blondes Haar entdeckte. Ohne sich lange mit der Frage zu beschäftigen, von welcher Kollegin es sein konnte, klopfte sie mit der rechten Hand fest auf die Rückenlehne unterhalb des

Haars. Eine beeindruckende Wolke aus Staub und undefinierbaren Kleinteilen wirbelte auf und wurde vom Wind aus dem Wagen gerissen.

Das gibt's ja nicht, dachte Hanna. Sie war fasziniert, *wie* schmutzig der Wagen war, und hieb erneut auf die Lehne. Eine zweite, nicht minder starke Wolke verteilte sich innerhalb von Sekunden in der Luft.

Wahnsinn.

Hanna schlug noch drei viermal auf die Polster des Beifahrersitzes. Auf die Frage, ob sie wirklich nur vom Dreck fasziniert war und den Staub aus dem Stoff schlagen oder einem imaginären Gegner Schläge verpassen wollte, kam sie nicht. Ihr Telefon klingelte. Sie fummelte ihr iPhone aus der Lederjacke und erkannte den Anrufer als Werner Kürten, einen der Dienstgruppenleiter in der Hildener Polizeiinspektion Mitte. Gerade als sie das Telefon ans Ohr hielt, blitzte es rot.

»Scheiße!«, rief Hanna.

»Das beschreibt meine Situation hier vor Ort ganz gut«, antwortete die Stimme aus dem Telefon. Kürten klang extrem genervt. »Meuser latscht mir auf den Füßen herum, und ich stehe immer noch ohne dich auf dem Gelände der Sparkasse! Wo bleibst du?«

»Sorry, ich bin gerade geblitzt worden.« Hanna folgte einer Eingebung und dichtete diese Tatsache zu einer improvisierten Begründung um: »Weil ich es so eilig habe, zu euch zu kommen.«

Vor sich sah sie, wie jemand auf ihre Fahrspur trat und mit einer Kelle zum Anhalten winkte. Offensichtlich ein männlicher Schutzpolizist, jedoch ohne die erforderliche Dienstmütze, fiel Hanna auf.

»Wo bist du genau?«, wollte Kürten wissen.

»Hasseler Forst. Sag den Kollegen, dass ich es eilig habe«, verlangte Hanna.

Sie legte das iPhone auf den Beifahrersitz. Das vermaledeite blonde Haar klebte immer noch an der Lehne. Sie griff sich das Blaulicht vom Armaturenbrett und setzte es auf das Dach des blauen Astra. Die Zeit reichte leider nicht mehr, es noch einzuschalten, denn sie raste bereits bedrohlich schnell auf den Polizisten zu.

Hanna wechselte auf die Gegenfahrbahn, die zum Glück völlig frei war. Doch anstatt in Deckung zu gehen oder an den Straßenrand zu treten, wie es jeder vernünftige Mensch tun würde, hielt der Beamte die Kelle wie ein Kruzifix vor sich und trat auf Hannas Fahrspur, als wolle er einen Vampir bremsen. In letzter Sekunde riss Hanna das Steuer herum und raste schleudernd und recht knapp auf der rechten Seite an dem Polizisten vorbei.

Das Letzte, was sie sah, waren die weit aufgerissenen Augen des offensichtlich noch sehr jungen Kollegen. Sein Gesicht kam ihr nicht bekannt vor.

»Verdammt!«, schrie Hanna erschrocken.

Im Rückspiegel erkannte sie, wie der Beamte unverletzt von der Fahrbahn auf den Wanderparkplatz des Waldstückes stolperte. Die Kelle hatte den Vorfall ganz offensichtlich nicht überlebt. Ihre Plastiksplitter regneten auf die Straße. Hanna griff sich das iPhone vom Sitz und bellte hinein: »Bringst du den Frischlingen eigentlich nichts zum Thema Eigensicherung bei?«

Es dauerte einen Augenblick, bis Kürten antwortete.

»Wovon sprichst du?«

»Ich hätte den Knallfrosch, der mich anhalten wollte, gerade beinahe überfahren. Hab den noch nie bei uns gesehen. Ganz junges Gemüse …«

»Wir bilden im Moment nicht aus«, antwortete Kürten. Er klang beleidigt.

In diesem Moment sah Hanna im Rückspiegel, wie ein blau-silberner Einsatzwagen mit Blaulicht vom Parkplatz auf die Landstraße einbog.

»Jetzt folgen die mir auch noch! Pfeif die Kollegen gefälligst zurück!«, rief Hanna ins Telefon.

»Wir führen heute keine Verkehrskontrollen an der Hülsenstraße durch«, hörte sie Kürten sagen. Hannas nächster Blick fiel auf das Hildener Ortsschild.

»Oh nein. Scheiße!«

»Du wiederholst dich.«

Kürten beendete die Verbindung. Hanna gab Gas und raste am Ortsschild vorbei. Erst jetzt fiel ihr ein, das Blaulicht auf dem Dach einzuschalten. Als sie die Sirene hinter sich hörte, schaltete sie die eigene Sirene ebenfalls ein.

Hanna brauchte nicht in den Rückspiegel zu blicken, um zu wissen, dass der Streifenwagen, der ihr folgte, ein Düsseldorfer Kennzeichen trug. Auf die Idee, anzuhalten und die Lage zu klären, kam Hanna nicht. Erstens war es nicht mehr weit bis zum Gelände der gerade abgerissenen Sparkasse im Hildener Zentrum. Zweitens verlor Hanna nicht gern. Auch keine Verfolgungsfahrten, bei denen sie die Verfolgte war.

Also rasten die beiden Wagen »in voller Montur«, wie es unter Kollegen hieß, mit Blaulicht und Martinshorn Richtung Innenstadt. Dass es sich um eine Verfolgung handelte, war dabei nur den unmittelbar Beteiligten klar. Für alle anderen sah es aus wie ein eiliger Einsatz. Aus Hannas Sicht stimmte beides.

***

Ich hätte es wissen müssen. Der Tag hat schon beschissen begonnen, dachte Hanna und reckte ihre Hände gut sichtbar über das Autodach. Damit niemand von der Streifenwagenbesatzung auf der anderen Seite der Straße das Feuer auf sie eröffnete.

Der junge Beamte, den sie fast überfahren hatte, trug einen auffälligen Leberfleck oder ein Muttermal zwischen Oberlippe und Nase. Hanna war sich nicht sicher, ob das Mal den Eindruck von Ekel und Wut verstärkte oder ob der junge Mann, der mit gezogener Waffe auf sie zueilte, einfach nur kurz vor der Raserei, also der *ohne* Streifenwagen, stand.

»Hee, sachte!«, rief Hanna, als der Junge sie grob an den Astra drückte und durchsuchte.

Er schwieg verbissen, erinnerte sie an ihren Sohn Julian, wenn er Fernsehverbot oder Ausgangssperre erhalten hatte und sich ungerecht behandelt fühlte. Als der Beamte die Waffe in der Innentasche von Hannas patinierter Lederjacke der amerikanischen Traditionsmarke »Schott« ertastete und sicherstellte, beeilte sie sich zu sagen: »Marke und Dienstausweis finden Sie links oben in der Brusttasche, Kollege.«

Doch er machte keine Anstalten, Hanna weiter zu durchsuchen, sondern schlug mit der freien Hand auf das Dach des Astra. Das magnetische Blaulicht machte einen kleinen Hüpfer.

»Sie! … Verdammt! … Wollten Sie mich absichtlich über den

Haufen fahren?«, kiekste der Junge mit überschnappender Stimme. Der Kerl schnappte vor Wut fast über, und seine Stimme tat es ihm gleich.

»*Du* bist mir doch in den Weg gesprungen wie ein übereifriger Kastenteufel!«, goss Hanna Öl ins Feuer.

»Was?«, brüllte der Polizist. »Ich werde Ihnen …«

»Berti, lass gut sein!«

Wenn seine etwas ältere Kollegin nicht beschwichtigend zur Hilfe geeilt wäre, hätte die Situation vor der Baustelleneinfahrt am Eingang der Fußgängerzone durchaus weiter eskalieren können. Aber da war zum Glück auch die sonore Stimme des Kollegen Werner Kürten, der, fast zwei Meter groß und in beeindruckend korrekter Uniform, aus dem Baustellengelände der Hildener Sparkasse kam.

»Immer mit der Ruhe, Kollege. Was liegt an?«

Hanna bemerkte, dass Kürten dem halb spuckend, halb mit überschlagender Stimme vorgetragenen Katalog an Anschuldigungen nur mit einem Ohr zuhörte. Der aufgeregte Beamte stapfte wie Rumpelstilzchen vor Kürten herum, der Hanna über dessen Schulter heranwinkte.

Dann wandte er sich dem geifernden Jungpolizisten zu: »Das ist ja alles höchst interessant und informativ. Allerdings muss ich die Angelegenheit wegen einer wichtigen Ermittlung leider erst einmal vertagen.«

»Wie bitte? Sind Sie noch ganz dicht?«, giftete der Beamte. Sein Muttermal zuckte angeekelt auf und ab. »Die fette Kuh wollte mich über den Haufen fahren!«

»Berti, jetzt lass doch …«, war seine Kollegin beschwörend aus dem Hintergrund zu hören.

Doch es war bereits zu spät. Nun brannten auch bei Hanna sämtliche Sicherungen durch.

»Wenn ich dich hätte erwischen wollen, wärst du jetzt ein Fleck auf meiner Windschutzscheibe, du Wicht!«, rief sie. Der Beamte namens Berti drängte sich an Kürten vorbei und ging auf die Kommissarin in der Lederjacke los.

Aus der Fußgängerzone traten mehrere Passanten näher an die Szenerie heran. Viele von den Schaulustigen hatten bereits eine Zeit lang von der Mittel- und Bismarckstraße dem Aufgebot an Polizei und Feuerwehr durch den Zaun hindurch zugesehen.

Doch dort war nicht mehr besonders viel passiert. Auf der Baustelle, die sich seit Monaten wie eine überdimensionale Wunde im Zentrum der Stadt ausgebreitet hatte, herrschte kompletter Baustopp. Und nun standen auch die Einsatzfahrzeuge der Ordnungskräfte nur noch um einen gelb-schwarzen Bagger herum, dessen Schaufel ungewohnt hoch in den Himmel gereckt und dort wie vor Schreck erstarrt war.

Der Baggerführer und einige Blaumänner standen rauchend auf der dem Rathaus zugewandten Seite hinter dem flatternden Absperrband der Polizei. Durch die für Neugierige in der blickdichten Folie extra angebrachten Gucklöcher in der Fußgängerzone waren nach dem spektakulären Einzug der Hilfskräfte mit Blaulicht und Sirene am frühen Morgen nun nur noch Warterei und Stillstand zu beobachten.

Also bedeutete der Aufstand am Eingang zur Baustelle eine willkommene Abwechslung für alle Beteiligten. Die Schaulustigen konnten beobachten, wie die leicht übergewichtige Frau in der Lederjacke den Angriff des jungen Polizeibeamten ins Leere laufen ließ, indem sie sich mit einer eleganten Drehung von ihm wegdrehte. Die ins Leere gehende kinetische Energie des Uniformierten nutzte sie, um ihn vor dem dunkelblauen Opel, der schon bessere Tage gesehen hatte, zu Fall zu bringen. Allerdings ohne dass sich der übereifrige Polizist beim Aufschlag auf das Verbundsteinpflaster allzu sehr verletzen konnte.

»Alle Achtung, nicht schlecht!«, meinte ein Mann mit zwei Aldi-Tüten zu einer neben ihm stehenden Frau mit Kinderwagen. Die nickte. Hinter den beiden klatschte jemand in die Hände. Das tat auch das Kleinkind im Kinderwagen.

***

Kürten konnte gerade noch verhindern, dass Hanna dem Idioten aus Düsseldorf bei dem Versuch, ihre Waffe zurückzuerobern, die Schulter auskugelte. Der Polizist am Boden schrie, während Hanna mit ihren obligatorischen Blundstones, den australischen Tretern mit Stahlkappe und dem geländetauglichen Profil, erst dessen Waffe wegkickte und den anderen Fuß dann auf seinem Rücken platzierte. Sie überdehnte den Arm des Mannes, bis er ihre Dienstwaffe kraftlos auf den Boden fallen ließ.

»Sofort aufhören!«, rief Kürten.

Er zerrte Hanna von dem Polizisten am Boden weg. Seine Kollegin half ihm wortreich auf und entfernte ihn vom Schauplatz, nicht ohne dass Berti »Dich krieg ich noch!« über seine Schulter rief und »Das wird ein Nachspiel haben!«.

»Du kannst jederzeit Revanche haben. Wenn du noch eine Abreibung willst!«, rief Hanna zurück.

In der Menge der Neugierigen waren Gelächter und vereinzelter Applaus zu hören. Offensichtlich stieß der erfolgreiche Widerstand der vermeintlichen Zivilistin gegen die Staatsmacht auf Gegenliebe.

Nicht so bei Kürten.

»Sag mal, bist du noch zu retten?«, zischte er, während er Hanna hinter die schützende Einzäunung der Baustelle zog.

»Das Letzte, was wir gebrauchen können, ist ein Skandal, weil du einen Kollegen umhaust!«

Kürten schob Hanna über den hellbraunen Sand der Baustelle. Das Gelände war schätzungsweise so groß wie ein Fußballfeld. Verschiedene Sorten Bauschutt waren säuberlich nach Arten geordnet auf der Itterseite des Geländes gestapelt worden. Baustahl, Holzbalken und mit erstarrtem Beton verklebte Schütten für die Baukräne standen herum.

Das gesamte Areal der ehemaligen Sparkasse lag vor ihr wie ein gigantischer Sandkasten. Drei Winter zuvor hatte die zugereiste Hanna die Schalterhalle des Geldinstitutes mit den groß gemusterten, abgelebten Teppichböden während einer Ermittlung zum ersten Mal betreten. Nun lag das Gebäude in sortiertem Schutt und penibel weggeräumter Asche. Bis auf …

»Das verdammte Treppenhaus steht ja immer noch!«, sagte Hanna düster.

Obwohl sie sich dem zweistöckigen Betonquader, dem Moniereisen wie nachlässig abgetrennte Schlagadern aus dem Baukörper ragten, von der anderen Seite her näherten, hatte sich Hanna das

Bild einer gekreuzigten Frau für immer in ihr Gedächtnis eingebrannt.

Es war einer der brutalen Morde des Mannes gewesen, der am Morgen auf dem Weg zu seinem Gerichtsverfahren erschossen worden war.

»Wir können das Ding noch nicht abreißen«, sagte Kürten.

»Wegen dem Mord an Sally Abani?«, fragte Hanna leise.

Der Gedanke an die blutige Spur der Kreuzigung auf der anderen Seite des Quaders jagte ihr einen kalten Schauer über den Rücken. Sie wollte nicht an diesem Ort sein. Sie musste endlich von den Taten und Tatorten des Mannes, der sie gequält, verfolgt und mit dem Tode bedroht hatte, Abstand gewinnen – und wollte nicht. unmittelbar nachdem sie auf den Treppenstufen zum Gericht mit dessen Blut an den Händen zurechtkommen musste, erneut mit Striebek und seinem Wahnsinn konfrontiert werden.

Eine kleine Verschnaufpause, mehr will ich ja gar nicht, dachte Hanna, während sie neben Kürten auf den letzten Betonklotz der Hildener Sparkasse zustapfte.

»Müssen wir auf die grausige Seite?«, fragte sie.

Kürten schüttelte eilig den Kopf, als ob er diese Frage von Hanna erwartet hätte.

»Keine Sorge. Du bist wegen einer anderen Sache hier.«

Hanna sah Kürten ungläubig an. Der nickte, schob Hanna über eine Stahlplanke und bog in ausreichendem Abstand vor dem Betonklotz rechts ab.

In Anlehnung an den Film »2001: Odyssee im Weltraum«, einen ihrer Lieblingsfilme, hatte Hanna den Betonquader insgeheim mit der Bezeichnung »gruseliger Monolith« bedacht. Sie war froh, die blutverkrustete Seite, an der Striebek das Opfer hatte ausbluten lassen, nicht noch einmal ansehen zu müssen.

»Bauarbeiter haben beim Ausheben der Grube für den Neubau der Sparkasse eine Entdeckung gemacht.«

»Was denn?«

»Bitte, hier hinunter.« Kürten flüsterte fast und ließ Hanna den Vortritt.

***

Man hatte eine provisorische Falltür aus Bauholzplatten und Scharnieren gebaut, die bereits unter der Feuchtigkeit zu rosten begannen. Die große Klappe stand weit offen, doch als Hanna die ersten Schritte auf der sandigen Treppe gemacht hatte, wurde es schon nach wenigen Schritten dunkel. Sie hörte Kürtens Stimme:

»Das Bauamt, das Amt für Denkmalschutz, alle haben sich hier schon auf den Füßen gestanden. Du weißt ja, wie die bürokratischen Mühlen mahlen ...«

Hanna hatte Mühe, ihre vom hellen Mittagslicht geblendeten Augen dem fahlen Schein der auf Stativen stehenden Scheinwerfer anzupassen. Daher fühlte sie den glatten, ausgetretenen Stein der letzten acht Stufen eher, als dass sie ihn sehen konnte. Die Wände schienen aus uralten Ziegelsteinen zu bestehen. Erst langsam gewöhnte sie sich an die Dunkelheit. Leider zu spät, um einem Spinnennetz auszuweichen, das sich in ihren Haaren verfing.

»Wieso erinnert mich das bloß an meinen letzten Besuch in der Geisterbahn?«, dachte sie laut nach.

»Warte, ich gehe vor«, bot Kürten an. »Ich war schon ein paar Mal hier unten. Die Denkmalschützer haben mit Archäologen zuerst diesen Gang freigelegt. Der war komplett verschüttet.«

»Wenn mich nicht alles täuscht, sollten sich hier Tresorräume oder die Tiefgarage befinden. Und nicht Graf Draculas letzte Ruhestätte, oder?«

»Pass auf deinen Kopf auf«, riet Kürten ihr, als sie unten angekommen waren.

Hanna sah sich in einem Gewölbekeller um. Anderthalb mal drei Meter groß und nicht ganz hoch genug, dass sie aufrecht darin stehen konnte. Kürten, der fast zwei Meter groß war, musste sich wie der Glöckner von Notre-Dame krümmen und stieß dennoch an die gewölbte Decke. Er ging im Krebsgang zum Ende des Raums. Dabei streifte er sich latexfreie Einmalhandschuhe über und reichte Hanna ebenfalls ein Paar.

»Ist das wirklich nötig?«, fragte Hanna und sah Kürten ungläubig an.

»Ja, ist es. Du wirst schon sehen«, antwortete er und öffnete eine schwere Holztür mit vom Alter geschwärzten Eisenbeschlägen. Die Tür gab ein filmreifes Knarren und Ächzen von sich, als

Kürten sie, mit der Schulter dagegengestemmt, unter Mühen öffnete.

»Ich komm mir vor, als wäre ich in einem Harry-Potter-Film gelandet«, murmelte Hanna. »Werner, wenn das hier wieder einer von euren Kollegenscherzen ist, dann bekommt ihr mächtigen Ärger.«

»Sag mal, wieso quasselst du eigentlich so viel?«, fragte Kürten amüsiert. »Kann es sein, dass du dich fürchtest? Nach dir ...«

Er versuchte, Hanna am letzten Lampenstativ vorbei sanft durch die Tür in die Dunkelheit zu schieben. Doch sie hielt sich mit beiden Händen im Türrahmen fest. Ihre Handschuhe quietschten protestierend über das uralte Holz.

»Jetzt zier dich nicht so«, sagte Kürten lächelnd, während Hanna der Schweiß ausbrach.

Mit seinen gefletschten Zähnen ähnelte ihr Kollege und Freund mit einem Mal einem urzeitlichen Dämon, der im flackernden Licht von Pechfackeln einen Veitstanz aufführte, bevor er seine Beute in das Verlies warf.

Tatsächlich warf Hanna nur die Lampe um, daher das Flackern. Sie strampelte keuchend mit beiden Füßen, obwohl Kürten sie bereits losgelassen hatte und immer wieder ihren Namen rief.

Das Licht an der Tür verlosch mit einem Knall, und nur mit Mühe konnte Kürten Hanna daran hindern, ihre Dienstwaffe aus der Jacke zu ziehen.

»Hanna, mein Gott, Hanna! Jetzt beruhige dich. Was ist denn los? *Hanna*!!«

Sie bekam ihre Atmung in den Griff. Ein guter erster Schritt, um die Angst zu besiegen, hatte der Therapeut gesagt. Lange bevor sie ihn gefeuert hatte.

Erst die Atmung kontrollieren, dann die Sinneseindrücke verarbeiten. Und zwar einen nach dem anderen.

Kürten schrie immer noch auf sie ein und versuchte, sie wieder auf die Füße zu zerren. War sie ohnmächtig geworden? Nein. Aber in die Knie gegangen, ganz offensichtlich. Sie rappelte sich auf. Sie brauchte ein paar Sekunden, um sich zu sammeln. Ihre Lederjacke knirschte über die rötlichen Ziegel, aus deren Fugen müder Mörtel bröckelte.

»Ich mache Licht«, sagte Kürten.

»Es riecht so furchtbar muffig«, stöhnte sie atemlos.

Kürten stellte die verloschene Lampe wieder auf. Er murmelte, dass Hanna kurz warten solle, und verschwand hinter der Tür. Ein Luftzug hüllte Hanna mit einem modrigen Geruch ein, zusammen mit einer Duftnote, die sie nur zu gut kannte.

Der Hauch des Todes, dachte sie. Der Leichengeruch war viel schlimmer, als sie ihn in Erinnerung hatte. Hanna war bei Gerüchen besonders empfindlich. Im Raum hinter der Tür flackerten Scheinwerfer auf. Sehr viel Licht und ziemlich hell, das wunderte sie.

»Geht's wieder?« Kürten erschien mit einer gleißenden Aura im Türrahmen.

»Ich habe ... Platzangst«, gab Hanna als einfachste aller Erklärungen zur Antwort.

»Ehrlich? Das wusste ich nicht.«

»Du solltest mich mal in Fahrstühlen erleben«, sagte sie und lächelte schwach. »Oder in Heizöltanks.«

»Oh ... äh, ja ... verstehe.« Gegen das helle Licht hinter Kürten konnte Hanna nicht sehen, wie er von den Haarwurzeln bis zu den Fußspitzen errötete.

Natürlich, der Fall Steinberg, dachte er.

Hannas erste Ermittlung im neuen Job hatte sie bis in einen leeren alten Heizöltank gebracht. Kürten war zwar nicht dabei gewesen, wie Hanna einem alten Mann, der in diesen Tank gesperrt worden war, das Leben gerettet und sich selbst dabei in Lebensgefahr begeben hatte. Er konnte allerdings gut nachvollziehen, dass sie nach diesem Erlebnis enge, dunkle Räume mied. Und in genau so eine Situation hatte er sie gerade gebracht.

»Hör mal, es tut mir wirklich leid!«

Sie winkte ab. »Solange es sich nicht um einen Scherz, sondern um einen Job handelt.«

»Oh ja«, sagte er und brachte all seine Kraft auf, um die schwere Holztür weit genug aufzuschieben, damit Hanna sich ein Bild machen konnte. »Ein Job ist es wirklich.«

***

Der Leichnam lag auf dem Rücken. Die zottige Kopfbehaarung schien blond zu sein, soweit das unter dem Staub zu erkennen war. Sein kurzer Schnauzbart jedenfalls war es. Beide Arme lagen ausgestreckt auf dem Boden, und die Handflächen waren nach innen zur Körpermitte gerichtet. Die Beine waren ebenfalls ausgestreckt.

»Wie ist der hier heruntergekommen?«, fragte Hanna, als sie ein paar Schritte in den Raum gemacht hatte.

Die gleißende Beleuchtung konzentrierte sich auf den Körper am Boden. Sie ging in die Hocke.

»Ihr habt den Eingang doch gerade erst freigelegt, oder? Wie alt ist die Leiche überhaupt?« Hanna redete vor lauter Beklemmung schon wieder mehr als üblich. »Der sieht nicht aus wie eine Mumie. Ist das eine Jeans, die er da trägt? Eine Fünfnulleins von Levi's? … Mann, ich muss schnellstens hier raus!«

Sie ging zu eilig aus der Hocke, sah erneut Sterne und taumelte zwei Schritte rückwärts. Kürten befand sich auf der anderen Seite der Leiche, daher konnte er Hanna nicht schnell genug zu Hilfe eilen, bevor sie in ein Regal knallte.

Eine Menge Staub und Mörtel rieselten auf sie hernieder, dann traf sie ein schweres, in Leder eingebundenes Buch an der Schulter, bevor es auf den Boden fiel und auseinanderbrach.

»Meine Güte, passen Sie doch auf!«, hörte Hanna eine vorwurfsvolle Männerstimme in feinem rheinischem Singsang.

Da ihr Kreislauf immer noch ein Feuerwerk in Schwarz-Weiß vor ihren Augen abfackelte, konnte sie den Entrüsteten nicht richtig erkennen. Sie machte einen Schritt zur Seite und trat auf das am Boden liegende Buch, stolperte und wäre fast gefallen. Doch dieses Mal war Kürten zur Stelle.

»Jetzt trampeln Sie nicht auch noch auf dem Folianten herum! Dieses Buch ist unersetzbar! Das ist eine Originalausgabe von Wilhelm Fabry!«

»Wer ist der Mann?«, stöhnte Hanna, als sie sich berappelt und endlich freie Sicht hatte. Der Mann trug einen hellen dreiteiligen Anzug mit Weste. Er wirkte in diesem Keller seltsam fehl am Platz.

»Wilhelm Fabry war ein Hildener Arzt aus dem sechzehnten Jahrhundert«, antwortete Kürten.

»Nein, nein, er war Chirurg«, fuhr der Anzugträger herrisch dazwischen. »Man bezeichnet Fabry heute sogar als den Mitbegründer der modernen Chirurgie.«

»Er war Arzt, sag ich doch«, beharrte Kürten.

»Aber er hat nie an einer Universität studiert und war nicht im Besitz einer Approbation. Damals wurde die Chirurgie als Handwerk betrachtet und der Zunft der Bader und Barbiere überlassen.«

»Operieren, rasieren und Haare schneiden?«, fragte Kürten.

»Wenn Sie so wollen, ja.« Der Mann im Anzug grinste nun heiter. »Während Fabrys Zeit praktizierten studierte Ärzte, die sich allerdings nur um innere Krankheiten der Bevölkerung kümmerten. Für die Versorgung von Wunden, für das Schröpfen, den Aderlass und Amputationen waren Chirurgen wie Wilhelm Fabry zuständig.«

»Werner, *wer* ist *dieser* Mann?«, präzisierte Hanna ihre Frage ungeduldig. In einem etwas schärferen Ton.

»Ich wusste, ihr würdet euch auf Anhieb verstehen«, sagte Kürten leise zu ihr. Dann fuhr er lauter fort und wurde offiziell: »Darf ich bekannt machen? Hauptkommissarin Hanna Broder, das ist Professor Doktor Holger Heckel.«

Eine feingliedrige Hand mit dünnen, spinnengleich langen Fingern wurde ihr entgegengestreckt. »Lassen Sie den ›Doktor‹ ruhig weg. Aber latschen Sie bitte nicht mehr auf den Büchern herum, ja?«

Hanna betrachtete den schmächtigen Mann im dreiteiligen Anzug schweigend, ohne seine Hand zu nehmen. Hätte sie sich entscheiden müssen, was ihr weniger gefiel, die irgendwie schnüffelnd anmutenden, mausigen Gesichtszüge des bebrillten Männleins oder sein sandfarbener Anzug in Kombination mit dem hellblau und weiß gestreiften Brokerhemd und der roten Fliege – die Wahl wäre ihr wirklich schwergefallen.

»Professor Doktor Heckel wird uns in diesem Fall unterstützen.«

So was haben wir früher auf dem Schulhof immer verprügelt, dachte sie, verkniff es sich jedoch, den Gedanken laut auszusprechen. Stattdessen machte sie einen anderen Fehler und unterbrach Kürtens Vorstellungslitanei mit dem Spruch, den der Bursche ganz offensichtlich nicht zum ersten Mal hörte.

Sie sagte in einem leicht arroganten Tonfall über Heckels Kopf zu Kürten: »Professor? Doktor? Das Kerlchen ist doch noch nicht mal trocken hinter den Ohren.«

Offensichtlich hatte das Doktormännchen eine ziemlich kurze Zündschnur. Holger »Lassen-Sie-den-Doktor-weg« Heckel sprühte in feinem Speichel Gift und Galle durch den Keller, den Hanna nicht nur aus diesem Grund so schnell wie möglich verließ.

Wieder an der Erdoberfläche, atmete sie befreit auf und blinzelte in die Sonne. Kürten folgte ihr ins Freie und wuschelte sich den feinen Mörtel aus den Haaren.

»Wieso grinst du so blöd?«, fragte Hanna, als sich die Staubwolke um Kürten gelegt hatte.

»Ich frage mich, wie du das mit dem Professor wieder hinbekommst«, antwortete Kürten.

Das Grinsen wollte einfach nicht aus seinem Gesicht verschwinden.

»Ich glaube nicht, dass ich mich eines Fehltritts schuldig gemacht habe. Dienstlich, meine ich.«

»Darum geht es nicht, Hanna.« Kürtens Lippen umspielte noch ein Restgrinsen, das Hanna sauer machte.

»Sagst du es mir heute noch?«

»Der Mann ist dir bei dieser Ermittlung als Berater zugeteilt, Hanna. Anweisung von oben.«

Kürten, ganz Pokerface, deutete mit dem Zeigefinger Richtung Himmel.

Hanna schloss die Augen und stöhnte leise, während hinter ihr der neue Partner blinzelnd ins Tageslicht trat und mit spitzen Fingern Staub von Jackett und Weste wischte. Sie wusste, dass Kürten mit seinem zweideutigen Fingerzeig nicht Gott, sondern den Leiter der Mitte, Jürgen Meuser, meinte. In ihrem Universum machte das keinen großen Unterschied.

»Scheiße«, murmelte sie. »Hättest du das nicht früher sagen können?«

»Du lässt mich ja nie ausreden«, sagte Kürten.

Da war es wieder, das Grinsen. Doch bevor Hanna ihm die Hölle heiß machen konnte, spähte Kürten diagonal über das Baugelände und quittierte die Ankunft eines Fahrzeugs an der Itterseite mit den Worten: »Ah, da kommt ja endlich die Spurensicherung …«

***

»Ich habe keine anderen Leute für diese Sache!« Jürgen Meuser, der Dienststellenleiter, stapfte durch sein Büro in der Polizeiinspektion Mitte an Hanna vorbei und setzte sich hinter seinen Schreibtisch. »Verschanzen« traf es eher.

»Wissen Sie, wie lange ich keine sechs Stunden mehr am Stück geschlafen habe?«

»Ich kann es mir denken, Frau Broder.«

»Können Sie sich auch denken, wie sehr mir der Fall Striebek an die Substanz gegangen ist?«

»Schon, schon …«, räumte Meuser ein und brachte eine Art verbindliches Lächeln zustande. Es sah jedoch eher so aus, als wäre am anderen Ende seines Körpers etwas in Unordnung geraten. »Mir ist völlig klar, wie sehr Ihnen die Tatsache zugesetzt haben muss, dass Ihr ehemaliger Lover aus Hass plötzlich stellvertretend andere Frauen tötet …«

Jetzt pass bloß auf, was du sagst, du aufgeblasener kleiner Fettsack, dachte Hanna.

»… und außerdem Ihren Exmann mit dem Tode bedroht. Wie geht es ihm? Ist er schon aus dem Krankenhaus entlassen worden?«

»Nein, noch nicht«, antwortete Hanna düster, der Meusers ungewohnte Anteilnahme den Wind aus den Segeln genommen hatte. Dann fiel ihr ein weiteres Argument ein: »Außerdem wohnt mein halbwüchsiger Sohn gerade bei mir. Ich muss mich um ihn kümmern! Wo sind denn Esser und Schulz? Können die das nicht machen?«

»Kollege Esser ist krankgeschrieben, und der Kollege Schulz hat Elternzeit genommen«, bedauerte Meuser.

»Wer hat den Fall auf der Baustelle denn vorher bearbeitet? Ihr habt doch da nicht den Deckel draufgehalten, bis ich in Düsseldorf fertig bin, oder? Wer war da vorher dran?«

Mit einiger Verwunderung sah Hanna dabei zu, wie Meuser hinter seinem Schreibtisch im schwarzen Lederstuhl zusammenzusinken schien.

»Das war der Kollege Jacobi«, sagte er leise.

»Der Neue?«, fragte Hanna. »Aber dann ist doch alles klar. Soll er die Kiste übernehmen. Und wenn es Probleme gibt, sehen Werner oder ich dem Kollegen Jacobi über die Schulter. Dann kann ich wenigstens erst mal kurz durchatmen, bevor …«

Es klopfte. Meusers »Herein« klang erleichtert. So als sei er froh, nicht mehr allein mit Hanna in seinem Büro sein zu müssen. Professor Doktor Holger Heckels Kopf erschien zwischen Zarge und Türblatt.

»Störe ich?«

Ja, dachte Hanna.

»Nein, gar nicht«, flötete Meuser und sprang auf. »Kommen Sie. Kommen Sie nur herein!«

Der spillerige Mann wieselte ins Zimmer und schüttelte Meuser die Hand. Da Hanna sich entschieden hatte, ihn nicht leiden zu können, bekam Heckel nur ein angedeutetes Nicken zum gemurmelten »Mahlzeit« von ihr.

»Darf ich vorstellen, das ist Professor Doktor Holger Heckel ...«

»Ach, lassen Sie den ›Doktor‹ doch weg«, unterbrach Heckel Richtung Meuser.

Hanna würgte seine Floskel ab. »Wir kennen uns«, gab sie eisig bekannt. Nur, um sich dann Heckel zuzuwenden: »Sagen Sie mal, wieso promovieren Sie eigentlich, wenn Sie niemand mit Ihrem Titel ansprechen soll?«

Heckel machte ob der Unhöflichkeit eine kurze Pause, bevor er leise antwortete. »Nun, Frau Broder. Ich habe meine akademischen Grade für Forschung und Lehre erworben. Ganz sicher nicht dafür, dass man mir wegen meiner Titel in den Hintern kriecht.«

Ein Punkt für dich, dachte Hanna. Meuser zuckte getroffen zusammen, als sei er gemeint, und setzte sich.

»Nehmen Sie es mir nicht übel, aber Sie sehen aus wie sechzehn, Doc«, versuchte Hanna eine neue Provokation.

»Dabei bin ich doppelt so alt«, gab Heckel gelassen zurück. »Das müssen meine guten Gene sein.«

Man kann ihn besser aus der Ruhe bringen, wenn man auf alten Büchern herumtritt, dachte Hanna. Na gut, das werde ich mir merken.

»Professor, ich meine, *Herr* Heckel war der jüngste Lehrstuhlinhaber an einer deutschen Universität«, warf Meuser ein, der die ganze Situation mangels menschlichen Einfühlungsvermögens völlig falsch einschätzte. »Sie werden seine Hilfe in diesem Fall gut gebrauchen können. Ich habe daher ...«

»Nein«, sagte Hanna zu niemand Bestimmtem im Raum.

»Wie bitte?« Meuser stand wieder auf und räusperte sich.

»Sie haben mich schon verstanden.«

»Sie bekommen auch ein anderes Auto, Frau Broder«, versuchte Meuser Hanna zu ködern.

»Mahnen Sie mich ab, schmeißen Sie mich raus. Ist mir völlig egal. Aber die Antwort ist ›Nein‹. Wenn Jacobi den Job begonnen hat, soll er ihn auch zum Abschluss bringen.«

»Frau Broder, das ist unmöglich«, sagte Meuser gequält.

»Wieso? Worum geht es denn hier?«, fragte sie.

»Um den wahrscheinlich größten historischen Fund der Hildener Stadtgeschichte nach dem Zweiten Weltkrieg«, erklärte Heckel.

Hanna hielt kurz inne, bevor sie sich wieder Meuser zuwandte.

»Ja, und wenn. Dann sollen Jacobi und dieser Westentaschen-Indiana-Jones die Sache übernehmen.«

»Das geht eben nicht«, sagte Meuser mühsam beherrscht. »Hartmut Jacobi ist spurlos verschwunden.«

»Seit wann?«, fragte Hanna.

»Seit wir den Gewölbekeller zum ersten Mal betreten haben«, antwortete Heckel.

»Was soll das heißen? Ist Jacobi dem Fluch des Pharao zum Opfer gefallen?« Hanna lachte auf. Doch weder Meuser noch Heckel schienen ihren Einwurf komisch zu finden.

»Ich habe die Vermisstenmeldung eben rausgegeben«, sagte Meuser leise. »Jacobis Frau ist außer sich vor Sorge. Sie ist im fünften Monat schwanger.«

»Es ist ihr erstes Kind, hat Hartmut mir gestern erzählt«, ergänzte Heckel. »Wir waren ... äh, wir sind per Du. Es wird ein Mädchen ...«

Hanna seufzte tief und gab sich geschlagen. »Na gut. Unter einer Bedingung.«

»Professor Heckel ist mit von der Partie«, unterbrach Meuser sie hart. »Da lasse ich nicht mit mir handeln. Sie brauchen den Mann.«

»Das meinte ich nicht«, antwortete Hanna. »Ich brauche noch einen Mann ...«

Man muss einem zornigen Menschen nur
mit sanftem Mut zuhören und ihn somit besänftigen.

Wilhelm Fabry, Spiegel des menschlichen Lebens

»Von wegen ›Sie bekommen ein neues Auto‹! Von wegen ›neu‹. Er hat mich reingelegt. Meuser, dieser Sack!«

Aufgebracht stapfte Hanna um den schwarzen Opel Zafira herum, der, ebenso wie der verhasste blaue Astra, schon sehr viele und vor allem bessere Tage gesehen hatte.

»Diese Mistkarre ist von der Überwachung, oder er hat das Ding bei eBay ersteigert. Wahrscheinlich sind alle Aschenbecher voll, und die Sitzheizung ist im Arsch!« Hanna hämmerte gegen die Tür. »So ein verdammter Lügner!« Sie reckte ihre Faust in Richtung der Fassade. Doch Meusers Bürofenster lagen auf der anderen Seite des Gebäudes.

»Genau genommen sagte Herr Meuser ›ein anderes Auto‹ und nicht ›ein neues Auto‹. Also war es eigentlich nicht wirklich gelogen«, warf Heckel ein.

»Willst du mich verarschen?«, giftete Hanna.

Sie drückte die Funkfernbedienung für die Türverriegelung. Nichts passierte. Stöhnend steckte sie den Schlüssel ins Schloss der Fahrertür und öffnete per Zentralverriegelung alle vier Türen und die Heckklappe.

»Wussten Sie, dass der Opel Zafira auf dem gleichen Fahrgestell aufgebaut ist wie der Opel Astra?«, fragte Heckel. »Verblüffend, oder? Der Astra sieht viel kleiner aus als der Zafira, finde ich.«

Hanna ignorierte ihn und stieg wortlos ein. Sie kochte vor Wut.

Als Heckel die Beifahrertür öffnete, sah Hanna ihn mit einem Blick an, der ihm verriet, dass ihre junge Beziehung gerade einen neuen Tiefpunkt erreicht hatte.

»Oh nein, mein Freund«, sagte sie kalt. »Du steigst gefälligst hinten ein.«

Ohne ein weiteres Wort knallte Heckel beleidigt die Beifahrertür zu, dass es nur so schepperte, und nahm auf der Rückbank Platz.

Während der fünfunddreißig Minuten Fahrzeit nach Düsseldorf wurde im Zafira kein einziges Wort gewechselt. Das änderte sich erst, als Hanna den Wagen auf dem Parkplatz des Düsseldorfer Polizeipräsidiums abgestellt und Heckel über die Schulter befohlen hatte: »Du wartest im Wagen, bis ich wieder da bin.«

»Ich bin nicht Ihr Hund, Frau Broder!«, erwiderte Heckel. »Und ich würde es begrüßen, wenn wir beim Sie bleiben würden …« Er machte Anstalten, ebenfalls aus dem Zafira auszusteigen. Doch als Hanna von außen drohend mit ihrem Zeigefinger auf die Scheibe der Autotür tippte, überlegte er es sich anders und verschränkte verstockt die Arme vor der Brust.

»Na, also. Geht doch«, sagte Hanna zufrieden und betrat das Polizeipräsidium.

Der Erste Kriminalhauptkommissar Edgar Brandt, den Hanna nur mit dem ihm verhassten Spitznamen anredete, war verwundert, sie noch am selben Tag wiederzusehen.

»Nanu, so schnell schon Sehnsucht nach mir? Das muss Liebe sein«, vermutete er und zuckte steif mit der Schulter. Eine Bewegung wie ein Tick, die ihm seinen Spitznamen eingehandelt hatte.

»Ich brauche deine Hilfe, Cocker.«

»Ich dachte, das hätten wir gerade hinter uns gebracht. Komm mit, ich brauche unbedingt was zu essen aus dem Casino.«

Hanna folgte Cocker in die Kantine im Erdgeschoss. Auf dem Weg dorthin erklärte sie ihm in groben Zügen, worum es ging.

»Meinst du, diese mumifizierte Leiche im Gewölbekeller hat etwas mit dem Fall Striebek zu tun?«, fragte er, während eine Kantinenkraft hinter dem Tresen des Casinos vier Mettbrötchen mit ordentlich Zwiebeln darauf in eine Papiertüte packte.

Hanna schüttelte den Kopf. »Der Tote war nicht mumifiziert, aber … Nein, das denke ich nicht.«

»Schließlich hat Striebek eins seiner Opfer dort …« Er sprach aus Rücksicht auf die junge Frau im weißen Kittel nicht weiter.

»Ich halte es trotzdem für unwahrscheinlich.«

Die Frau tat standhaft so, als hätte sie nicht zugehört, doch Hanna wusste es besser. Beim Anblick der Schüssel mit dem Mett in der Kühltheke und dem Gedanken daran, wie Striebek die junge Afrikanerin auf dem Abrissgelände der Sparkasse hatte ausbluten lassen, wurde ihr schlagartig übel.

»Du siehst aus, als würdest du gleich umfallen«, sagte Cocker besorgt.

»Geht schon. Ich bin einfach nur übermüdet und unterzuckert.« Doch als Cocker ihr die Tüte mit den Mettbrötchen vor die Nase hielt, winkte sie eilig ab. »Nein danke. Vielleicht später. Hör mal, der Kollege, der den neuen Fall an der Sparkasse bearbeitet hat …«

»Du meinst den verschwundenen Jacobi«, ergänzte Cocker.

»Genau. Der kam doch ursprünglich aus Düsseldorf. Kennst du den?«

Cocker runzelte die Stirn. »Wenn es der Kollege ist, von dem ich glaube, dass er's ist, werden hier 'ne ganze Menge Leute aufgeatmet haben, als er weg war. Hat der so was Stieseliges an sich? Kurze Haare mit roten Löckchen? Über eins achtzig groß, sehr dünn? Sommersprossen?«

»Das ist Jacobi«, nickte Hanna.

Sie gingen über den gefliesten Steinboden der Eingangshalle, weil Cocker sich draußen die Beine vertreten wollte. Wie immer, wenn Hanna über den kunstvollen Mosaikboden mit der Inschrift »Gott mit uns« schritt, bemühte sie sich, dem in den Boden eingelassen Adler, der ein Schwert und Blitze in den Krallen hielt, weder auf den Schwanz noch sonst wohin zu treten.

»Wieso ist Jacobi hier unbeliebt gewesen?«, fragte sie.

»Ich kannte ihn nicht persönlich«, antwortete Cocker. »Aber laut einem Kollegen war Jacobi ein Tausendprozentiger. Ein Paragraphenreiter, der den Job buchstabengenau nach der Dienstvorschrift machte.«

»Wieso ›war‹ und ›machte‹?«, fragte Hanna.

»Na, hier isser doch weg«, antwortete Cocker, der nicht begriff, worauf Hanna hinauswollte. »Wenn so ein Typ Beamter seine Arbeit erledigt, wie er das für richtig hält, ist das für alle Beteiligten völlig in Ordnung. Aber wenn er die Arbeit der Kollegen ständig kritisiert, mit dem Handbuch vor ihrer Nase herumwedelt und sich bei Vorgesetzten über sie beschwert, gibt das ganz schnell böses Blut.«

Sie traten aus dem Haupteingang in die frische Frühlingsluft auf den Parkplatz. Cocker atmete tief durch.

»Komisch, mir ist das an Jacobi gar nicht aufgefallen«, sagte Hanna.

»Also, wenn er *dich* nicht kritisiert hat, kannst du nicht einmal ansatzweise in seiner Nähe gearbeitet haben«, sagte Cocker grinsend und biss in ein Mettbrötchen.

»Sehr witzig. Ich würde gern mehr über Jacobi herausfinden.«

»Und ich würde wirklich gern eine Woche Urlaub machen.«

Nach einem eisigen Blick von Hanna korrigierte sich Cocker: »Ach, nein, ich möchte mir viel lieber mit dir diesen Keller und die Mumie ansehen.«

»Das ist keine Mumie!«, sagte Hanna genervt und wischte sich Schweiß von der Stirn.

»Auf dem Weg nach Hilden könnten wir im Gurkenland bei Jacobis ehemaligem Partner vorbeifahren. Michael Wegener.«

»Gurkenland?«, fragte Hanna und zog ihre Lederjacke aus.

»Das ist ein kleiner Teil von Eller. Michael wohnt da.«

Hanna öffnete die Beifahrertür des Zafira und warf die Jacke hinein. Cocker hielt ihr die Tüte hin, und sie bediente sich. Dabei sah Cocker den Mann im Fond des Wagens und grüßte freundlich.

»Guten Tag. Möchten Sie auch ein Mettbrötchen?«

»Auf keinen Fall!«, blaffte Heckel.

Hanna schlug die Tür wieder zu.

»Neuer Wagen?«, fragte Cocker.

»Nee«, antwortete Hanna. »Nur ein *anderer* Wagen.«

»Und wer ist der komisch gekleidete Typ auf dem Rücksitz?«, fragte Cocker.

Hanna kaute auf ihrem Mettbrötchen herum und zuckte mit den Schultern.

»Nur ein Fachmann.«

»Wieso ist der Fachmann so ungehalten, dass er nichts zu essen von mir annimmt?«

Heckel rief etwas durch die geschlossene Tür, das weder Hanna noch Cocker verstanden.

Cocker öffnete die hintere Tür und fragte: »Wie bitte?«

»Toxoplasma gondii«, antwortete Heckel. »Das ist der protozoische Parasit, dessen Eier Sie mit hoher Wahrscheinlichkeit gerade mit dem rohen Fleisch millionenfach zu sich nehmen. Die Eier des Parasiten nisten sich mit Vorliebe …«

Hanna warf die Tür zu und ihr gerade erst angebissenes Mettbrötchen in einen Mülleimer. »So was macht der Typ ständig.«

»Was?«, fragte Cocker.

»Mir den Appetit und die Laune verderben.« Sie stieg auf der Fahrerseite ein.

»Ich dachte, das wäre mein Job«, murmelte Cocker. Er klang fast ein wenig eifersüchtig.

Wie sich das Weib mit ihren Nachbarn verhalten soll.
Immer freundlich sein, und wenn es Streit gibt,
dafür sorgen, dass sich alle wieder vertragen.

Wilhelm Fabry, Spiegel des menschlichen Lebens

»Wussten Sie eigentlich, dass ›Zafira‹ entgegen der gängigen Meinung kein Kunstwort ohne Bedeutung ist?«, fragte Heckel von hinten.

»Nein, das ist mir neu«, antwortete Cocker, ohne sich umzudrehen, und biss herzhaft in sein drittes Brötchen.

»›Zafira‹ ist ein weiblicher arabischer Vorname mit der Bedeutung ›die Erfolgreiche‹ oder ›die Siegreiche‹«, ergänzte Heckel.

»Na, dann passt dieses Fahrzeug ja hervorragend zu meiner Kollegin, finden Sie nicht?«, fragte Cocker mit vollem Mund über die Schulter.

»Ich sehe Frau Broder vor meinem geistigen Auge eher fliegend.«

»Fliegend? Aber wieso …?«

»Auf einem Reisigbesen«, ergänzte Heckel kalt.

Cockers Lachen ging in ein dröhnendes Husten über, als er sich verschluckte.

»Also … Ich finde deinen Fachmann lustig«, sagte er mit glasigem Blick zu Hanna, als er wieder Luft bekam.

Hanna grunzte nur und starrte schweigend durch die Frontscheibe. Sie wurde von Cocker durch die Innenstadt nach Düsseldorf-Eller gelotst. Sobald sie die vierspurigen Durchgangsstraßen verlassen hatten und in die Wohngebiete mit den großzügigen Einfamilienhaussiedlungen aus den fünfziger und sechziger Jahren abgebogen waren, verlor Hanna rettungslos die Orientierung.

»Ganz genau *das* ist das Gurkenland«, sagte Cocker zufrieden, als müsste man sich dort verirren.

»Man kann davon ausgehen, dass der Name ›Gurkenland‹ der früheren Nutzung des damals unbebauten Geländes entlehnt ist«, sagte Heckel von hinten.

Hanna schnaufte genervt auf, was für Cocker so viel heißen sollte wie »Hör dir diesen Idioten an!«. Doch Cocker ließ sich nicht davon beeinflussen.

Er nickte und sagte zu Hanna: »Da vorn rechts, weißes Haus mit braunen Fensterläden. Das ist Michaels.«

Hanna stoppte den Opel am Bürgersteig neben einer altmodischen Laterne mit Glaskolben unter einem dunkelgrünen runden Hut. Überhaupt wirkte die Straße, als sei die Zeit irgendwann kurz vor Kohls Übernahme der Kanzlerschaft angehalten worden. Bis auf ein paar Autos neueren Datums am Straßenrand und ein paar zu bunte Tonnen, die für die Mülltrennung vorgesehen waren.

Sogar eine Oma im weißen Kittel, die die blitzsaubere Straße fegt, dachte Hanna. Sie meinte, die Idylle fast mit Händen greifen zu können. Cocker war ausgestiegen, um zu klingeln, doch er kam zum Wagen zurück und zuckte die Achseln.

»Sieht verlassen aus.«

»Vielleicht sind sie in Urlaub«, schlug Hanna vor.

»Ich meine, der Kollege ist krankgeschrieben«, sagte Cocker.

»Außerdem hat die Familie mindestens ein schulpflichtiges Kind«, sagte Heckel von hinten. »Und jetzt sind keine Ferien in Nordrhein-Westfalen.«

»Woher wissen Sie das?«

»Das mit den Ferien? Oder das mit dem Kind?«

»Beides«, antwortete Cocker überfordert.

Heckel deutete stumm auf eine Reihe Fahrräder, die hinter einem schmiedeeisernen Gittertor zum Garten geparkt waren. Hanna erkannte ein Damenrad, ein Herrenrad und eins der kleineren Räder, die Kinder ab etwa sechs Jahren bewältigen konnten.

Heckel öffnete die Tür und stieg aus dem Wagen.

»Was machst du? Bleib gefälligst sitzen!«, zischte Hanna ihm zu.

Doch Heckel ignorierte sie. Stattdessen wandte er sich vom Bürgersteig aus an Cocker: »Michael Wegener, richtig?«

Cocker nickte verblüfft. Heckel straffte sich.

»Okay«, sagte er. »Dann wollen wir mal.« Er überquerte die Straße, bevor Hanna ihn daran hindern konnte, und rief die alte Dame im Kittel an: »Junge Frau?«

»Oh Gott«, sagte Hanna und legte ihren Kopf auf das Lenkrad.

»Nee, lass ihn mal machen«, entgegnete Cocker.

Gemeinsam hörten sie zu, wie Heckel die Nachbarin mit dem Besen ansprach: »Entschuldigen Sie, dass ich Sie störe, Holger Heckel mein Name …«

»Lassen Sie den ›Professor Doktor‹ ruhig weg«, äffte Hanna ihn nach.

»Schscht! Sei ruhig!« Cocker knuffte sie an die Schulter. Auf der Straße gestikulierte Heckel gerade fröhlich vor der alten Dame herum. »… sind wir mit Michael verabredet. Aber da ist keiner zu Hause.«

Die Frau sah Heckel schweigend an und nickte stumm. Noch schien sie misstrauisch zu sein.

»Weit kann er nicht weg sein«, lachte Heckel – für Hannas Geschmack viel zu laut und künstlich. »Schließlich ist er krankgeschrieben. Wegen Beinbruch …«

»Beinbruch?«, fragte Hanna. Cocker zuckte steif mit den Achseln.

»Beinbruch?«, fragte die alte Frau und runzelte die Stirn. Heckel nickte eifrig.

»Mit dem Gipsbein kann er ja nicht weit sein …«

Die Frau schüttelte den Kopf. »Sind Sie sicher, dass Sie Herrn Wegener meinen?«

»Den Polizeikommissar Michael Wegener, natürlich, klar«, antwortete Heckel.

»Aber der Herr Wegener und seine Frau und die kleine Mara sind doch erst gestern abgereist, da war er noch ganz fit. Wann soll denn das passiert sein mit dem Gipsbein?«

»Abgereist.« Im Wagen pfiff Cocker leise durch die Zähne. Auf der Straße konnte Heckel seinen Triumph kaum unterdrücken.

»Gestern also?«, wiederholte er aufgeregt.

Die Frau nickte.

»Ja.«

»Wetten, er sagt gleich ›Bingo‹«, raunte Hanna im Wagen Cocker leise zu.

»Zehner dagegen«, antwortete Cocker.

»Langweilig.«

»Flasche Rotwein?«

»Abgemacht.«

Auf der Straße hüpfte Heckel leicht in die Höhe vor Begeisterung.

»Bingo!«, rief er laut. Damit und mit einem letzten unbeholfen gerufenen Abschiedsgruß schlug er die verstörte alte Dame in die Flucht.

Im Wagen grinste Hanna ihren Kollegen wortlos an.

***

»Wir können da nicht einfach einbrechen«, sagte Cocker, während Hanna durch die Siedlung kurvte.

»Aber ... Gibt es da nicht so was wie ›Gefahr im Verzug‹?«, erwiderte Heckel. Er schien sichtlich enttäuscht, dass Cocker seinen Vorschlag, sich im Haus der Wegeners umzusehen, nicht unterstützte.

»Doch«, sagte Cocker nach hinten. »Gibt es. Wenn Rauch aus den Fenstern quillt oder jemand aus dem Inneren des Hauses um Hilfe ruft. *Dann* gilt ›Gefahr im Verzug‹. Aber wenn wir die Tür eintreten, während die Familie im Supermarkt an der Kasse steht, nennt man das einen beschissenen Fehler von Polizeibeamten!«

»Ist ja gut«, entgegnete Heckel enttäuscht.

Hanna stoppte den Zafira dicht neben einer Hecke.

»Was machst du?«, fragte Cocker, während Hanna die Tür öffnete, sich auf den Fahrersitz des Wagens stellte und durch die offene Tür hinweg über die Hecke spähte.

»Im ersten Stock steht das Fenster neben der Balkontür schräg. Da kommen wir rein.«

»Ist das die Rückseite? Der Garten der Wegeners?«, fragte Cocker verblüfft, obwohl er die Antwort bereits kannte.

Hanna kletterte auf das Dach des Zafira, ohne von dem protestierenden Knacken der Dellen im Blech Notiz zu nehmen. Dann sprang sie über die Hecke in den Garten. Cocker beeilte sich, ebenfalls auf das Dach zu kommen.

»Hanna!«, rief er über die Hecke. »Wir bekommen einen Scheißärger!«

»Zwei Zeitungen vor der Haustür«, sagte Hanna von der Wiese der Wegeners aus.

»Was?« Neben Cocker erschien nun auch Heckel auf dem eingedellten Dach.

»Zwei ungelesene Tageszeitungen und ein überquellender Briefkasten am Haus eines Kollegen, der sich krankgemeldet hat, obwohl ihm laut Aussage der Nachbarin nichts fehlt. Mir reicht das als Grund für weiteres Vorgehen.«

»Sie kann sich vertan haben. Die Frau ist alt.«

»Weiteres Vorgehen«, grinste Heckel Cocker zu. Dann sprang auch er vom Dach des Opels über die Hecke.

»Sind alle Handys stumm geschaltet?«, fragte Hanna, während das Trio durch den gepflegten Garten der Wegeners Richtung Haus eilte.

Cocker und Heckel drückten sich mit dem Rücken an die Hauswand und fummelten ihre Mobiltelefone aus den Taschen.

»Hilf mir mal«, befahl Hanna und verschränkte Cockers Hände zu einem Steigbügel für die Räuberleiter.

Als sie mit ihren grobstolligen Blundstones auf seine Schulter stieg, sah Cocker gequält dabei zu, wie feuchte Erde in Form des Sohlenprofils der australischen Schuhe über sein Jackett in die Brusttasche bröckelte. Als Hanna über Cocker hinweg auf die Terrasse im ersten Stock geklettert war, grinste Heckel den Polizisten an.

»Manchmal ist es von Vorteil, etwas kleiner geraten zu sein.«

»Etwas?«, schnaubte Cocker genervt und drehte die Taschen seines Jacketts auf links. Zusammen mit gepresster Erde aus Hannas Schuhen fielen Kaugummis und Münzen auf den Boden. Heckel begann hektisch, die Sachen einzusammeln.

»Was ist los?«, fragte Cocker. »Brauchen Sie Kleingeld?«

»Nein, aber was wir ganz sicher *nicht* brauchen, sind derart deutliche Spuren unserer Anwesenheit. Falls das hier doch als Einbruch gewertet werden sollte.«

Wie zur Bestätigung klirrte oben eine zerbrechende Fensterscheibe.

»Verdammt noch mal, was machst du denn, Hanna?«, rief Cocker nach oben.

»'tschuldigung«, war ihre gedämpfte Stimme zu hören. Sie befand sich anscheinend schon im Inneren des Hauses und knirschte über die Scherben.

Heckel blinzelte über die Gläser seiner randlosen Brille hinweg nach oben, dann sah er Cocker kritisch an. »Sie beide kommen mir immer weniger wie echte Polizeibeamte vor. Wenn ich Sie nicht aus dem Präsidium hätte kommen sehen … Würden Sie mir vielleicht mal Ihren Ausweis zeigen? Nur zur Sicherheit?«

»Ich zeig dir gleich was anderes, du Heini«, schnaufte Cocker.

Doch bevor er das Thema vertiefen konnte, schob Hanna von innen schwere Stoffvorhänge zur Seite und öffnete die Terrassentür. Sie trug Handschuhe, hatte ihre Waffe gezogen und sagte leise: »Ich schlage vor, du rufst die Kollegen, Cocker.«

»Wieso?«

»Jemand hat die ganze Bude komplett auf links gedreht.«

Heckel und Cocker spähten an ihr vorbei durch die offene Tür in das verwüstete Wohnzimmer. Alle Schubladen der Schrankwand waren aus dem Möbel gerissen und in den Raum geworfen worden. Der gesamte Inhalt der Bücherregale und Schubladen lag im Wohnzimmer verteilt. Aufgeschlitzte Polstermöbel und der umgestürzte Fernseher, der mit einem großen Loch in der Bildröhre auf dem Boden lag, komplettierten das Bild mutwilliger Zerstörung.

»Scheiße«, sagte Cocker leise und zückte sein Telefon.

»Und die Familie?«, fragte Heckel mit dünner Stimme. »Die Wegeners liegen doch hoffentlich nicht erstochen im Bett oder zerstückelt in ihrer Kühltruhe im Keller?«

Weder Hanna, die bereits mit der Waffe im Anschlag im Haus verschwunden war, noch Cocker, der leise mit dem Präsidium telefonierte, beachteten den schmächtigen Mann im Anzug.

Bereits wenige Minuten nachdem der Erste Kriminalhauptkommissar seine Düsseldorfer Kollegen informiert hatte, war die fast schon verschlafene Vorstadtatmosphäre der Einfamilienhaussiedlung jener unterschwelligen Nervosität gewichen, die sich immer dann breitmacht, wenn Ordnungshüter konzentriert und betont unauffällig ihrer Aufgabe nachkommen. Obwohl Streifenwagen und zivile Fahrzeuge auf Blaulicht und Sirene verzichtet hatten, scharten sich bald neugierige und beunruhigte Anwohner um das weiträumig abgesperrte Haus der Wegeners. Auch Kamerateams der »Aktuellen Stunde« und von »center.tv« ließen nicht lange auf sich warten.

Hanna hatte zusammen mit Cocker sichergestellt, dass die Wegeners weder im Haus noch sonst wo in der Nähe waren und sich in Gefahr befanden. Professor Doktor Holger Heckel hatte von Cocker sofort nach dessen Anruf die Anweisung bekommen, durch das schmiedeeiserne Tor nach vorn raus das Grundstück der Wegeners zu verlassen, einmal um den Block zu marschieren und mit Hannas Schlüssel den Zafira von der Rückseite des Gartens zu holen, um den Wagen etwas abseits in der Straße zu parken.

Den Zivilisten wollten Cocker und Hanna aus der Schusslinie haben, wenn der Zirkus begann. Hanna hatte ihrem Kollegen ohne Wenn und Aber die Leitung der Aktion überlassen, schließlich befanden sie sich auf Düsseldorfer Boden und damit in seinem Revier.

Als die erste Durchsuchung des Hauses keinen weiteren akuten Handlungsbedarf ergab und die Düsseldorfer Kollegen sich der Sache annahmen, rief Hanna im Zafira sitzend in der Mitte an. Sie ließ sich mit Werner Kürten verbinden und schilderte ihrem Kollegen in knappen Worten die Situation. Dann fragte sie: »Habt ihr was von Jacobi oder seiner Frau gehört?«

»Nein«, antwortete Kürten. »Ich habe eine Streife zu ihm nach Hause geschickt. Fehlanzeige.«

»Sind sie reingegangen?«, fragte Hanna.

»Warte mal ...« Hanna hörte, wie Kürten den Hörer zuhielt und sich im Raum bei jemandem erkundigte. Dann meldete er sich wieder. »Nein, die Kollegen haben nur geklingelt, doch niemand hat geöffnet. Was schlägst du vor?«

»Ihr müsst in die Wohnung«, sagte Hanna. »Aber wartet auf mich, ich bin auf dem Weg.«

Sie ließ sich von Kürten die Adresse der Jacobis geben. Dann brachte sie Cocker kurz auf den neuesten Stand und verabschiedete sich von ihm. Mit Heckel auf der Beifahrerseite – er durfte nun vorn sitzen – kurvte sie umständlich aus dem Gurkenland, bis sie sich in Düsseldorf-Eller endlich wieder orientieren und den Weg nach Hilden einschlagen konnte.

»Sie haben sich eben ganz gut geschlagen, Doc«, sagte Hanna, ohne Heckel anzusehen. Sie fuhren gerade Am Schönenkamp an einer Kirche, einem Hotel und einer Tankstelle vorbei.

»Sie dagegen haben sich bisher wie ein komplettes Arschloch benommen, Detective«, nahm Heckel ihren Tonfall betont cool auf, ohne eine Miene zu verziehen.

Als Hanna laut loszulachen begann, konnte sich ihr Beifahrer ein breites Grinsen nicht verkneifen.

***

»Gibt es eigentlich schon Erkenntnisse zur Identität des Toten?«, fragte Hanna, als sie Kürten begrüßt hatte. Sie standen vor einem leuchtend gelb gestrichenen Mehrfamilienhaus.

Kürten schüttelte den Kopf. »Aber Stefanie meldet sich, sobald sie etwas hört.«

Die Wohnung der Jacobis lag im ersten Stock über einem leer stehenden Ladengeschäft im Eckhaus von Augusta- und Hoffeldstraße. Das alte Haus machte von außen einen heruntergekommenen Eindruck. Unterschiedliche Künstler hatten sich bereits mit Sprühdosen auf Wänden und den Rollladen des Geschäfts verewigt.

»Da drüben, das ist übrigens meine ehemalige Grundschule«, sagte Kürten mit einem Blick auf die andere Straßenseite, während er, Heckel und Hanna mit einem Mann vom Schlüsseldienst an der Haustür darauf warteten, dass jemand im Haus den Türöffner drückte.

Als das endlich passierte, ging Kürten weiter nach oben, um die Nachbarn zu informieren und zu befragen. Im ersten Stock machte sich der Schlüsseldienstler daran, das Türschloss zur Wohnung der Jacobis zu knacken.

Währenddessen murmelte er leise: »Meine Fresse, von der Tapete bekommt man ja Augenkrebs.«

Die groß gemusterte Wand im Flur wies braune, orangefarbene und schwarze Flammen auf – oder waren es Blätter von Urwaldpflanzen? Bäume in einem Sturm?, fragte sich Hanna – und stammte wohl noch aus den wilden Siebzigern. Ebenso wie der Linoleumboden, mit dem die alte Holztreppe irgendwann kaschiert und renoviert worden war. Hanna dachte gerade darüber nach, wo sie sich zu dieser Zeit befunden hatte, als sich ihr iPhone in der Jackentasche mit der »Rocky«-Filmmusik als Klingelton meldete.

»Julian, alles okay bei dir?«, fragte sie.

»So weit alles cool. Ich bin in der Wohnung. Hey, Mama, kann ich bei den Jungs oben Filme gucken gehen?«

»Seit wann fragt mich mein Großer, ob er etwas tun darf?« Hanna war ehrlich verwundert.

»Wolli hat gesagt, ich muss dich fragen, bevor ich zu ihnen in die WG raufkommen darf.«

»Ist das der Vogelmann? Der dürre Typ mit dem Papagei?«, wollte Hanna wissen.

»Ja. Die Jungs sind echt nett. Kann ich?«

Hanna dachte einen Moment lang nach. Ihrem halbwüchsigen Sohn war es in der kurzen Zeit, die er bei ihr übergangsweise wohnte, bereits gelungen, den Namen eines Nachbarn herauszufinden, den sie selbst noch nicht kannte.

»Sag dem Vogelmann ... Sag Wolli, dass ich ihm beide Arme ausreiße, wenn er sich in deinem Beisein einen Joint anzündet. Das ist mein Ernst.«

»Mamaaa ...«

»Und du trinkst *kein* Bier, ist das klar?«

»Klar.«

»Kann gut sein, dass ich heute später komme. Im Kühlfach müsste noch eine Dreierpackung Pizza sein, die könnt ihr essen. Wie viele von den Typen leben da oben? Immer noch drei?«

»Keine Ahnung. Ich kenne nur Wolli«, antwortete Julian. »Na, wird schon reichen. Mach dir keine Sorgen, Mama. Bye.«

»Wenn's nicht reicht, könnt ihr ja ...«

Doch Julian hatte bereits aufgelegt. Hanna steckte das iPhone in die Jacke, während der Mann vom Schlüsseldienst an der Tür kniend sagte: »Tja, Kinder. Mit dem Alter wachsen auch die Sorgen. Solange sie klein sind, denkt man immer ...«

»Dauert das noch lange mit der Tür?«, unterbrach ihn Hanna. Dabei vermied sie es, auf die psychedelische Flurtapete zu starren.

Eigentlich hatte ihr geschiedener Mann Frieder, der mit Julian im niedersächsischen Peine wohnte, das Sorgerecht für Julian. Doch nun lag Frieder im Krankenhaus. Im gerade erst abgeschlossenen Fall hatte der Täter ihn entführt und in Lebensgefahr gebracht. Genau genommen gab sich Hanna selbst die Schuld, ihn in Gefahr gebracht zu haben.

Da ihr gemeinsamer Sohn außer dem Vater keine Verwandten in Niedersachsen hatte, die sich um ihn kümmern konnten, während

Frieder in Düsseldorf in der Klinik lag, hatte Hanna ihn kurzerhand aus der Schule genommen und von Peine nach Hilden geholt. Dort teilten sie sich nun ihre kleine Wohnung. Das war nicht das Problem, denn eins der drei Zimmer war bisher nie von Hanna genutzt worden.

Was ihr viel mehr zu schaffen machte, war die Tatsache, dass sie seit einigen Jahren überhaupt nicht mehr wusste, wie man sich um ein Kind kümmerte. Oder um einen Jugendlichen, mit all den Problemen, Wünschen und Sehnsüchten, die dieses schwierige Alter mit sich brachte. Denn mittlerweile war Julian fast schon ein Mann, und Hanna hatte bisher kaum an seinem Leben teilnehmen können.

Also hockte Julian nun in der Wohnung oder durchstreifte die Stadt. Laut eigener Aussage langweilte er sich den größten Teil des Tages. Deshalb hatte Hanna bereits einige Tage zuvor beim Rektor eines der beiden Gymnasien der Stadt einen Termin gemacht, um ihren Sohn übergangsweise dort unterzubringen.

Morgen ist ja schon sein erster Tag, fiel Hanna auf. Und der Junge weiß noch gar nichts von seinem Glück.

Als der Schlüsseldienstmann die Tür endlich geöffnet hatte, betraten Kürten und Hanna vorsichtig mit gezogenen Waffen die Wohnung. Sie machten einen ersten Check in allen Zimmern, um sicherzustellen, dass weder Gefahr drohte noch irgendwo Opfer eines Verbrechens zu finden waren.

Heckel wartete auf einer Treppenstufe sitzend im Hausflur und kaute auf seinen Fingernägeln, bis Hanna von innen rief, dass es sicher sei und er eintreten könne.

Die Wohnung der Jacobis wirkte weder bewohnt noch bewusst verlassen. In der aufgeräumten Küche standen keine auffälligen Reste von Frühstück oder anderen Mahlzeiten.

Hanna öffnete die Spülmaschine. Sie war zu einem Viertel gefüllt. Die Lebensmittel im Kühlschrank waren noch halbwegs frisch. Wohn- und Schlafzimmer strahlten die gemütliche und innige Zweisamkeit eines Paares aus, das sich auf Nachwuchs vorbereitet. Hanna erkannte einen Karton mit einem noch nicht aufgebauten Stubenwagen hinter dem Wohnzimmersofa.

»Komisch, kein Kinderzimmer«, sagte Kürten, der selbst keine Kinder hatte.

»Die erste Zeit schläft ein Baby im Elternschlafzimmer«, entgegnete Hanna. »Sie werden sich wohl vorgenommen haben, über kurz oder lang eine neue Wohnung zu suchen.«

»Ich glaube, ich habe was gefunden«, sagte Heckel, der vor einem Wandregal mit Büchern und CDs stand. Er hielt ein Buch in der Hand. »Erfolgreiche Existenzgründung als Heilpraktiker«, las er vor.

»Vielleicht ist Jacobis Frau Heilpraktikerin«, vermutete Hanna und trat neben Heckel an das Bücherregal.

»Das glaube ich nicht. Hartmut hat sich oft und ausgiebig darüber ausgelassen, dass er Alleinverdiener und seine Frau *nur* Hausfrau ist«, sagte Kürten, bevor er sich in den anderen Räumen weiter umsah.

»Der Mann ist ja ein richtiger Sympathieträger«, sagte Hanna und betrachtete weitere Buchrücken im Regal.

»Dieser Ratgeber ist von 1999. Also schon richtig alt«, sagte Heckel mit Blick in das Impressum.

»Aber wieso haben sie auch Bücher über Chirurgie?«, fragte Hanna. Sie stellte sich auf einen Stuhl, den sie vom Esstisch herangezogen hatte, und zog ein dickes Buch aus dem Regal. »Dieser Wälzer ist brandneu«, sagte sie und ließ es in Heckels Hände fallen.

»Operationsatlas Chirurgie … Das ist Fachliteratur für Profis«, sagte Heckel.

»Und da, wo das herkommt, gibt es noch viel mehr«, sagte Hanna und reichte ihm von oben weitere Bücher nach.

»Was machen eine Hausfrau und ein Kriminalbeamter mit so vielen Büchern über Medizin?«, fragte sie.

»Also ganz sicher bereitet man sich mit diesen Titeln nicht auf eine Heilpraktikerprüfung vor«, sagte Heckel, der die Bücher auf dem Esstisch ausbreitete.

»Aber worauf dann?«, fragte Hanna.

Aus dem Bad war Kürten zu hören. »Ich habe auch etwas!«

»Was?«, rief Hanna zurück, die sich nicht von der Frage ablenken lassen wollte, die sich gerade erst gestellt hatte.

»Blut!«, antwortete Kürten. »Hier im Badezimmer ist Blut.«

Plötzlich hatten es Hanna und Heckel sehr eilig, dem Ruf des Kollegen zu folgen.

Kürten kniete zwischen Badewanne und Tür vor dem Waschbecken. Er deutete mit einer Stabtaschenlampe in Kugelschreiberform auf die Unterseite des weißen Keramikbeckens.

»Jemand hat hier sorgfältig sauber gemacht, aber das vergessen.«

Hannas Blick folgte dem konzentrierten Leuchtkegel unter das Becken. Und richtig: Knapp vor dem Chrom des Ablaufs war der Rest eines Blutstropfens zu sehen, der kurz vor dem Abflussrohr zum Stillstand gekommen war. Der etwa anderthalb Zentimeter lange Verlauf der Blutspur endete abrupt. Dort, wo er dem Lappen oder Schwamm nicht entgangen war.

»Sorgfältig, doch nicht sorgfältig genug«, murmelte Hanna mit Blick auf den aus Weidenruten geflochtenen Wäschekorb unter dem Becken. Im Geflecht waren ebenfalls Spuren versickerten und geronnenen Bluts zu erkennen.

»Ich schlage vor, dass sich die Spurensicherung die gesamte Wohnung gründlich vornimmt.«

Tiere suchen und erkennen selbst ihr Futter,
Kinder müssen von Eltern umsorgt werden.

Wilhelm Fabry, Spiegel des menschlichen Lebens

»Mama, das ist wirklich nicht nötig«, flehte Julian, während Hanna den Zafira parkte. »Ich kann den Stoff doch privat nachholen, den ich in Peine versäumt habe. Die machen hier sicher was völlig anderes im Unterricht. Das bringt doch gar nix!«

Hanna hatte sich Julians Lamento vom Einsteigen in der Karnaper Straße bis zum Parkplatz in der Pungshausstraße, auf der Rückseite des Helmholtz-Gymnasiums, angehört. Nun stieg sie schweigend aus, ging um den Wagen und öffnete ihrem Sohn die Tür. Der verschränkte die Arme und machte keine Anstalten, sich abzuschnallen oder gar auszusteigen.

»Julian, bitte«, sagte Hanna. Sie hatte einen leichten Kater und Kopfschmerzen. Um halb sieben aufzustehen war sie nicht mehr gewohnt. »Wir haben das doch gestern besprochen. Du langweilst dich zu Tode, wenn du nur in der Fußgängerzone herumlungerst oder zu Hause herumhockst.«

Julian schwieg und starrte durch die Windschutzscheibe.

»Hast du wirklich geglaubt, du könntest den ganzen Tag fernsehen oder im Internet herumsurfen? Sei bitte kein Idiot!«

Einige Schüler stapften mit kleinen Augen an Hanna und dem Zafira vorbei.

»Also gut«, sagte Hanna. »Wenn du es wirklich nicht anders haben willst, zerre ich dich über den Schulhof ins Gebäude. Im Polizeigriff, wenn nötig!« Sie beugte sich in den Wagen und griff über ihren Sohn hinweg, um ihn abzuschnallen. In diesem Moment hörte sie eine freundliche Stimme hinter sich.

»Hey! Du bist doch Julian, richtig?«

Hanna und Julian drehten sich zu dem Mädchen um, das neben dem Wagen stand. Sie war in Julians Alter, hatte lange braune Haare, eine hinreißende Figur und ein sehr nettes Lächeln, wie Hanna fand. Ganz offensichtlich war nicht nur sie dieser Meinung, denn Julian wurde plötzlich tiefrot im Gesicht und brachte keinen Ton über die Lippen.

»Wir kennen uns aus dem Buchladen! Ich bin's, Miriam.«

»Hallo, Miriam, freut mich, dich kennenzulernen. Ich bin Julians Mutter«, sagte Hanna freundlich, um die Situation zu retten. Denn ihr Sohn saß immer noch starr wie eine Salzsäule auf dem Beifahrersitz, starrte das Mädchen an und brachte keinen Ton heraus.

Miriam und Hanna schüttelten sich die Hände und begannen eine lockere Plauderei über die Schule und das Wetter, während Julian sich wie in Trance aus dem Zafira schälte, seinen Rucksack schulterte, sich räusperte und dann zu niemand Bestimmtem sagte: »Gut, äh … Ich bin so weit.«

»Gehst du etwa auch aufs Helmholtz?«, fragte Miriam überrascht. »Ich habe dich noch nie hier gesehen.«

»Übergangsweise«, half Hanna aus, da Julian seine Zunge bereits wieder verschluckt zu haben schien.

»Ahm …«, sagte Julian.

Mein Gott, ist der Junge schüchtern, dachte Hanna. Das wusste ich ja gar nicht. Wie auch? Sonst hat der Kerl ja immer eine große Klappe.

»Julian wohnt für eine Zeit lang bei mir. Heute ist sein erster Tag«, sagte sie.

»Na, da hast du aber Glück, dass du diese Woche anfängst«, lachte Miriam.

»Wieso?«, fragte Julian.

»Weil wir Projektwoche haben. Da findet kein Unterricht statt.«

»Sondern?«, fragte Hanna skeptisch.

Da fiel ihr wieder ein, dass der Direktor der Schule im Gespräch mit ihr so etwas erwähnt hatte. Verschiedene Kunst- und Wissenschaftsprojekte, Theater und Musikworkshops wurden in der Projektwoche angeboten. Miriam erklärte es Julian ganz genau und beschrieb ihm in leuchtenden Farben das Theaterprojekt.

Die Kleine steht auf meinen Sohn, dachte Hanna. Merkwürdigerweise versetzte ihr diese Erkenntnis einen Stich direkt ins Herz.

Julian und Miriam schickten sich an, über den Schulhof in Richtung des Hauptgebäudes zu gehen. Nur das Mädchen drehte sich noch einmal um und winkte Hanna zum Abschied zu.

»Wenigstens weiß sie, was sich gehört«, murmelte Hanna und rief dann: »Hey, Sohnemann … was ist, kriege ich keinen Kuss zum Abschied?«

Die beiden hatten sich zuletzt geküsst, als Julian ungefähr elf Jahre alt und noch nicht zu cool für einen mütterlichen Kuss gewesen war. Doch diesen Spruch konnte Hanna sich nicht verkneifen. Eine kleine Genugtuung für den Stress, den er die ganze Zeit wegen des Schulbesuchs gemacht hatte.

Julian winkte nur verschämt zurück. Auch über die Entfernung hinweg konnte Hanna sehen, dass ihr Sohn schon wieder dunkelrot anlief. Anscheinend hatte es ihn bei Miriam voll erwischt.

Sei's drum, dachte sie. Hauptsache, er geht freiwillig.

Ihr iPhone klingelte. Es war Kürten, der aufgeregt klang und schlechte Nachrichten ankündigte.

»Gibt es was Neues bei den Jacobis?«, fragte Hanna.

»Nein, aber auf der Baustelle ... also, an der Fundstelle«, stammelte Kürten.

Hanna hörte ihm einen Moment lang konzentriert zu, dann stieg sie laut fluchend in den Zafira und rammte das Blaulicht aufs Dach.

Sie achtete nicht darauf, dass staunende Schüler mit offenem Mund der Mutter in dem schwarzen Minivan nachsahen, die mit Blaulicht und Sirene am Schulgelände entlangraste.

***

»Verschwunden? Was soll das heißen, ›verschwunden‹?«, rief Hanna. Sie stapfte mit ihren Blundstones ein gleichmäßiges Profilsohlenmuster in den Sand um den Eingang zur unterirdischen Fundstelle des Opfers.

»Wir wissen auch nicht, wie das passieren konnte. Aber die Bücher sind weg. Und zwar alle«, sagte Kürten zerknirscht.

»Wann kommt endlich einer und räumt diese verdammte Scheißplatte zur Seite?« Hanna trat gegen eine etwa doppelbettgroße Betonplatte, die auf dem Eingang lag.

Kürten, einige Kollegen der Schutzpolizei und Holger Heckel sahen der Hauptkommissarin unbehaglich schweigend dabei zu, wie sie ihre Wut an der Stahlbetonplatte ausließ.

»Wieso liegt das Ding überhaupt wieder hier?«, schrie sie Kürten an.

»Wir dachten ...«

»Ach, ihr habt *gedacht*? Das ist ja mal was ganz Neues!«, giftete Hanna über das Klacken und Rattern des Krans hinweg, der gerade seinen Ausleger in Richtung der kleinen Gruppe drehte, die um die Betonplatte herumstand.

»... wir dachten eben, diese Abdeckung sei sicher genug, dass sich niemand Zutritt zum Tatort verschaffen könnte.«

»'tschuldigung, darf ich mal?«

Ein Bauarbeiter drängte sich an Hanna vorbei und sah konzentriert abwechselnd nach oben zum Ausleger und auf die vier angerosteten Stahlseilösen, die man in die Platte eingegossen hatte. Er trug ein orangerotes Kästchen vor dem runden Bierbauch, das mit einem breiten roten Band um seinen Hals gehalten wurde.

Erst auf den zweiten Blick vom leeren Führerhaus des Krans zum Mann mit der Fernbedienung am Boden begriff Hanna, dass sie es mit dem Kranführer zu tun hatte.

»Sicher?«, rief sie Kürten zu. »Wie kann der Tatort sicher sein, wenn jeder Arsch diese Platte mit 'nem Bagger oder Kran entfernen kann? Sogar mit 'ner verdammten *Fernbedienung?*«

»Hey!«, rief der Kranführer entrüstet, als er begriff, dass Hanna von ihm redete.

»Sorry, Meister, war nicht persönlich gemeint. Und jetzt lüften Sie bitte die Grabplatte, okay?«

Mit vereinten Kräften wurden Haken an allen vier Ösen befestigt, dann hob der Kranführer die Platte an und drehte sie zur Seite weg. Noch während die Betonplatte über die Öffnung schwang, verschwand Hanna schon im Laufschritt über die versandete Treppe nach unten.

»Schaltet das verdammte Licht an!«, war ihre Stimme aus dem Loch zu vernehmen. Kürten verzog das Gesicht und gab gestisch den Befehl dazu, den Strom für die unterirdische Beleuchtung einzuschalten. Dann folgte er Hanna in die Tiefe.

Der Kellerraum war bis auf die uralten Holzregale komplett ausgeräumt worden. Dabei hatten die Täter ganz offensichtlich weder Zeit noch Mühe gescheut und den ganzen Raum auch noch säuberlich ausgefegt.

»Kein einziges Buch mehr. Das ist besenrein«, stöhnte Hanna mit Blick auf den dunklen Fleck im gestampften Lehmboden an der

Stelle, an der am Tag zuvor noch die Leiche gelegen hatte. »Ich fasse es nicht!«

Sie strich mit der Hand über eines der alten Holzregale.

Heckel erschien in dem verwitterten Türrahmen. Er war, wenn auch auf andere Art als Hanna, ebenfalls außer sich. Bleich und atemlos stolperte er in den Raum, betastete die leeren Regale und murmelte abwechselnd immer wieder leise »Nein« oder stieß kaum hörbare Klagelaute aus.

»Die ganzen wertvollen Bücher. Originalausgaben von Wilhelm Fabry ... Gestohlen! Was für eine Katastrophe!«, fasste Heckel die Lage und damit auch die Gemütsverfassung der Anwesenden zusammen.

»Hanna?«

»Ich bin hier!«, rief sie, froh über die sonore Stimme des Düsseldorfer Kollegen.

Doch als Hanna Cockers Gesicht sah, schwand ihre Freude. Wegen seiner Größe musste er den Kopf in dem niedrigen Raum wie zur demütigen Andacht neigen. Und die Büßerhaltung entsprach seinem Ausdruck, als er sagte: »Wir haben ein Problem.«

»Noch eins?«, fragte Kürten.

Erst jetzt fiel Hanna auf, dass auch er sich bei der Geste auf die leeren Regale wegen seiner fast zwei Meter merkwürdig ducken musste. Was aber der theatralischen Geste keinen Abbruch tat.

Cocker achtete jedoch nicht auf Kürten, sondern kniete sich neben Hanna.

»Ich war eben in der Gerichtsmedizin«, sagte er.

»Und?«, fragte Hanna.

»Die Leiche ist weg.«

Hanna schluckte trocken. Dann wiederholte sie viel leiser, was sie kurz zuvor oben auf der Baustelle noch laut gerufen hatte: »Was soll das heißen, ›weg‹?«

»Na ja ... Der Körper des Toten ist nicht da«, sagte Cocker.

»Sie wollen sagen, die haben nicht nur alle Bücher und Dokumente aus diesem Keller geklaut, sondern auch noch eine Leiche aus der Gerichtsmedizin?«, ertönte Heckels klagende Stimme.

»Nein«, antwortete Cocker leise. »Sie wurde nicht geklaut. Ich will damit sagen, dass diese Leiche niemals in der Gerichtsmedizin angekommen ist.«

»Was?«, fragte Kürten ungläubig. »Ich war doch selbst dabei, als sie ihn abgeholt haben …« Er hielt plötzlich inne.

Hanna stand auf und sah in Kürtens nachdenkliches Gesicht. Eine Erkenntnis verzerrte seine Züge. Er strich sich mit beiden Händen die rotblonden Haare über die Stirn nach hinten.

»Scheiße!«

»Warst du hier unten?«, fragte Hanna.

Kürten schüttelte stumm den Kopf und deutete nach oben.

»Nachdem die Spurensicherung fertig war, sind wir alle rauf, dann kamen zwei Männer mit dem Transportsarg.«

»Wie sahen die aus?«, wollte Hanna wissen. Doch Kürten schüttelte nur stumm den Kopf.

»Verstehe ich das richtig? Diese Männer haben eine Leiche während der laufenden Ermittlung geklaut?« Niemand antwortete Heckel, der die Stille durchbrochen hatte und schließlich fortfuhr: »Und dann haben sich die Täter erneut Zutritt zum Tatort verschafft, um in aller Ruhe und mit Sorgfalt jedwede Spur zu vernichten und sämtliche Bücher zu stehlen, die sich hier unten befunden haben?«

Keiner der drei Polizeibeamten antwortete dem Medizinhistoriker. Doch im Stillen mussten alle drei zugeben, dass Professor Doktor Holger Heckel die aktuelle Situation in knappen Worten zutreffend zusammengefasst hatte.

Hanna schnaufte frustriert auf und trat wütend gegen eins der leeren Regale. Das alte Holz protestierte ächzend.

»Moment mal«, sagte Heckel und drehte sich zu Hanna um. »Die Bücher, auf denen Sie gestern herumgetreten sind, die sind doch sicher …«

»Meine Güte«, unterbrach ihn Hanna genervt. »Wie oft soll ich mich denn dafür noch entschuldigen?«

»Nein, nein, das meine ich nicht. Aber die Bücher am Boden sind doch von Ihnen nicht wieder ins Regal an ihren Platz zurückgestellt worden, oder?«

»Nein, ich …«

»Damit lagen sie noch am Boden, als die Kriminaltechnik eintraf, und dürften von besonderem Interesse für sie gewesen sein, richtig?«

»Äh, ich …« Hanna hob unschlüssig die Hände. Sie verstand nicht, worauf Heckel hinauswollte.

Doch bei Cocker war der Groschen bereits gefallen.

»Sie meinen, die Kollegen haben die Bücher ebenfalls nicht einfach zurück ins Regal gestellt.«

»Bei der Sicherung tatrelevanter Spuren wäre das ein äußerst unprofessionelles Vorgehen. Anstelle der Kriminaltechniker hätte ich die Bücher jedenfalls …«

»… eingepackt«, rief Hanna, als sie endlich begriffen hatte, was Heckel meinte.

Der schmunzelte und antwortete: »Nun, ich kenne Ihre Vorliebe für Umgangssprachliches, Frau Broder. Aber, wenn Sie mir die Bemerkung erlauben, meiner Meinung nach kann man in der Tat davon ausgehen, dass Ihre Kollegen die am Boden befindlichen Bücher zur weiteren Begutachtung im kriminaltechnischen Labor sichergestellt haben.«

»Heckelchen, du bist zwar ein gestelzter Schwätzer«, sagte Hanna und drückte dem verblüfften Mann einen Kuss auf die Stirn. »Aber ab jetzt hast du keinen Idiotenstatus mehr.«

»Äh …« Der verblüffte Mann wusste nicht recht, ob das eine Ehre oder nur eine weitere Beleidigung aus dem Mund der stämmigen Hauptkommissarin war.

»Also los«, sagte Hanna zu Cocker und Heckel. »Sehen wir uns die einzigen Beweisstücke, die wir noch haben, genauer an!«

Als sie gerade wieder die Erdoberfläche erreicht hatten, meldete Hannas iPhone mehrere Nachrichten.

Als Hanna mit gerunzelter Stirn die SMS gelesen und zwei Sprachnachrichten abgehört hatte, meinte sie: »Das kann ich jetzt echt nicht gebrauchen.«

»Was?«, fragte Cocker.

»Meuser will uns sofort in seinem Büro sehen. Und zwar alle.«

Kürten und Cocker stöhnten gleichzeitig auf. Hanna zuckte ergeben mit den Schultern. Heckel sah die drei verwundert an, während er von Hanna über das Baustellengelände Richtung Ausgang geschoben wurde.

***

»Ich fasse also zusammen!«, sagte Meuser und stolzierte im Napoleonschritt vor seiner versammelten Mannschaft auf und ab. »Es geht hier *nicht nur* um einen ungeklärten Mord, sondern auch um den gerade erst verübten Diebstahl des gesamten damit in Zusammenhang stehenden Beweismaterials. Gestohlen unter den wachsamen Augen der ermittelnden Beamten. Sehe ich das richtig?«

Der Chef der Inspektion Mitte war in seinem Element. Obwohl er wusste, dass mit Widerspruch zu rechnen war, lamentierte er nun schon eine ganze Weile vor Werner Kürten, Hanna Broder und Cocker herum. Außerdem befanden sich in der zweiten Reihe die Schutzpolizisten Evers, Schmitt und Hartmann sowie zwei Kommissare der Spurensicherung und nicht zuletzt Professor Doktor Holger Heckel. Er stand ganz hinten und am Ende der Befehlskette, weswegen er Meuser noch nicht aufgefallen und von ihm auch noch nicht persönlich zur Rechenschaft gezogen worden war.

Bis auf drei in Beweissicherungsbeutel eingepackte und von der Spurensicherung sorgfältig katalogisierte alte Bücher, die auf Meusers Schreibtisch wie eine Anklage an alle mit dem Fall betrauten Beamten lagen, waren sämtliche Beweismittel aus dem historischen Kellerraum entwendet worden.

Meuser hatte mit der flachen Hand auf die in durchsichtiges Plastik verpackten Bücher geschlagen. Der Einzige, der daraufhin zusammenzuckte, war Heckel. Doch weniger vor Schreck denn aus Mitgefühl für die historischen Folianten.

Cocker hatte es eigentlich nicht nötig, sich vom Leiter der Mitte in dieser Lautstärke rügen zu lassen.

Der Erste Kriminalhauptkommissar unterstand dem Düsseldorfer Präsidium und musste eigentlich ebenso als Gast gelten wie der Düsseldorfer Professor, den Meuser Hanna zwangsweise zur Seite gestellt hatte.

Doch seine Freundschaft zu Hanna und sein Interesse an dem Fall ließen ihn stumm seine Fäuste in den Hosentaschen ballen. Schließlich gab es auch noch den Einbruch in das Haus des spurlos verschwundenen Düsseldorfer Kollegen und dessen Familie, von denen ebenfalls jede Spur fehlte.

Heckel hatte zwar nur Augen für die historischen Bücher und daher nur mit einem Ohr zugehört, doch als einziger Zivilist im

Raum hatte er gelernt, dass mit dem Transport von Leichen vom Tatort zur Rechtsmedizin üblicherweise lokale Bestattungsunternehmen beauftragt werden.

Im Fall des Leichnams von der Baustelle verlor sich die Spur des Leichenwagens, sobald der Körper von zwei nicht näher zu beschreibenden Trägern des Blechsargs vom Gelände der abgerissenen Sparkasse getragen und verladen worden war.

Jemand hatte in der Zeugenaussage einen dunkelgrauen oder schwarzen Kombi – Mercedes oder Ford – mit auflackierten Ölzweigen an den Seiten in der Bismarckstraße vor dem Baustelleneingang gesehen. Aber bei dieser vagen Beschreibung fehlte das Kennzeichen des Wagens. Und so hatten die Täter unerkannt mit der Leiche entkommen können.

Meuser ging in seiner anklagenden Rede davon aus, dass es dieselben Männer waren, die später den Tatort geräumt und gesäubert hatten. Der Leichnam war nie im weitverzweigten Gelände der Düsseldorfer Uniklinik an der Moorenstraße in der Rechtsmedizin angekommen. Erst etwa eine halbe Stunde nach seinem Abtransport von der Baustelle war der Leichenwagen des echten Bestatters in der Bismarckstraße vorgefahren und die Sache entdeckt worden.

»Sie und der Düsseldorfer Kollege Brandt leiten die Sonderkommission gleichberechtigt«, bellte Meuser Hanna an, als ob sie etwas für die peinlichen Pannen könnte. »Sind Sie einverstanden?«, fragte er Cocker.

Der nickte nach einer Pause stumm.

»Gut. Ich erwarte von allen Beteiligten absolutes Stillschweigen gegenüber der Presse, ist das klar?«

Allgemein zustimmendes Raunen ertönte. Niemand hatte Interesse daran, über diese Angelegenheit hämische Kommentare in der Zeitung zu lesen.

Als sich die Versammlung auflöste, stürmte Heckel nach vorn zu Meusers Schreibtisch und sah sich die verpackten Bücher an. Eines davon schien es ihm auf Anhieb angetan zu haben.

»Das ist die ›Christliche Abmahnung von der Trunckenheit‹!«, murmelte er. Zu niemand Bestimmtem im Raum.

Nur Cocker sah auf, als Heckel salbungsvoll hinzufügte: »Wilhelm Fabrys Originalausgabe aus Bern aus dem Jahr 1623 …«

Der Wein ist ein edler Saft, der das Blut rein macht und dem Leib Kraft gibt.

Wilhelm Fabry, Spiegel des menschlichen Lebens

»Was gefällt dir bloß an diesem Laden? Die haben doch niemals einen vernünftigen Rotwein«, sagte Cocker und sah sich um. Zeit dazu hatte er genug, denn Hanna musste erst einmal den herzhaften Biss in einen überdimensionalen Döner bewältigen, bevor sie überhaupt zu einer Replik fähig gewesen wäre.

Die Kneipe mit dem Namen »Pub« war Hanna seit einem der jährlich stattfindenden Spontantreffen am heiligen Morgen, dem 24. Dezember, ans Herz gewachsen. Obwohl sie bis zu diesem Tag nicht sicher gewesen war, ob die Kneipe im ehemaligen Bettenlager des ersten Hildener Krankenhauses »das Pub« oder doch besser »der Pub« genannt wurde, war sie mittlerweile fast so etwas wie ein Stammgast in dem länglichen Schuppen, der nicht größer war als drei bis vier hintereinander aufgestellte Fertiggaragen. Nur eben sehr viel älter.

Vereinzelte bereits am Tresen festgewurzelte Gestalten gehörten ebenso zur Dauerkundschaft wie die Handballmannschaft der Stadt, drei Viertel aller Taxifahrer und Teenager in Julians Alter, die (meist vergeblich) versuchten, in dem stickigen Schuppen an Alkohol zu kommen. Bis jetzt war Hanna noch immer inkognito, niemand hatte sie bisher als Bulle enttarnt. Im Pub durfte man mitgebrachte Schweinereien der umliegenden Dönerbuden oder vom China-Imbiss »Dschingis Khan« um die Ecke verzehren. Entweder direkt am Tresen oder an einem der kleinen Tische, die an der Bankreihe gegenüber der langen Theke standen.

»Was willst du hier bloß?«, fragte Cocker. Er drehte ein halb volles Altglas unschlüssig in den Händen.

»In Ruhe essen und danach eine Kippe rauchen«, sagte Hanna mit halb vollem Mund. Die Betreiber des Pubs waren angeblich ein Kollektiv aus Musikern, Truckfahrern und DJs, die eine GmbH gegründet hatten und sich mit dem Thekendienst abwechselten. Früher hatten sie noch eine stadtbekannte Disco namens JWD und das Restaurant schräg gegenüber der Kneipe betrieben.

Die Jungs drückten sowohl bei der Sperrstunde als auch dem

Rauchverbot beide Augen zu. Genau genommen scherten sich die Betreiber einen Scheißdreck um jegliche Regel, die verschiedene Ordnungsbehörden der Gastronomie auferlegten – bis auf die Hygienevorschriften.

Soweit Hanna es beurteilen konnte, war der Laden zwar verraucht und rechtmäßig verlebt für sein Alter, wurde aber dennoch peinlich sauber gehalten. Insofern fühlte sich Hanna schon wegen der Parallelen dieser Örtlichkeit zugetan.

»Außerdem kann ich zu Hause im Moment keinen Alkohol trinken. Vom Rauchen ganz zu schweigen«, sagte Hanna, stürzte ihr Glas Roten und bestellte bei dem jungen Typen hinter der Theke gestisch neue Getränke für Cocker und sich.

»Warum?«, fragte Cocker.

»Mein Sohn wohnt bei mir.«

»Du solltest dich aber nicht nur zusammenreißen, weil du deinem Erziehungsauftrag gerecht werden willst.«

Hanna nahm ein neues Glas Rotwein in Empfang. Der Wein war gut. Cocker hatte mit seinem Verdacht absolut unrecht. Man hatte ihn extra Hanna zuliebe aus dem Weinladen gegenüber ihrer Wohnung ein paar Straßen weiter importiert.

»Ich muss ja nicht gleich die Heilige spielen. Nur, weil ich meinem Sohn ein gutes Beispiel vorleben will«, sagte sie zwischen zwei Schlucken und biss dann wieder in das von Aluminiumfolie umhüllte Ungetüm in ihrer Hand.

»Eine äußerst fragwürdige Doppelmoral«, fand Cocker. »Vergiss nicht, eines der sichergestellten Bücher von Wilhelm Fabry lautete ›Christliche Abmahnung von der Trunckenheit‹. Im siebzehnten Jahrhundert hat man das noch mit ›ck‹ geschrieben.«

»Du klingst wie der Prof«, mampfte Hanna zurück. »Meinst du, Heckel hockt immer noch über diesen Büchern?«

»Wahrscheinlich«, antwortete Cocker müde.

Sie hatten den Medizinhistoriker im Büro der neu gegründeten Sonderkommission im ersten Stock der Mitte zurückgelassen. Heckel war nicht zu einem Drink oder Abendessen zu bewegen gewesen. Aus lauter Vorfreude auf die drei alten Bücher. Sie hatten ihn mit Kleingeld für den Getränke- und den Süßwarenautomaten auf dem Flur und einem klapprigen Dienstcomputer zurückgelassen, über den Heckel nach eigener Aussage per Internet auf die Daten seines Rechners in der Universität zugreifen konnte. Mehr brauche er nicht, hatte der Wissenschaftler den Beamten mit leuchtenden Augen versichert, ungeduldig darauf wartend, dass sie ihn endlich mit den Büchern allein, ihn endlich in Ruhe ließen.

Cocker starrte schweigend in sein Glas. Dann sah er auf. Im Wettbewerb um die schönsten Augenringe lagen sie ganz vorn auf den ersten beiden Plätzen. Und das hatte in diesem Laden schon etwas zu bedeuten. Er überlegte für einen Moment, ob er zum Abschluss des Abends die Sprache noch einmal auf Striebek bringen sollte, den des mehrfachen Mordes überführten und gerade erst erschossenen Exliebhaber und Expeiniger von Hanna.

Doch sie schüttelte nur den Kopf, als könne sie Gedanken lesen. »Lass es gut sein, Cocker. Morgen ist auch noch ein Tag.«

***

Als Cocker sie in der Karnaper Straße vor ihrem Haus abgesetzt hatte, atmete Hanna die kühle Nachtluft tief ein. Er hatte darauf bestanden, dass sie ihren Wagen vor dem Pub stehen ließ. Nach all dem Wein.

Als Hanna sich wehrte, schnappte er sich ihren Autoschlüssel, bezahlte die Rechnung und schob sie aus dem verrauchten Laden. Nach Hause laufen durfte sie allerdings nicht, obwohl ihr die frische Luft gutgetan hätte und es nur ein Katzensprung war. Gerade mal siebenhundert Meter Fußweg, wie Hanna ihrem Kollegen auf dem Display ihres iPhones mit alkoholisierter Beharrlichkeit zu zeigen versuchte. Aber Cocker ließ sich auf keine Diskussion ein, verfrachtete sie in seinen gemieteten Audi und lieferte sie vor der Tür ab.

»Wenn du wartest, bis ich drin bin, schieße ich auf deine Reifen«, drohte Hanna.

Insgeheim hegte sie den Verdacht und sogar die Hoffnung, dass er noch mit zu ihr hinaufkommen wollte. Auch wenn das natürlich wegen Julian völlig unmöglich war. Lust darauf, den rothaarigen Hünen am Kragen seines Mantels in ihre Bude und vielleicht sogar in ihr Bett zu schleppen, hatte Hanna schon. Obwohl sie vor Müdigkeit kaum noch aus den Augen gucken konnte.

»Schlaf dich aus. Wir sehen uns morgen«, sagte Cocker durch das offene Beifahrerfenster, spreizte die Mundwinkel zu etwas, was ein müdes Lächeln hätte sein sollen, und brauste davon.

»Mit dir wäre eh nicht mehr viel anzufangen gewesen«, murmelte Hanna hinter den roten Rückleuchten von Cockers Audi her.

Sie stand mitten auf der Straße, gähnte, bis ihre Kiefer knackten, und steckte sich dann doch noch eine Zigarette an, obwohl ihre Augen bereits tränten. Julian schlief schon seit Stunden. Sie war übermüdet, satt und betrunken.

Was soll ich da noch mit 'nem Mann im Bett? Was soll ich überhaupt ...

Das Zuschlagen der Haustür des maroden Mehrfamilienhauses aus der vorletzten Jahrhundertwende riss Hanna aus ihren Gedanken. Es war ein charakteristischer Laut, den sie nach einer geschätzten Milliarde Mal Zufallen der Tür mit dem kaputten Schließer im Schlaf erkannt hätte. Jemand huschte durch die Dunkelheit nach vorn zum neuen Gartentor. Das alte Törchen war vor nicht allzu langer Zeit einem Sprengstoffattentat zum Opfer gefallen.

Hanna, die Ziel des letzten Anschlags an dieser Stelle gewesen war, griff instinktiv zu ihrer Waffe – nur, um wieder einmal festzustellen, dass sie in der Schreibtischschublade ihres Büros lag.

Um Ärger vorzubeugen, ließ sie ihre Walther P99 oft und gern dort in ihrem Versteck unter einer Packung Tampons und anderem Frauenkram, den die Kollegen nicht einmal mit der Kneifzange anfassen würden.

»Wer ist da? Stehen bleiben!«, rief sie mit schneidender Polizistenstimme. Und musste kurz darauf Rauch aushusten, den sie vor Schreck verschluckt hatte.

Von den Idioten aus der Wohngemeinschaft wären jetzt ein »Hey, Bullitt, bleib mal locker« oder ähnliche dumme Sprüche aus der Dunkelheit gekommen. Doch die Gestalt schnaufte leise und rannte vom Tor weg Richtung Garten.

Das war schlecht.

Ohne Dienstwaffe, mit einem überdimensionalen Döner Kebab und diversen Gläsern Rotwein im Bauch – bei Nummer vier hatte Hanna aufgehört zu zählen – war diese Verfolgung die reinste Tortur.

Hanna stolperte durch die Dunkelheit in den Garten ihrer Vermieterin, rief polizeiliche Aufforderungen, gefolgt von haltlosen Drohungen. Sie glaubte, einen Teil ihrer Lunge aushusten zu müssen, als die schemenhafte Gestalt vor ihr stürzte und zu schluchzen begann. Es war ein Mädchen. Miriam.

»Wieso … zum Teufel … rennst du weg?«, keuchte Hanna. Sie half Julians neuer Mitschülerin auf und leuchtete ihr mit einer kleinen Stabtaschenlampe ins Gesicht. Miriam schluchzte erschrocken auf.

»Jetzt krieg dich doch erst mal ein. Was hast du denn da?«

Miriams gerötetes Gesicht sah um den Mund herum aus, als sei sie wund. Erst auf den zweiten Blick kapierte die erschrockene Hanna, dass es sich um weiträumig verschmierten Lippenstift handelte.

»Ich … Wir haben nur geprobt«, stammelte das Mädchen und wischte sich den Rotz von der Nase, als sei sie erst sechs statt lasziye sechzehn Jahre alt. »Sie tun mir weh.«

»Geprobt. Verstehe«, sagte Hanna. Obwohl nur tröpfchenweise in ihr übermüdetes Hirn sickerte, dass sie vielleicht gerade der zukünftigen Freundin ihres Sohnes den Arm quetschte.

»Hast du mit ihm geschlafen?« Die Frage entwich ihr, bevor sie etwas dagegen tun konnte.

»Ich, äh … nein!«, entgegnete das Mädchen verschüchtert.

Du hattest Glück, Kleine. Wenn ich meine Waffe dabeigehabt hätte, würdest du jetzt mit einem Loch im Rücken zwischen den Rosen liegen, dachte Hanna, statt es laut zu sagen. Dieses Mal funktionierte ihre Zensurfunktion. Glücklicherweise.

»Wieso rennst du vor mir weg?«, wiederholte sie stattdessen ihre Frage.

»Ich, wir … Wir haben geknutscht, und Jules meinte …«

Sie sprach den Spitznamen wie »Dschules« aus, was Hanna affektiert, viel zu vertraut und absolut zum Kotzen fand. Schließlich kannte die Tussi ihren Sohn gerade erst ein paar Stunden! Das Blut rauschte laut aus ihrem Hirn an den Ohren vorbei. Irgendwohin in den übermüdeten Restkörper. Dann ertönte ein Fiepen, das Hanna auf beiden Ohren hörte.

»Was ist? Ist Ihnen nicht gut?«, fragte das Mädchen mit dem absurden Clownsmund überfordert.

Ich muss, dachte Hanna. Ich muss unbedingt –

»Dochdochgehtschon … ichmussnur … ichmussunbedink…«

Mit diesen gestammelten Worten sank sie in die Rosen der Vermieterin. Gottlob nur ohnmächtig. Und gottlob war die alte Schmitz gerade bei ihrer Tochter zu Besuch, konnte das Unglück also nicht kommentieren.

***

Der neue Tag begann mit einem Rollentausch. Julian kümmerte sich rührend um seine Mutter. Er päppelte Hanna mit einem grandiosen Frühstück auf, das über Brötchen und Croissants hinaus sogar von ihm selbst zubereitetes Rührei und eine Miniflasche Sekt – »Piccolöchen«, wie er grinsend verkündete – im Programm hatte.

Hanna hatte in der Nacht zuvor Glück gehabt. Der Sturz ins Rosenbeet war folgenlos geblieben. Kinder und Besoffene fallen immer glücklich. Mit diesem Spruch war sie aufgewacht, nachdem ihr Systemcheck weder Wunden noch Schmerzen gemeldet hatte. Miriam hatte Julian zu Hilfe geholt. Gemeinsam hatten sie Hanna in den ersten Stock verfrachtet. Ein wenig fürchtete sie sich, die Schwiegertochter in spe mit dem Clownsmund vor dem Frühstück wiedersehen zu müssen, doch Julian hatte sie lachend beruhigen können.

»Nein, Miriam ist abgehauen. Sie hat Angst vor dir.«

Obwohl er sich betont cool über sie ausließ, war Hanna vollkommen klar, dass ihr Sohn bis über beide Ohren in das Mädchen verliebt war. Er strahlte, nein, er glühte geradezu.

Dieses Frühstück gilt auch nicht wirklich mir, erkannte Hanna in den entrückten Augen des glücklichen Jungen, der an ihrem Bett hockte. Sie verzehrte bis auf den Sekt alles, was Julian ihr darbot. Sogar den frisch gepressten Orangensaft. Obwohl das kleine Glas frischer Vitamine in ihrem Magen einen Brandsatz zündete, der sie für den Rest des Tages mit Sodbrennen versorgte.

Noch vom Bett aus rief Hanna in der Mitte an. Kürten hatte sämtliche Bestatter der Umgegend mit der Frage abtelefoniert, ob dort ein Fahrzeug vermisst wurde oder entwendet worden war.

»Und wie immer lag das Gute natürlich viel zu nah«, sagte er fröhlich.

Als Hanna nachfragte, was er damit meinte, erklärte er ihr, dass er bei einem Bestatter in der Walder Straße, also direkt um die Ecke der Mitte, schließlich fündig geworden war.

»Es war mein vorletzter Anruf auf der Liste.«

»Wieso?«, fragte Hanna.

»Weber«, sagte Kürten, als sei das Erklärung genug.

»Hä?«

Die Nacht hatte Spuren hinterlassen. Hannas Auffassungsgabe lief erst auf zwei Zylindern.

»Wir hatten eine alphabetische Auflistung erstellt. Das Bestattungshaus Weber ist der Vorletzte auf der Liste gewesen. Sie haben auch historische Bestattungsfahrzeuge für Oldtimerfreaks. Darunter einen schwarzen Chevrolet aus den Fünfzigern und einen dunkelgrauen Mercedes, auf den passen die dürftigen Zeugenaussagen.«

»Und der Mercedes ist weg?«

»Nee«, antwortete Kürten. »Der steht da.«

Für einen Moment überlegte Hanna, ob Kürten sie foppen wollte oder ironisch zu sein versuchte. Doch als nichts von ihm kam, fragte sie: »Wenn er da steht, ist er doch nicht gestohlen worden. Was soll der Blödsinn?«

»Der Juniorchef schwört Stein und Bein, dass der Wagen bewegt worden ist.«

»Bewegt?«

»Sag mal, Hanna. Ist mit dir alles in Ordnung? Du bist doch sonst nicht so begriffsstutzig. Der Junior schließt nicht aus, dass sich jemand den Mercedes ohne sein Wissen ausgeliehen hat. Das ist ein alter Wagen ohne Wegfahrsperre. Schau doch einfach mal dort vorbei und sieh dir das an. Der Mann heißt Henry Weber. Er ist aber jetzt nicht im Stammhaus der Firma, sondern in der Trauerhalle in der Walder Straße, gegenüber dem Krankenhaus. Zufahrt über die Rückseite im Mühlenhof. Du kannst es nicht verfehlen. Das ist so ein schuhkartonähnlicher Kasten, moderne Architektur.«

»Und in der Trauerhalle stehen die Leichenwagen?«, fragte sie verblüfft.

Kürten schnaufte entrüstet.

»Ich habe wirklich keine Lust, mich von dir verarschen zu lassen, Hanna«, sagte er und unterbrach die Verbindung. So bekam er ihr lobendes »Gute Arbeit, Werner« gar nicht mehr mit.

***

Die Trauerhalle des Instituts Weber »Bestattungen seit 1873« stach tatsächlich wie ein hypermoderner Fremdkörper aus den Jahrhundertwende-Fassaden der Walder Straße hervor. Das Gebäude in Form einer großen Kiste war mit bräunlichen Marmorplatten verkleidet. Natürlich waren in dem modernen, fast asiatisch anmutenden Gebäude keine Leichenwagen geparkt. Das lichtdurchflutete Atrium mit einem kunstvoll angelegten Miniaturgarten strahlte würdige Ruhe aus.

Hanna ließ sich in einen der schwarzen Besucherstühle aus Leder fallen. Sie hatte nicht übel Lust, dem Wasserspiel im Innenhof für den Rest des Vormittags zuzusehen. Doch schon nach wenigen Minuten, in denen ihre Lider schwer geworden waren, hörte sie hinter sich Absätze über den Marmorboden klackern und drehte sich um.

Henry Weber war groß und schlank. Er trug einen dunkelgrauen Anzug und den professionell verständnisvollen Gesichtsausdruck von Personen zur Schau, die sich jeden Tag beruflich mit dem Leid anderer Menschen zu befassen haben.

»Schön haben Sie's hier«, sagte Hanna. Zu laut, wie sie am harten Widerhall der Steinwände erkannte. Also dämpfte sie ihre Stimme und hielt Weber die Hand hin. »Kann man bei Ihnen auch einen Kurztrip buchen? Oder haben sie nur allerletzte Reisen im Angebot?«

Weber verzog keine Miene. Wenn er Hannas Scherz verstanden haben sollte, ließ er ihn ebenso kalt an sich abprallen wie der Marmor ihren Schall. Hanna räusperte sich unbehaglich, als Weber mit einem leisen »Angenehm« ihren Händedruck erwiderte.

»Sie glauben, einer Ihrer Wagen sei entwendet worden?«, fragte Hanna.

»Wir sind uns sogar sicher«, antwortete Weber und deutete in

Richtung Ausgang. »Hier entlang, bitte.« Er hatte jenen betont verständnisvollen Grundton in der Stimme, der Hanna bereits nach wenigen Worten aus seinem Mund auf den Geist zu gehen begann.

In der Dreiergarage stand ein absolut riesiger schwarzer Leichenwagen amerikanischen Ursprungs, daneben eine elegante »Göttin«, auch bekannt als »La Déesse« oder Citroën DS, ebenfalls als Sondermodell Kombi in Schwarz, und ganz rechts ein eher nüchterner, dunkelgrauer Mercedes 230 T-Modell der Serie 123.

»Wow«, sagte Hanna beim Anblick der langen Haifischschnauze des Citroëns beeindruckt. »In diesem Wagen würde ich auch meine letzte Reise antreten.«

»Der DS war seinerzeit ein bahnbrechend innovatives Modell. Bei seiner Vorstellung auf dem Genfer Salon sollen am ersten Tag über zwölftausend Wagen verkauft worden sein«, sagte Weber, bei dem Hanna nun fast so etwas wie Emotion zu erkennen glaubte. »Die hydropneumatische Federung erlaubt es dem Fahrzeug, auch im Fall eines defekten Reifens auf drei Rädern weiterzufahren ...« Hier beugte sich Weber zu Hanna: »Dieser Vorteil soll Präsident Charles de Gaulle seinerzeit bei einem Attentatsversuch das Leben gerettet haben.«

»Großartig«, staunte Hanna. »Und dieser Wagen wurde Ihnen entwendet?«

»Nein, das war dieser hier, der Mercedes.« Weber wollte die Fahrertür des grauen Leichenwagens aus deutscher Fabrikation öffnen, doch Hanna hielt ihn davon ab.

»Bitte nicht. Ich möchte, mit Ihrem Einverständnis, die Spurensicherung durch das gesamte Fahrzeug schicken. Innen und außen.«

Weber hob die Hände, als wolle er sich ergeben. »Natürlich. Gern.«

»Von wann bis wann können Sie das Fehlen des Wagens genau eingrenzen?«, fragte Hanna.

»Wir haben den Mercedes vorgestern aus der Inspektion geholt und abends hier abgestellt«, antwortete Weber.

»Und am nächsten Morgen war er weg?«, fragte Hanna hoffnungsvoll.

»Nein«, antwortete Weber. »Aber gestern Nachmittag hatte er etwas mehr Kilometer auf dem Tacho, als auf der Rechnung stand. Ich bin zwar nicht pingelig, aber die in der Werkstatt halten den Kilometerstand dort genau fest und beteuern, niemals mit dem Wagen gefahren zu sein.«

»Irgendwelche Einbruchspuren in der Garage? Etwas Auffälliges am Wagen selbst?«, fragte Hanna.

»Nein, leider ...«

Hanna schnaufte, enttäuscht über Webers Antwort. Dann klingelte ihr Telefon. Es war Julian. Hanna entschuldigte sich, trat ins Freie auf den Parkplatz des Mühlenhofs und telefonierte kurz. Dabei wurde ihre Stimme immer lauter. Sie klang alarmiert.

Das Letzte, was Juniorchef Weber von der Kriminalhauptkommissarin sah, war ihr wehendes Haar, als sie über den Parkplatz in Richtung eines Opel Zafira rannte.

Gott hat dem Menschen die Musik gegeben,
um ihn zu erheben

Wilhelm Fabry, Spiegel des menschlichen Lebens

Julian lag in der Aula des Helmholtz-Gymnasiums auf dem Boden vor der Bühne. Hanna hatte nur wenige Minuten gebraucht, um vom Mühlenhof durch das historische Ringwallgelände des Holterhöfchens vor dem Haupteingang der Schule vorzufahren. Dabei gewann sie knapp den Kampf um die Poleposition mit dem Rettungswagen, der fast zeitgleich mit Blaulicht und Martinshorn um die Ecke der benachbarten Realschule gebogen kam.

»Was ist passiert?«, rief Hanna keuchend, nachdem sie sich als Polizistin und Mutter vorgestellt hatte. Auf den ersten Blick erkannte sie Miriam und zwei weitere Schüler und einen Lehrer mit grauem Bart, der sich über Julian beugte und ihn daran hinderte, aufzustehen.

»Was ist mit meinem Sohn?«

»Er hat sich wahrscheinlich die Schulter ausgekugelt«, sagte der Graubärtige, der sich als Wolf Beyer, Lehrer für Englisch und Musik sowie Leiter der schuleigenen Theatergruppe vorstellte.

»Ich bin von der Bühne gefallen«, fügte Julian hinzu und stöhnte vor Schmerz.

Miriam hielt seine Hand und sah alarmiert auf, als Hanna fragte: »Hat dich jemand gestoßen?«

»Immer mit der Ruhe«, sagte der Graubärtige. »Julian ist hier unter Freunden.«

Hanna suchte in den freundlichen Augen des Lehrers einen Grund, sich mit ihm anzulegen, während sich zwei Rettungssanitäter um ihren Sohn kümmerten. Sie fand keinen. Noch nicht, entschied sie.

»Ist das Ihre Truppe?«

»Zu Diensten, Mylady«, entgegnete Beyer galant und deutete eine Verbeugung an.

Sein Lächeln zerknitterte die Augenwinkel in schalkhafte Falten. Hanna erkannte, dass drei Mädchen, inklusive Miriam, sowie ihr Sohn am Boden und zwei weitere Jungs ebenfalls lächelten. Sie schienen Wolf Beyers Worten und Gesten mit Begeisterung zu folgen.

»Sie sind der Regisseur«, sagte Hanna in Cockers Manier, Fragen wie Feststellungen klingen zu lassen. Dabei beobachtete sie aufmerksam den Versuch der Rettungssanitäter, Julian auf die Beine zu helfen.

»Ganz recht. Wir proben ein Theaterstück mit dem Titel ›Leben und Wirken Wilhelm Fabrys – am Puls seiner Zeit‹.«

»›Am Puls seiner Zeit‹ ist von mir – cool, oder?«, sagte Julian und grinste Hanna an. Nur, um kurz darauf vor Schmerz zusammenzuzucken und sich an die rechte Schulter zu greifen.

»Das Schultergelenk scheint in Ordnung zu sein, soweit ich ertasten kann. Aber er hat eine rechtsseitige Klavikulafraktur«, sagte einer der Sanitäter.

»Was ist das?«

»Ihr Sohn hat sich das Schlüsselbein gebrochen. Wir bringen ihn rüber in die Klinik, die werden ihn röntgen, um ganz sicherzugehen.«

»Ich komme mit!«, rief Miriam, bevor Hanna auch nur den Mund aufmachen konnte.

Julian lächelte erfreut und bestand darauf, selbst zum Rettungswagen zu laufen.

»Gut, dann, äh … nehme ich die Sache hier auf und komme später nach«, sagte sie schließlich.

Wolf Beyer stellte sich als sympathischer Gesprächspartner heraus, in dessen Gegenwart sich Hanna kaum darauf konzentrieren konnte, was sie eigentlich vorhatte. Nachdem alle Fragen zum Sturz von Julian geklärt und die Aussagen der Zeugen aufgenommen waren, fiel Hanna die Musik auf, die die ganze Zeit im Hintergrund lief.

»Ist das Sting?«, fragte sie den Lehrer.

»Genau. Mögen Sie ihn?«

»Ja, sehr. Seine Stimme erinnert mich immer an jemanden, der die Musik von ›The Police‹ ebenfalls sehr geliebt hat«, antwortete sie und dachte dabei an Rainer Steinberg.

»Man sagt, dass der Geruchssinn unser Erinnerungsvermögen, unser autobiographisches Gedächtnis, am nachhaltigsten beeinflusst«, sagte Beyer lächelnd. »Aber ich kann mich noch so ziemlich an jedes erste Mal von jedem guten Song erinnern.«

»Jedes guten Songs«, sagte Hanna leise, während sie an Rainer dachte. Sein Gesicht war mit der Zeit tatsächlich verblasst. Doch die Musik und der Geruch waren geblieben, da hatte der Mann recht.

»Genitiv touché. Ihr Punkt!« Beyer ging lachend zu einem CD-Spieler, der am Bühnenrand stand. »Sting interpretiert Lieder von John Dowland, einem englischen Lautenspieler, Komponisten und Zeitgenossen Wilhelm Fabrys. Wir haben eine fiktive Begegnung von Dowland und Fabry beim Landgrafen Moritz von Hessen als Grundlage des Stücks genommen. Der Landgraf selbst war ein begeisterter Alchemist, also ganz im Sinne von Meister Fabry.«

»Ich denke, Wilhelm Fabry war Chirurg?«

»Natürlich, das war er. Und ein großartiger Wissenschaftler dazu. Aber zur damaligen Zeit glaubte man eben auch an solche Dinge wie die heilende Wirkung von Pestamuletten. Mit Krötenpulver ... von in der Sonne getrockneten und im Mörser zerstoßenen Amphibien.« Beyer grinste, als Hanna das Gesicht verzog, und fügte hinzu: »Aber nur Landtiere, denn die im Wasser lebenden Frösche galten als giftig. Obwohl Fabry seinen Mörser und Stößel vor der Zerkleinerung mit Skorpionöl eingerieben hat. Aber derlei Widerspruch ficht uns nicht an. Die Kids lieben diese Stellen im Text.«

Beyer nahm ein Manuskript, schlug es auf und deklamierte mit übertrieben sonorer Stimme:

»Drum bin auf Reisen ich bemüht, den Vorrat heilender Substanzen stetig aufzustocken: Diptamwurzel, Tormentill sowie Tragant und roter Sandel. Selbst auf dem Totenacker werd ich fündig. Dort wächst im besten Falle Moos von bleichen Schädeln, welches der Blutstillung dienen kann ...« Beyer ließ den Text sinken.

»Das mit den Totenköpfen haben Sie sich aber ausgedacht, stimmt's?«

»Mitnichten, werte Dame«, blieb Beyer im Tonfall seiner Rolle. »Mich deucht sogar, das Moos vom toten Schädel des gerecht Gehenkten ist in seiner Wirkung ungleich stärker!« Hier verfiel er wieder in seinen normalen Tonfall. »Zu dieser Zeit war der Glaube an die alchemistischen Wirkungen von Substanzen noch sehr weit verbreitet. Davon blieb natürlich auch Wilhelm Fabry nicht verschont. Gefällt Ihnen die Musik?«

Beyer reichte Hanna die CD-Hülle und lächelte. »Wir hatten

zuerst vor, die Stücke als Playback laufen zu lassen, aber Julian möchte selbst singen. Er hat eine tolle Stimme.«

»Julian kann *singen?*« Hanna versuchte, ihre Verblüffung nicht zu sehr durchklingen zu lassen.

Beyer schaltete die Musik ab und nahm ein bauchiges Saiteninstrument, das Hanna für eine Laute hielt.

»Oh, ja, nicht nur das. Ihr Sohn ist auch ein guter Lautenspieler, die Gitarrenstunden haben sich also gelohnt.«

»Ah«, sagte Hanna nickend, die keine Ahnung hatte, dass Julian jemals auch nur eine einzige Stunde Musikunterricht genossen hatte. Das alte Schuldgefühl der Rabenmutter machte sich in ihr breit. In der Familie fehl am Platz, nie rechtzeitig vor Ort, mit den Gedanken immer woanders ... Fragmente der Vorwürfe von Julians Vater schossen ihr durch den Kopf.

»Ist alles in Ordnung?«, fragte Beyer und fasste Hanna am Arm. Obwohl sie nickte, blieb der Blick des Lehrers besorgt. »Sie sehen aus, als ob über Ihnen gerade eine Regenwolke aufgegangen ist.«

Damit traf er einen Nerv in Hannas gestresster Seele. Ihr schossen augenblicklich Tränen in die Augen. Sie sah zu Boden und konzentrierte sich darauf, nicht zu schluchzen.

»Kommen Sie mit, ich gebe Ihnen einen Kaffee aus.«

Er verkündete den Anwesenden in der Aula laut, dass die Probe für eine Pause unterbrochen wurde, und führte Hanna zum Lehrerzimmer im ersten Stock.

»Was wissen Sie sonst noch über Wilhelm Fabry?«, fragte Hanna, um möglichst schnell das Thema zu wechseln.

»Oh, zunächst ist er der *andere* berühmte Hildener aus der Vergangenheit«, antwortete Beyer, ohne die Hand von Hannas Arm zu nehmen.

Als er ihren verständnislosen Blick sah, lachte er und fügte hinzu: »Sorry, das ist einer meiner blöden Standardgags. Ich war nicht immer Lehrer ...« Er hielt Hanna die beiden Türen auf, die ins Lehrerzimmer führten. »Sagt Ihnen die Band ›Chillum‹ noch was?«

»Nein, leider ... Ich, äh, bin nicht von hier«, antwortete Hanna.

An der Kaffeemaschine vor dem Fenster stand eine schlanke mausgesichtige Lehrerin mit langen blonden Haaren, die sich zu ihnen umdrehte und lächelte.

»Versucht Wolfgang schon wieder, jemanden mit seiner Rockmusikermasche rumzukriegen?«

Die Blonde reichte Hanna die Hand, die sich jetzt selbst wie der neue Teenager an der Schule vorkam. Sie stellte sich vor, bekam einen viel zu großen Humpen schwarzen Kaffee für ihren Gesamtzustand und nippte daran, während Beyer seine Kollegin mit einer Charmeoffensive in die Flucht schlug und dann fortfuhr:

»Neben den ›Farfarellos‹ waren wir damals die einzige Band, die bis weit über die Stadtgrenzen hinaus Furore gemacht hat. Gut, ›Farfarello‹ gibt es immer noch, aber ...« Und hier traute Hanna ihren Augen kaum, doch Beyer zwinkerte ihr tatsächlich verschmitzt zu. »Ganz im Vertrauen ... Wir waren die coolere Band, wenn Sie verstehen, was ich meine. Wir hatten damals sogar einen eigenen Bandbus, und wenn ich Ihnen erzähle, was wir damals dort alles so getrieben haben ...«

Hanna hob die Hand. »Vergessen Sie nicht, dass ich im Dienst bin. Alles, was Sie mir jetzt sagen, kann später gegen Sie verwendet ...«

Beyer lachte laut auf. »Oh Mann, wie cool ist das denn? Den Spruch kenne ich sonst nur aus dem Fernsehen. Sie sind echt der Hammer, Hanna. Wissen Sie das?«

Er flirtet tatsächlich mit mir, dachte Hanna.

Es gefiel ihr. Auch wenn der Lehrer wie ein unbelehrbarer Spätachtundsechziger aussah. Der Exot unter seinen ansonsten eher biederen Kollegen im Raum trug Jeans, die er auf den historischen Demos getragen haben konnte. Obwohl sein grau melierter Bart kurz geschnitten war, trug er das Haar nach hinten gekämmt und hinter den Ohren lang.

Mühsam gebändigt, dachte Hanna. Sie meinte dabei nicht nur die Kopfbehaarung. Der Typ hätte Rainer gefallen, dachte sie. Und bevor sie es verhindern konnte, war es schon raus. »Kannten Sie zufällig einen Rainer Steinberg?«

Sie bereute die Frage sofort, als sie Wolf Beyers Gesichtsausdruck sah. Seine Züge entgleisten, er sah zu Boden, und die spontane Lebensfreude war wie weggeblasen. Dann nickte er.

»Ich habe ihm Unterricht gegeben.«

»Hier in der Schule?«, fragte Hanna verblüfft.

»Quatsch! Wir sind gerade mal zehn Jahre auseinander gewesen«, sagte Beyer. »Nein, Keyboardunterricht. Rainer war damals ein echter Fan von ›Chillum‹. Er kam auf jedes Konzert in der Stadt. Obwohl er eigentlich noch zu klein war. Sein Onkel hat einen Klavierladen in der Innenstadt. Er hat uns damals mit Instrumenten unterstützt. Oh Mann, du reißt echt 'ne ganz alte Wunde wieder auf.« Er nippte gedankenverloren an seinem Kaffee, dann sah er Hanna an.

»Moment mal ... *Du* bist der Bulle, ich meine, die *Frau*, die diese ganze Sache damals aufgeklärt hat, oder? Hanna Broder, ja klar! Ich habe das in der Zeitung gelesen, Mann! Rainer war mit *dir* zusammen, und ...«

Nun war es an Hanna, die Hand auf den Arm des Lehrers zu legen, denn Beyer war in seiner überschwänglichen Art wieder zu laut geworden. Einige Köpfe des Kollegiums drehten sich bereits nach ihnen um. Grinsend und tuschelnd. Kollegen halt. In jeder Zunft, immer und überall auf der Welt war es das Gleiche.

»Jetzt halt mal den Ball flach, Wolf«, sagte sie. Keinem der beiden fiel auf, dass sie gerade übergangslos vom Sie zum Du gewechselt hatten.

»Ich muss jetzt zu meinem Sohn. Wie wäre es, wenn wir das Gespräch heute Abend fortsetzen?«

»Scheiße!«, sagte Beyer.

»Wie bitte?«

»Nein, nichts gegen ein Date«, lächelte er. »Es ist nur ... Heute habe ich keine Zeit. Montag hätte es gut gepasst, da war wieder ›Blue Monday‹ in der Bar ›Blue Note‹. Dort spielen wechselnde Formationen Jazz.«

»Ich weiß«, sagte Hanna.

»Das wäre der ideale Ort gewesen, um ...«

»Um was zu tun?«, unterbrach Hanna lächelnd. »Mir mehr über Wilhelm Fabry zu erzählen?«

Sie lächelte zweideutig. Dann klingelte ihr Telefon, und sie musste erneut einen viel zu lauten Mann beruhigen, der völlig aus dem Häuschen war. Es handelte sich um Holger Heckel.

Die Obrigkeit soll verhüten, daß der
Müßiggang nicht einreiße.

Wilhelm Fabry, Spiegel des menschlichen Lebens

»Wilhelm Fabry, 1560 bis 1634, war ein Chirurg mit umfassenden anatomischen Kenntnissen!«

»Kein Arzt«, ergänzte Hanna in Richtung Cocker.

»Er hat jedenfalls nicht Medizin studiert oder promoviert«, sagte Professor Doktor Holger Heckel – eher übereifrig statt eingebildet, fand Hanna.

Heckel hatte tiefe dunkle Ringe unter den Augen und leckte sich nervös die Lippen. Wie jemand, der eindeutig zu viel Koffein intus hatte. Hanna kannte das.

»Haben Sie überhaupt geschlafen?«, fragte Cocker.

Doch Heckel ließ sich nicht beirren. Er saß am Tisch vor seinen Notizen und den drei sichergestellten Büchern und dozierte mit zuckenden Augenbrauen vor Cocker, Hanna und Kürten.

»Wilhelm Fabry kommt 1560 als Sohn eines Hildener Gerichtsschreibers in einer ehemaligen Schmiede namens ›In der Schmitten‹ auf die Welt. Da die Familiennamen zu jener Zeit noch nicht festgeschrieben waren, nennt Wilhelm sich später nach seinem Geburtshaus Fabry oder Fabricius … Wegen ›Faber‹, der lateinischen Bezeichnung für ›Schmied‹. Damals praktizierten Chirurgen in der Zunft der Barbiere und Bader …«

»Ja, ja, das wissen wir. Heckel, Sie müssen etwas essen! Haben Sie überhaupt was bekommen, seit Sie hier gestern angefangen haben?«, fragte Werner Kürten.

Der Professor sah irritiert auf und zwinkerte nervös, als habe er die Frage nicht verstanden.

Hanna hob entschuldigend die Arme, als Kürten sie strafend ansah.

»Ich habe ihm eine Pizza bestellt, bevor ich gegangen bin. Und ausreichend Kleingeld für den Automaten dagelassen.«

»Ekelhaft«, murmelte Kürten, als er die noch volle Pizzaschachtel mit dem mittlerweile vertrockneten und zerknautschten Inhalt auf der Fensterbank inspiziert hatte.

»Dürfte ich bitte fortfahren?« Heckel klopfte ungeduldig auf den Tisch. »Hier handelt es sich um eine bahnbrechende, wegweisende …«

Er verlor den Faden und hustete trocken.

Hanna schenkte ihm Wasser ein und behandelte den Mann im zerknitterten Anzug so, wie sie Julian mit sechs Jahren behandelt hatte – fürsorglich. Dann scheuchte sie Kürten und Cocker mit verschiedenen Aufträgen aus dem Raum.

Vernünftige Nahrung, eine Zahnbürste, Zahnpasta, Duschgel und frische Unterwäsche gehörten zu dieser Bestellung. Während Heckel mit wirr abstehendem Haar unablässig leise weiterredete, immer wieder abwechselnd in einem der drei alten Bücher vor sich blätterte und in seine Notizen sah, rief Hanna ihren Chef an.

»Herr Meuser? Ich glaube, wir sollten die ganze Truppe zusammenrufen. Es gibt Neuigkeiten im Sparkassen-Fall.«

Wer Geduld hat, der wird ein schöneres Leben führen.

Wilhelm Fabry, Spiegel des menschlichen Lebens

Eine Stunde später standen Hanna, Cocker, Kürten und der frisch geduschte Professor vor der versammelten Mannschaft der Mitte. Bis auf eine Notbesatzung unten an Telefon und Tresen war jeder Mitarbeiter der Schicht im Raum. Dafür hatte Meuser gesorgt, denn für ihn hatte dieser Fall absolute Priorität.

Heckel trug unter seinem verknitterten Jackett ein frisches T-Shirt und war gekämmt. Er wirkte zwar immer noch wie ein Erdmännchen auf Speed, fand Hanna, doch die Dusche hatte die Wirkung der Überdosis Koffein reduziert und wieder mehr von der fachlichen Begeisterung zutage treten lassen, die Heckels Ausführungen beflügelten.

»Guilhelmus Fabricius Hildanus wurde 1560 in Hilden geboren. Und zwar im Gutshof ›In der Schmitten‹. Das Gut lag nördlich der Itter ungefähr dort, wo sich heute an der Schwanenstraße das Amber-Hotel befindet.«

»Gut, aber was hat das mit unserer Ermittlung zu tun?«, wollte Hanna wissen.

Doch Cocker knuffte sie, und Heckel riss herrisch die Hand in die Höhe. Beides sehr deutliche Zeichen, dass Hanna gefälligst die Klappe halten sollte.

Also fuhr Heckel atemlos fort: »Ich fasse mich ja schon kurz und die Erkenntnisse zusammen!«

Hoffentlich wirst du erst bewusstlos, wenn du mit deinem Vortrag durch bist, dachte Hanna.

»Im Alter von zehn Jahren verliert der junge Wilhelm Fabry seinen Vater, daraufhin hätte der Sohn die Ausbildung an einem katholischen Gymnasium in Köln mangels Geldmitteln abbrechen müssen ...« Heckel machte eine Kunstpause, die Hanna zu der in den Raum gestellten Frage »Aber ...?« provozierte.

»Aber ein Gönner namens Carl Utenhoven übernimmt noch vier Jahre lang die finanzielle Unterstützung des jungen Wilhelm, damit er an der Schule bleiben kann. Als Wilhelm im Alter von dreizehn Jahren die Schule in Köln abschließt, beherrscht er Latein in Wort und Schrift. Die Sprache der Gelehrten. Außerdem spricht er fließend Französisch und kann altgriechische und hebräische Texte lesen. Mit dreizehn!« Heckel sah begeistert in die Runde.

»Aha«, sagte Hanna.

»Und dieser Carl Utenhoven?«, fragte Kürten. »Der wohnte dann also an der Stelle, wo man im Keller unter der Sparkasse die ganzen Bücher gefunden hat?«

»Neeein!«, rief Heckel. »Utenhoven starb im Jahr 1600. Fabry war dem Gönner zwar zeit seines Lebens ein dankbarer Freund. Doch Fabry veröffentlichte sein letztes Werk ›Schatzkämmerlein der Gesundheit‹ erst im Jahr 1628!«

»Ja, und?« Cocker formulierte das allgemeine Unverständnis.

»Soweit ich das überblicken kann, befanden sich in diesem Keller Originalschriften, Abschriften und Erstausgaben fast aller von Wilhelm Fabry veröffentlichten Bücher, von 1593 bis 1628. Historisch belegbare Fakten!«, rief Heckel, und sein Speichel benetzte die erste Reihe der Anwesenden. »Belegbare Fakten sind die Grundlage jeder wissenschaftlichen Erörterung! Empirie!«

»Das gilt für unsere polizeiliche Ermittlungsarbeit ebenfalls«, pflichtete Cocker ihm bei und nickte.

»Nein!«, entgegnete Heckel viel zu laut. »Sie betreiben hier doch dauernd unwissenschaftliches Wunschdenken. Sie stochern im Dunkeln herum und reimen sich etwas zusammen! Sie finden Parallelen in Ihren Ermittlungen, wo Sie sie brauchen. Das ist etwas völlig anderes!«

Er verstummte. Hatte offensichtlich den Faden verloren. Für einen Moment herrschte Stille im Raum.

»Ich habe übrigens Neuigkeiten von unserem verschwundenen Düsseldorfer Kollegen Wegener«, wechselte Cocker das Thema.

Er sah in eine Akte. »Ganz offensichtlich wurde Wegeners Kreditkarte in Zürich mehrfach benutzt. An zwei Tankstellen und in einem Restaurant. Die Schweizer Kollegen prüfen gerade mit Wegeners Bild, ob er es war, der die Karte eingesetzt hat.«

»Ein Polizeibeamter der so dumm ist, seine eigene Karte einzusetzen, während er auf der Flucht ist? Das glaube ich nicht«, sagte Hanna nachdenklich.

»Wer sagt denn, dass er überhaupt auf der Flucht ist?«, gab Kürten zu bedenken. »Vielleicht macht er einfach nur Urlaub mit der Familie. Und in der Zwischenzeit wird seine Wohnung ausgeraubt.«

»Du vergisst, dass er unentschuldigt dem Dienst fernbleibt. Es passt nicht zu Wegener, sich einfach so krankzumelden und Urlaub zu machen. Außerdem arbeitet seine Frau halbtags in einer Bäckerei. Auch sie ist spurlos verschwunden, ohne Urlaub anzumelden. Die kleine Tochter ...« Cocker sah in die Akte. »... Mara Wegener, sie ist fünf Jahre alt. Die muss eigentlich in den Kindergarten, aber dort war sie auch nicht. Hinzu kommt, dass in der Wohnung zwar so gut wie alles an Wertsachen fehlt, was sich zu Geld machen lässt, aber alle Koffer und Taschen der Familie stehen noch im Schrank. Ebenso wie Toilettenartikel und Wäsche der Wegeners. Für mich sieht das eher nach einem vorgetäuschten Einbruchdiebstahl aus. Nach einer Vertuschungstat für eine viel schlimmere Sache ...«

Cocker sah auf. »Soll ich euch was sagen, Leute? Ich habe ein ganz schlechtes Gefühl, was das Schicksal des Kollegen Wegener und seiner Familie angeht.«

»Du meinst, seine Kreditkarte ist vom Einbrecher in Zürich benutzt worden?«, fragte Hanna.

»Oder von Hehlern über die Grenze verkauft worden. Die Käufer setzten die Karten so oft wie möglich ein, bis sie gesperrt werden ... Oh, Mist. Daran habe ich noch gar nicht gedacht, das kommt ja auch noch dazu ...«

Cocker sah Hanna an. »Wie viele Kollegen kennst du, die ihre Kreditkarte unbeaufsichtigt in der Wohnung herumliegen lassen?« Er wartete nicht auf eine Antwort. »Gar keinen. Ihr tragt eure Scheck- und Kreditkarten alle bei euch. Das heißt also, wenn Wegener die Karte nicht gesperrt hat, bedeutet das entweder, er hat den Verlust nicht bemerkt, weil sie zum Beispiel zu Hause in der Schublade liegt, was wir aber ausschließen können ...«

»Oder sie ist ihm direkt abgenommen worden, er war aber nicht mehr in der Lage, die Bank zu informieren«, ergänzte Hanna.

Ihr war vollkommen klar, wie endgültig die Vergangenheitsform ihrer Formulierung klingen musste.

»Scheiße«, sagte Kürten leise. »Über den Verbleib von Jacobi und seiner schwangeren Frau gibt es ebenfalls nicht den kleinsten Hinweis. Die Kollegen von der Spurensicherung untersuchen gerade die Wohnung.«

»Wilhelm Fabry hat einige Jahre in der Schweiz gearbeitet. 1585 bis 1588 in Genf und Lausanne, 1600 bis 1602 in Lausanne. Von da an bis 1610 als Stadtarzt in Peterlingen im Kanton Waadt und nach vielen Reisen ab 1615 als Stadtarzt in Bern«, sagte Heckel in die Stille hinein.

»Was hat das damit zu tun? Das war vor vierhundert Jahren, Herrgott!«, sagte Hanna laut. Sie nahm Heckel in seinem übernächtigten Zustand nicht ganz für voll, doch sie unterschätzte den dünnen Professor wieder, musste sie sich bald darauf eingestehen.

»Nehmen wir mal an«, begann Heckel und stand auf, »dass jemand die Bücher gestohlen hat, um sie meistbietend zu verkaufen ... Dann läuft das wohl kaum über eBay.«

Einige Gesichter der anwesenden Beamten verzogen sich zu einem Grinsen.

»Wenn dieser Jemand also weiß, was für einen Wert er da tief unter der Erde in den Händen hält, kann er sich in aller Ruhe nach einem solventen Sammler umsehen, der ihm die gesamte Bibliothek abkauft. Fabry hat zwar nicht in Zürich als niedergelassener Chirurg gearbeitet, sondern in Bern. Aber das ist nicht weit. Etwas über hundert Kilometer, schätze ich. So riesig ist die Schweiz ja nicht. Und das große Geld des Landes versammelt sich in Zürich. Würde ich also nach einem wirklich zahlungskräftigen Käufer für eine Sammlung medizinischer Originalliteratur, darunter viele Werke eines der bekanntesten Chirurgen seiner Zeit, suchen ...« Heckel streichelte fast zärtlich den Einband eines der Bücher auf dem Tisch. »Würde ich das in Bern und Zürich versuchen, also, äh ...«

Heckel sah sich schuldbewusst um.

Bevor er zu einer Rechtfertigung ansetzen konnte, klopfte Hanna ihm auf die Schulter. »Schon gut, Professor, fahren Sie fort.«

»Nennen Sie mich doch alle bitte einfach Holger, ja? Damit dieser ›Professor‹- und ›Doktor‹-Quatsch endlich ein Ende findet. Schließlich arbeiten wir an dieser Sache zusammen.« Vereinzelt nickende Köpfe, zustimmendes Geraune. Nur Hanna wurde ungeduldig.

»Lass uns doch bitte weiter an deinen Geistesblitzen teilhaben, Holger.«

»Ich könnte mir durchaus den wohlhabenden Arzt oder medizinhistorisch interessierten Banker vorstellen, der diese Bibliothek in einem gut gesicherten Versteck hortet und sich daran erfreut. So wie Kunstsammler gestohlene Gemälde auch vor dem Rest der Welt verstecken müssen.«

»Auch wenn das bisher alles nur Spekulationen sind, die Sache ist auch ohne die Beteiligung eines meiner Beamten und seines ehemaligen Kollegen aus Düsseldorf schon schlimm genug. Wie werden Sie weiter vorgehen?«, fragte Meuser.

»Zunächst einmal öffentliche Aufrufe in der Presse und dem Lokalfernsehen mit Bildern der Kommissare und Phantomzeichnungen des Toten und der falschen Bestatter«, schlug Kürten vor.

»Machen Sie das«, sagte Meuser.

»Was ich immer noch nicht verstanden habe ... Wie konnte die Leiche überhaupt in den Keller kommen?«, fragte Kürten. »Ich meine, unter Jacobis Leitung wurde der Keller doch überhaupt erst freigelegt, oder?«

»Nicht ganz«, sagte Heckel. »Eigentlich kam er erst später dazu, als wir die Leiche schon gefunden hatten.«

»Wer hat den Raum denn als Erster betreten, nachdem der Gang frei gegraben war?«, fragte Hanna.

»Das war ich«, antwortete Heckel. »Also vielleicht nicht als Allererster, aber ich wurde sofort hinzugezogen, als klar war, dass sich dort eine Fundstelle mit historischen Büchern zum Thema Medizin befindet.«

»Und?«

»Was meinst du mit ›und‹?«, fragte Heckel irritiert.

»Du machst die Tür auf, und da liegt ein Toter auf dem Boden. Hast du dich denn nicht gefragt, wie der überhaupt da reingekommen ist? Ganz offensichtlich hattet ihr doch gerade erst den einzigen Zugang zum Keller freigelegt.« Hanna fixierte Heckel und zog ihre Handschellen aus der Lederjacke.

»Was soll das denn jetzt?«, japste Heckel erschrocken.

»Du warst die erste Person im Raum«, sagte Hanna und griff nach Heckels Handgelenken. »Professor Doktor Holger Heckel, ich verhafte Sie wegen dringenden Mordverdachts an einer verschwundenen Leiche ...«

»Aber ... Aber ich hab mich doch um die Bücher gekümmert, ich meine, ich hab doch nur ...«

Doch Hanna legte Heckel unter den strengen Augen der fast vollständigen Mannschaft der Mitte die Handschellen an. Der kleine Mann konnte es nicht glauben. Mit vor Entsetzen weit aufgerissenen Augen sah er zu, wie Hanna ihren Kollegen Kürten ernst anwies, »Holger« in die Zelle sechs zu bringen.

»Hey, Moment mal ...«

Cocker blickte sich verblüfft im Raum um, während Kürten den armen Professor aus dem Raum führte. Doch selbst Meuser sah der Verhaftung schweigend mit vor der Brust verschränkten Armen zu.

»So, Täter in Zelle sechs. Fall abgeschlossen«, sagte Hanna und grinste Cocker an.

»Das ist nicht euer Ernst!« Cocker war kaum weniger verstört als der Festgenommene. Auch als die ersten Beamten zu lachen begannen, verstand er es immer noch nicht.

»Holger ist 'n Frischling«, sagte Hanna. »Er ist neu im Team.«

»Ja, und?«

»Das war Holgers Feuertaufe«, wandte sich ein Kollege in Uniform an Cocker und lächelte ebenfalls. »Das machen wir hier mit allen Neuen.«

»Ihr sperrt den armen Kerl in eine Zelle?«

»Cocker, wir haben nur fünf Zellen.«

»Aber was ist dann Zelle sechs?«

Bevor Hanna antworten konnte, sah sie, wie Stefanie Schäfer den Raum betrat. Sie hatte unten in der Wache die Stellung gehalten und versuchte nun, sich über die lachenden und lamentierenden Kollegen hinweg bei Hanna bemerkbar zu machen.

»Hanna! Ich glaube, ich habe was!«

Die beiden Frauen steckten die Köpfe zusammen, und Hanna musste sich zusammenreißen, die gelöste Stimmung nicht mit wütendem Gebrüll zu zerstören. Im Hintergrund versuchte Meuser, seine Mannschaft wieder auf Spur zu bringen, während Stefanie Hanna einen Zettel in die Hand drückte.

»Das ist einer vom Servicepersonal der Tiefgarage am Rathauscenter. Der hatte sich vor einiger Zeit schon mal wegen Vandalismus an den Überwachungskameras gemeldet.«

»Das ist die Tiefgarage, die an die Baustelle der Sparkasse grenzt, richtig?«, fragte Hanna.

Stefanie nickte.

»Deshalb komme ich damit zu dir. Dem Mann ist aufgefallen, dass eine Tür aufgebrochen wurde.«

»Was für eine Tür?«

»So genau wusste er das auch nicht. Auf jeden Fall geht es da noch tiefer runter, hat er gesagt.«

»Sehr gut. Besorg uns bitte die Bänder aller Überwachungskameras aus der gesamten Garage.«

»Wie weit zurückdatiert?«

»So weit zurück in die Vergangenheit wie möglich.«

***

»Das ist genau die Art von Ermittlungsarbeit, die ich am meisten hasse«, sagte Hanna. Sie stand in einer dunkelgrünen Wathose in der Tiefgarage unter dem Rathausplatz. »Wenn du jetzt lachst, bist du tot, Cocker!«

Doch der Erste Kriminalhauptkommissar sah in dem schwarzen Modell seiner Gummihose mit Trägern und integrierten Gummistiefeln nicht viel besser aus. Es quietschte leise, als sich die beiden Beamten dem Mann zuwandten, der Anzeige in der Mitte erstattet hatte. Er machte sich an einer Metalltür zu schaffen, die mit Polizeisiegeln und Absperrband gesichert war.

»Haben Sie's bald? Ich schwitze mich kaputt in diesem Ding«, nörgelte Hanna.

»Immer mit der Ruhe«, sagte der Mann konzentriert und probierte einen anderen Schlüssel seines dicken Bundes aus.

»Herrgott, die Tür ist aufgebrochen worden, das sieht doch ein Blinder«, fuhr Hanna den Mann an, drängte sich an ihm vorbei und riss die Tür mit einem festen Ruck auf. Sie warf einen Blick in die dunkle Tiefe.

»Hier geht es also runter. Und dann?«

»Woher soll ich das wissen?«, sagte der Mann und ließ Cocker und Hanna grußlos stehen.

Die beiden schalteten ihre Maglites an und machten sich mit quietschenden Gummihosen auf den Weg in den Untergrund.

An der ersten Abzweigung nach dem Treppenabstieg endete der moderne Betonverputz der Tiefgarage. Die geraden Wände gingen in begehbare Betonröhren über, die nach wenigen Metern zu gemauerten Rundwänden aus rotem Backstein wurden. Hanna ging gebückt voraus, der Kegel ihrer Taschenlampe flirrte hektisch über die Oberfläche der trüben Brühe, durch die sie wateten.

»Weißt du was?«, sagte sie nach wenigen Schritten. Ihre Stimme klang nach Mundatmung.

Cocker folgte ihrem Beispiel und stellte das Atmen durch die Nase ebenfalls komplett ein. Er musste sich vorbeugen, um sich in dem Gang, der ihm nur bis zur Schulter reichte, nicht andauernd den Kopf zu stoßen.

»Ich habe nie verstanden, warum diese Taschenlampen mit fünf Batterien ausgestattet sind«, sagte Hanna.

»Es gibt die Maglites auch mit zwei, drei, vier und sechs D-Zellen«, antwortete Cocker. Mit verschlossener Nase klang er merkwürdig, wie eine Ente mit Schnupfen.

»Man kauft die Batterien dafür aber doch immer in Zweier- oder Viererpacks, richtig?«

Cocker brummte Zustimmung. Der gebeugte Gang durch das morastige Wasser beanspruchte seine ganze Konzentration. Neben ihm quiekte etwas in der Dunkelheit und trat schwimmend die Flucht an.

»Das heißt also, dass man bei den Lampen mit ungerader Batteriezahl immer eine Batterie zu viel kaufen muss, die dann unbenutzt herumliegt. Das ist doch Schwachsinn.«

»Die Welt ist chaotisch, schmutzig und ungerecht, Hanna«, sagte Cocker. »Gewöhn dich doch einfach daran.«

»Ich rede nur so viel, weil ich in dunklen Abwässerkanälen unter verschiedenen Ängsten leide. Die vor fiesen Tieren, schlimmen Krankheitserregern und Platzangst sind nur einige davon«, sagte Hanna, ebenfalls mit verschnupft klingender Stimme. Sie stolperte in der trüben Brühe über etwas und fluchte leise.

»Meine schlimmste Vorstellung, was uns passieren könnte, ist, zu fallen und etwas von dieser Brühe in den Mund zu bekommen«, sagte Cocker.

»Du hast es echt raus, mich zu beruhigen, vielen Dank!«

Hanna griff in die trübe Brühe. Als Cocker ihr mit seiner Maglite zusätzliches Licht spendete, hob sie ein Blatt aus dem Wasser, das einer Buchseite ähnelte.

»Ich glaube, wir sind auf dem richtigen Weg.«

Auf der trüben Oberfläche schwammen weiter Buchseiten an Cocker vorbei.

Hanna griff stöhnend vor Ekel in das Wasser vor sich und zog einen dreckigen Klumpen Papier aus der stinkenden Brühe – im Schein beider Taschenlampen leicht als der Rest eines der alten Bücher aus dem Keller zu erkennen.

»Heckel wird Rotz und Wasser heulen, wenn er das sieht«, sagte Hanna in einem gespielt mitleidigen Ton und reichte Cocker das tropfende Bündel. Doch der hob abwehrend die Hände. Sein Licht flackerte unstet über die Backsteinwände.

»Nein, nein. Gib du ihm das lieber. Dich hasst Heckel doch sowieso schon. Wegen seiner Feuertaufe.«

»Na, vielen Dank!«, sagte Hanna sauer.

»Was hat das überhaupt mit Zelle sechs auf sich? Wenn ihr doch nur fünf Zellen habt …«

Doch Hanna achtete nicht mehr auf ihn.

»Warte mal«, sagte sie, ging in die Hocke und leuchtete gewissenhaft die Wände ab. »Siehst du das?«

Cocker folgte ihrem Fingerzeig und sah helle, kleine Markierungen am oberen Rand der gemauerten Röhre.

»Was kann das sein?«, fragte Hanna.

»Sieht aus, als hätte das jemand zur Standortbestimmung eingeritzt …«

»So was wie Koordinaten? GPS?«

»Warst du schon mal mit einem Navigationsgerät in der Tiefgarage? GPS-Signale kommen hier unten nicht an. Das ist eher wie die gestreuten Brotkrumen bei Rotkäppchen.«

»Du meinst wohl Hänsel und Gretel?«

»Ja, du mich auch …« Cocker ging voraus und leuchtete gewissenhaft die Wände des Abwasserkanals nach weiteren Schriftzeichen ab.

Etwa zehn Minuten und zwei Abzweigungen später standen beide in einem Gang, in dem man sich noch tiefer bücken musste.

»Siehst du das?«, fragte Cocker überflüssigerweise.

Denn Hanna stand mit der Nase im Lampenschein von Cockers Maglite auf Tuchfühlung mit einem offenbar erst kürzlich frisch zugemauerten Loch. Der Mörtel der kreisförmigen Fläche wirkte viel heller als der Rest der Wand. Rund um die Stelle war das Gekritzel an den Wänden häufiger und sah, zumindest kam es Hanna so vor, auch viel hektischer aus.

»Jetzt gibt es zwei Möglichkeiten«, sagte Cocker. »Entweder wir gehen zurück und versuchen zu bestimmen, wo diese Stelle hier ist …«

»Oh nein«, unterbrach Hanna und zog ihren Ledermann aus der Gürteltasche. »Für heute bin ich durch genug Scheiße gestiefelt.« Sie klappte die Zange im Ledermann aus und begann, die erste Fuge eines Backsteins vor ihrer Nase in das dunkle Wasser zu ihren Stiefeln zu bröseln.

»Wir machen es auf die Monte-Christo-Methode. Ist mir völlig egal, wie lange es dauert, sich durchzugraben. Du leuchtest, ich wühle!«

»Irgendwie habe ich gewusst, dass du dich für das ›oder‹ entscheiden würdest«, sagte Cocker.

Er seufzte und richtete die Lampe auf das kleine Loch in der Wand.

II. Regel
Iss nicht, trink nicht ohne Appetit,
du wirst sonst bald
deines Lebens quitt.

Wilhelm Fabry, Schatzkämmerlein (der Gesundheit)

»Willst du was essen?« Kürten steckte den Kopf in den Raum, der für die Ermittlungen im Sparkassenfall reserviert war.

Doch Stefanie Schäfer sah kaum vom Bildschirm auf, vor dem sie saß, und schüttelte den Kopf.

»Wie kann das sein, dass die gesamten Videobänder aus der Tiefgarage unbrauchbar sind?« Sie seufzte frustriert, warf die Kassette aus und legte eine neue ein.

Kürten betrat den Raum und stellte sich hinter Stefanie.

»Hast du den richtigen Kanal eingestellt?«

»Witzbold!« Stefanie drückte auf Play.

»Wieso?«, sagte Kürten. »Schließlich hast du noch keinen einzigen Film bei uns programmiert, das muss ich doch immer machen.«

»Damit will ich dir nur den Triumph lassen, dich von uns beiden als der große Technikguru auszugeben«, sagte Stefanie und grinste ihren Partner an.

Auf dem Bildschirm war nur dichtes Schneetreiben zu sehen. Sie drückte auf Vorlauf, das Schneetreiben wurde hektischer.

»Das ist doch nicht normal.«

Kürten nahm einen Aktendeckel vom Fernseher und blätterte darin.

»Was ist denn jetzt mit Essen?«, fragte er. Nach einem Moment Lektüre in der Akte weiteten sich seine Augen. »Moment mal, Jacobi hat den Vandalismus in der Tiefgarage bearbeitet?«

»Ja«, antwortete Stefanie. »Ich habe ihm die Anzeigen damals auf den Tisch gelegt. Ist das schlimm?«

»Nein, eher interessant«, antwortete Kürten. »Und die Videobänder sind alle leer?«

Stefanie nickte frustriert. »So als hätte sie jemand von vorn bis hinten überspielt. Aber das würde doch Stunden dauern.«

»Oder dieser Jemand hat sie einfach mit einem großen Magneten komplett gelöscht.«

»Du meinst, in der Asservatenkammer?«, fragte Stefanie.

Doch da war Kürten bereits mit der Akte aus dem Raum gestürmt. Dass seine Freundin sich eine Calzone wünschte, bekam er nicht mehr mit.

***

»Kannst du was sehen?«, fragte Cocker. Er leuchtete über Hannas gummierten Hintern hinweg in einen Kriechgang.

»Viel Schutt, Krempel, und es ist scheißeng«, hörte er dumpf von vorn. Hanna lag auf dem Bauch und robbte sich zentimeterweise vor in den Gang. Sie hatte es »Mutprobe« genannt.

»Ich habe doch gesagt, lass mich das machen!«, rief Cocker in den Gang. Hannas Stiefel unter seiner Nase stanken erbärmlich, deswegen stellte er die Nasenatmung umgehend wieder ein und wartete.

»Hier ist was Weiches«, sagte Hanna nach einer Weile. Ihre Stimme klang verschreckt.

»Soll ich dich rausziehen?«

»Es … Es ist aus Plastik … Ich kann es fühlen.«

»Hanna, soll ich dich …?«

»Scheiße, ich hätte Handschuhe anziehen sollen. Moment, hier ist ein Reißverschluss. Oh … *Gott*! Es hat *Haare*!!!«

Ja, Cocker sollte sie rausziehen. Und zwar scheißverdammtnochmalschnell! So und viel mehr rief und zeterte die in Panik geratene Hanna, bis Cocker sie endlich aus dem Gang gezerrt und das keifende Bündel fest umklammert hatte, um sie zu beruhigen.

Eine Ohrfeige, um sie zur Besinnung zu bringen, hielt er in Hannas Fall für keine gute Idee, schließlich wusste er, wozu diese Frau in Extremsituationen fähig war.

»Beruhige dich, was war es?«, rief er. »Was? Was war denn da?«

Immer wieder. Hanna stapfte gestikulierend durch die stinkende Matschbrühe und bespritzte beide bis über die schützende Gummikante der Wathose mit feuchtem Unrat. Cocker kam überhaupt nicht zu Wort. Er meinte, das Weiße in Hannas Augen weithin in der Dunkelheit leuchten zu sehen. Etwa so lange, bis Hanna ihn anherrschte, endlich die verdammte Scheißmaglite aus ihrem Gesicht zu nehmen. Dann brach sie in Tränen aus, verfluchte Cocker, den Job, den Tag, die ganze Woche und das Jahrzehnt, rückwirkend bis zu ihrem Dienstantritt in Hilden.

Cocker griff sie an den Schultern und drückte sie wieder an sich.

»Haare. Ich hatte seine Haare in der Hand«, schluchzte sie.

»Was? Wessen Haare denn?«

»Hab ganz tief reingegriffen.«

»Wo denn reingegriffen? Wo hast du denn ...«

»In den Leichensack«, schrie Hanna. »Er ist nicht verschwunden. Er liegt da drin ...«

»Aber wer denn ...«

Ihre Hand deutete in den Schacht.

Cocker getraute sich kaum, hineinzuleuchten. Dann überwand er sich und schickte den gebündelten Strahl direkt in den Schacht. In etwa drei Meter Entfernung sah er schmutzig blondes Haar. Der Tote schien aus dem geöffneten schwarzen Leichensack einen stummen Schrei in Cockers Richtung zu rufen.

»Wer ist das?«, fragte Cocker völlig entgeistert.

»Die Leiche aus dem Keller«, erwiderte Hanna. Ihre Schultern zuckten immer noch. Doch mittlerweile hatte sie sich wieder halbwegs im Griff. »Das ist der Tote, von dem wir dachten, er sei aus dem Keller gestohlen worden.«

»Aber ... Das, das kann doch nicht sein!«

»Wieso nicht?«

»Weil das Wegener ist!«, sagte Cocker.

»Wie bitte?«

Er leuchtete erneut in den Schacht.

»Doch, er ist es. Tatsächlich ...«

Keine Frage, die staubige blonde Mähne und den Oberlippenbart hätte er auch unter widrigeren Umständen erkannt – als den Kopf des Kollegen aus dem Düsseldorfer Präsidium.

»Michael Wegener. Der Kollege, dessen Wohnung ausgeraubt wurde. Der mit seiner Familie verschwunden ist!«

»Aber wer war dann in dem Sarg, den die beiden falschen Bestatter aus dem Kellerraum getragen haben?«, fragte Hanna.

Sie schien sich von dem Schock langsam wieder erholt zu haben. Mit dem Handrücken hatte sie sich ebenfalls einen Schnauzbart aus Dreck ins Gesicht gewischt. Cocker wollte zwar nicht wissen, was genau es war, doch in Hannas Gesicht lassen konnte er es ebenfalls nicht.

»Du hast da was ...«, sagte er und putzte ihr mit einem Papiertaschentuch die Nase, wie er es früher mit seiner Tochter gemacht hatte, als die noch klein gewesen war.

»Danke«, sagte Hanna. Sie klang wieder verschnupft. Mundatmung.

»Die Frage ist vielleicht nicht, *wer* in dem Sarg der Bestatter abtransportiert wurde, sondern *was* …«

***

»Ist doch klar!«, rief Heckel. »In dem Sarg hat Jacobi die Bücher abtransportiert!«

Wieder ging eine Fontäne feinen Speichels auf die erste Reihe der Anwesenden nieder. Da es diesmal nur eine Reihe war, bestehend aus Stefanie Schäfer, Werner Kürten, Hanna und Cocker, wurden sie alle gleichmäßig bespuckt.

Wie kann so jemand in der Uni vor Studenten Vorträge halten?, dachte Hanna, trat den Rückzug an und lehnte sich mit dem Rücken an die Fensterbank.

»Wieso denn schon wieder Jacobi?«

Sie hatte lang und heiß geduscht, dennoch meinte sie, den Geruch ihrer unterirdischen Expedition nicht losgeworden zu sein. Alle drehten sich zu ihr um. Hanna befürchtete, die anderen könnten das ebenfalls riechen. Sie steckte die Hände in die Hosentaschen, konnte an der rechten Hand immer noch die Kopf- und Schnurrbarthaare des toten Wegener fühlen, den sie in dem Schacht ertastet hatte.

Und seine Zähne!, dachte sie. Dass ich seine Zähne berührt habe, habe ich Cocker gar nicht gesagt.

Sie hatten den toten Kollegen aus Düsseldorf von der anderen Seite des Kriechgangs geborgen. Er war samt dem Leichensack, den die falschen Bestatter mitgebracht hatten, zurück in den Keller gezogen und dann abtransportiert worden. Dass niemand von der Spurensicherung hinter die von Schutt und alten Kohlen verdeckte rostige Metalltür gesehen hatte, würde noch Konsequenzen haben. Darüber waren sich Cocker und Hanna einig gewesen.

Eine neuerliche Gänsehaut überzog ihren Körper, und sie schüttelte sich.

»Dass Jacobi den Fall von Vandalismus an den Kameras in der

Tiefgarage übernommen hat, war vielleicht Zufall«, sagte Stefanie Schäfer.

»Aber um die Ermittlung auf dem Sparkassengelände hat Jacobi sich regelrecht gerissen«, gab Kürten zu bedenken. »Von wegen ›Ob Sie es glauben oder nicht, Archäologie und Stadtgeschichte haben mich schon immer interessiert‹«, äffte er Jacobis steifen, immer etwas herrisch klingenden Tonfall nach.

Die Anwesenden, die Jacobi kannten, verkniffen sich kaum ihr Grinsen. Nur Holger Heckel nickte verbissen.

»Wie wäre das? Die beiden, Jacobi und Wegener, hecken es zusammen aus, geraten in Streit und …«

»Hecken was zusammen aus?«, unterbrach ihn Kürten.

»Historische Bücher aus einem Keller zu entwenden!«, antwortete Heckel, als sei das die naheliegendste Antwort der Welt.

»Zwei Kriminalhauptkommissare mit Pensionsanspruch?«, fragte Kürten.

Außer Heckel schüttelte jeder im Raum den Kopf.

»Ja, wieso denn nicht?«, rief er.

Nun ging auch Cocker vor dem Speichelflug in Deckung. Die Reihe vor Heckel lichtete sich zusehends. Stefanie fragte, wer Kaffee wollte, und nahm Bestellungen auf. Heckel achtete nicht auf sie.

»Moment mal, Herrschaften!«, rief er. »Es geht schließlich um Originale! Das sind bisher alles Originale und Erstausgaben gewesen!«

Er blickte traurig auf einen Plastikcontainer, in dem die matschigen Reste des Buchs lagen, das Hanna und Cocker aus dem Untergrund gefischt hatten.

»Über welche Summen reden wir denn eigentlich?«, fragte Cocker. »Ich meine, die ganze Sache muss sich ja lohnen.«

Heckel wackelte nachdenklich mit dem Kopf, als würde er die Summe überschlagen. »Schwer zu schätzen. Es sind eher ideelle Werte, aber wenn Geld keine Rolle spielt … Das kann schon in den sechsstelligen Bereich gehen.«

»So ein Blödsinn. Für hunderttausend geben Wegener und Jacobi nicht alles auf und setzen sich samt Familie ins Ausland ab«, gab Cocker zu bedenken.

»Für 'ne Million aber vielleicht schon«, erwiderte Hanna. »Sechsmal die neun. Macht für jeden fünfhunderttausend. Beide Kollegen wohnten zur Miete, fuhren zehn Jahre alte Familienkutschen und hätten bis zur Pensionierung noch einige Jahre im Sattel verbringen müssen.«

»Bei dir klingt das, als wären sie beide tot«, sagte Cocker.

»Von mir aus. Lasst es uns durchspielen«, sagte Hanna. Sie kreiste mit den Schultern, neigte den Kopf in beide Richtungen und ließ ihre Nackenmuskulatur knacken. »Hartmut und Michael sind nicht nur Kollegen, sondern auch Freunde, richtig, Cocker?«

Ein Nicken des Kollegen bestätigte diesen Anfang, also machte sie weiter: »Stellen wir uns vor, dass sich Jacobi nach Hilden versetzen lässt, weil er und seine Frau ein Kind bekommen. Der Job ist okay. Die Stadt ist schön, na ja …« Sie hustete absichtlich, und Kürten rief tadelnd: »Hey, immer recht freundlich, Frau Kollegin!«

»Ist ja gut. Wundervolle Stadt, schöner Job, dann kommt da diese einmalige Gelegenheit um die Ecke.«

»Welche Gelegenheit?«, fragte Cocker.

»Bücher verkaufen«, sprang Heckel der Kommissarin bei.

»Nee, eben nicht«, sagte Hanna.

»Sondern?«

»Überhaupt erst einmal auf die Idee kommen, dass es da irgendwo im Hildener Untergrund halbwegs wertvolle Bücher geben *könnte*!« Sie betonte den Konjunktiv absichtlich.

»Nicht einmal du weißt, welchen genauen Wert die Schinken haben, Holger. Woher soll ein biederer Bulle mit gesunder Halbbildung von diesem ungehobenen Schatz denn wissen?«

»Ich denke, Archäologie und Stadtgeschichte sind sein Hobby«, gab Heckel zu bedenken.

»Mensch, das war 'ne Schutzbehauptung, um an den Job zu kommen«, sagte Kürten. »Denk doch mal wie ein Bulle.«

»Einen Teufel werde ich tun«, sagte Heckel, was Hanna ein breites Grinsen ins Gesicht zauberte.

»Dann denk eben wie ein Historiker. Woher weiß Hartmut Jacobi von dem Schatz?«

Heckel dachte einen Moment lang nach, dann zuckte er frustriert mit den Schultern. »Vielleicht hat er Geocaching als Hobby?« Er fragte mehr, als dass er antwortete.

»Was ist denn das?«, fragte Hanna.

»Geocaching ist eine Art moderne Schnitzeljagd. Schatzsuche mit GPS-Empfängern«, antwortete Heckel.

»Warte mal. Ganz falsch liegt Holger damit vielleicht nicht«, sagte Cocker.

»Aber GPS? Unter Tage? Mein Navi funktioniert noch nicht einmal in der Wohnung«, gab Kürten zu bedenken.

»Nein, ich meine das mit der Schatzsuche«, sagte Cocker. »Was ist, wenn Jacobi zunächst überirdisch mit historischen Karten in Hilden nach Schätzen gesucht hat?«

»Ich glaube nicht, dass es Jacobi war. Wegener war zuerst in dem Keller«, gab Hanna zu bedenken.

»Die beiden waren Freunde, hast du doch eben selbst gesagt«, sagte Cocker. »Und Wegener war *tot*! Und jemand hat den Kriechgang in der Kanalisation eigenhändig wieder zugemauert. Das ging nur von außen.«

»Das Ganze ist ein verdammtes Rätsel«, stöhnte Hanna.

Kürtens Gesicht leuchtete auf, als Stefanie plötzlich mit einem Tablett und einer Liste unter dem Arm den Raum betrat.

Während Stefanie die Heißgetränke verteilte, atmete Hanna tief durch. »Wir haben eine Sache noch gar nicht besprochen.«

»Was denn?«, wollte Kürten wissen und blies vorsichtig in seinen Kaffee.

»Um einen Sarg voller Bücher aus einem Keller tragen zu lassen, brauchst du mindestens zwei weitere Leute.«

Heckel schaltete zuerst. »Jacobi hatte Komplizen!«, rief er.

Cocker, der in seiner Nähe saß, hielt unauffällig die Handfläche über seine Tasse, um sie vor akademischem Speichel zu schützen.

»Jetzt denkst du wie ein Bulle, Holger«, sagte Kürten.

Seine Partnerin Stefanie ergänzte: »Hier ist ein weiterer Hinweis darauf, dass Jacobi in der Sache drinstecken könnte.«

»Was ist das?«, fragte Hanna.

»Die Kundenliste der Werkstatt, in der alle Wagen des Bestattungshauses Weber gewartet werden.«

»Und?«

»Hartmut Jacobi ist ebenfalls Kunde im Autocenter Gertner«, sagte Stefanie und ließ einen Zuckerwürfel in ihren Kaffee fallen.

***

»Wissen Sie, wie viele Kunden wir haben?«, fragte der Geschäftsführer hinter dem Tresen. Nicht unfreundlich, allerdings ziemlich desinteressiert.

»Ich habe nicht gezählt, aber es sind eine Menge.« Hanna legte den dicken Stapel bedruckten Computerpapiers auf den Tresen, den sie von Stefanie mitbekommen hatte, während sich Cocker an einem Verkaufsständer Felgen ansah.

»Wer hat denn vor, während oder nach der Reparaturzeit Zugang zu den Wagenschlüsseln?«, fragte sie den rothaarigen Mann mit den Sommersprossen.

Ralf Gertner deutete auf einen Metallkasten hinter einer telefonierenden Mitarbeiterin an der Wand. »Alle Schlüssel, die abgegeben oder eingeworfen werden, kommen dahinten in den Kasten.«

»Eingeworfen?«, fragte Hanna hoffnungsvoll.

Doch Gertner schüttelte grinsend den Kopf, als ob ihm das Was-wäre-wenn-Spiel nun doch Spaß machen würde.

»Keine Chance«, sagte er. »Bei dem Nachtschalter für unseren Neubau haben wir uns die Sicherheitsaspekte der Sparkasse abgeguckt.«

»Aber die steht ja nun nicht mehr«, gab Hanna lächelnd zu bedenken.

»Wenn jemand versuchen sollte, im Nachtschalter an die Schlüssel zu kommen, würden wir das merken, garantiert. Sonst bekommen Sie so eine Anlage gar nicht versichert.«

»Und an der Dame da kommt auch keiner unbemerkt vorbei?«, fragte Hanna hoffnungsvoll.

»Helga?«, rief Gertner der telefonierenden Frau zu, »kommt man an dir vorbei?«

Ohne das Telefon abzusetzen, schüttelte die offensichtlich multitaskingfähige Helga den Kopf. Wie zum Beweis hob sie eine lange Papierschere von ihrem Schreibtisch über den Kopf und fuchtelte damit in der Luft herum. Aus einer Ecke ertönte Männerlachen, und auch Gertner gluckste.

Mist, dachte Hanna und sah sich um.

Obwohl einiger Betrieb herrschte, war in dem großzügigen Verkaufsraum der Halle keine Spur von Hektik zu bemerken. Sogar Cocker, der interessiert durch die Ausstellungsregale geschlendert war, hatte bereits einen Gesprächspartner beim Personal gefunden. Der führte ihn gerade an der rechten Seite des Tresens durch eine Glastür in den Werkstattraum.

»Kann da jeder rein?«, fragte Hanna.

»Was, in die Werkstatt? Tja ...« Gertner zuckte mit den Achseln, und Hanna schöpfte neue Hoffung. »In der Regel schon. Wir verfolgen das Prinzip der offenen Werkstatt. Bei uns kann der Kunde vor Ort sehen, was gemacht wird und wie lange es dauert.«

»Stört das nicht den Reparaturbetrieb?«

»Nun, den meisten Kunden reicht die Beratung am Tresen. Aber wenn es ihn interessiert, kann der Kunde, natürlich in Begleitung, auch in die Werkstatt. Wollen Sie mir nicht endlich verraten, was genau Sie eigentlich wissen wollen?«, fragte Gertner immer noch freundlich, was Hanna selbst nun schon zu wundern begann.

»Sie warten und reparieren die Fahrzeuge der Firma Weber ...«

»Des Krankenpflegedienstes und des Bestatters«, nickte Gertner.

»Na, in dieser Reihenfolge hat sich die Familie Weber ja die richtigen Branchen ausgesucht, was?«, scherzte Hanna.

Flirte ich gerade mit dem Mann?, fragte sie sich. Ganz ausschließen konnte sie es nicht. Sie riss sich zusammen und fügte hinzu: »Ich meinte den Bestatter.«

»Ich bin mit Henry Weber zusammen zur Schule gegangen. Die haben mit dem Pflegedienst nichts zu tun«, antwortete Gertner. »Die Bestatter sind mit den Bäckern auf der Gerresheimer Straße verwandt, aber die Bäckerei Weber bringt ihre Wagen direkt zu Fiat. Soll mir nur recht sein ...« Hier strahlte Gertner sie an, doch sie verstand die Pointe nicht.

»Äh, ja ...«, sagte Hanna verwirrt. »Nun ist es so, dass der Mercedes der Beckers, äh, der Webers ... Also der Bestatter, meine ich ...«, sie stolperte über ihre Zunge und haspelte weiter, »ich meine, dass der verschwunden ist, weil also ...«

»Meine Kollegin meint, dass der 230 TE der Bestattungsfirma Weber ein paar Kilometer zu viel auf der Uhr hatte, seit er hier in Reparatur war«, unterbrach Cocker freundlich mit seinem sonoren Bass von hinten und legte Hanna eine Hand auf die Schulter.

Gertner richtete sich auf, um seinem neuen Gesprächspartner in die Augen sehen zu können.

»Und Sie wollen andeuten, dass ein Fremder sich hier bei uns den Schlüssel besorgt und den Wagen gefahren haben soll«, sagte er, nicht mehr ganz so freundlich. Aber immer noch ganz Profi.

»Nicht zwingend«, antwortete Cocker fröhlich. »Es könnte natürlich auch sein, dass einer Ihrer Mitarbeiter Leichenwagen so cool findet, dass er bei der Testfahrt nach der Reparatur seine Freundin eingeladen hat. Zum Beispiel, um eine heiße Nummer auf der Sargrampe im Heck zu schieben. Würde Ihnen das besser gefallen?« Cocker lächelte.

»Machen Sie, dass Sie rauskommen«, sagte Gertner leise.

Die Tatsache, dass er Cocker nicht anbrüllte, bereitete Hanna fast noch mehr Sorge, als wenn er seiner Wut freien Lauf gelassen hätte. Beim Thema Loyalität seiner Mitarbeiter verstand er ganz offensichtlich keinen Spaß.

»Ganz ruhig, Herr Gertner«, sagte sie. »Es geht nicht darum, Sie oder Ihre Mitarbeiter zu beleidigen oder verdächtigen. Aber wir haben etwa fünfzig Kilometer Differenz auf dem Tachostand des Wagens. Und wir müssen herausfinden, wer dafür verantwortlich ist. Das ist *wichtig*!« Sie legte besondere Betonung auf diese Tatsache.

»Aber … Henry hat den Wagen doch persönlich abgeholt. Der Tachostand wird vor der Reparatur aufgeschrieben!«

»Ich weiß. Daher können wir uns ja so sicher sein«, nickte Hanna.

»Unser Mechaniker fährt üblicherweise einmal um den Block, vielleicht auch mal über den Westring oder ein Stück Autobahn. Aber auch nur, wenn es unbedingt sein muss. Da kommen vielleicht fünf bis zehn Kilometer dazu. Aber keine fünfzig! Sie können den Mechaniker gern selbst fragen …«

»Das habe ich schon getan, vielen Dank. Nichts für ungut, Herr Gertner«, sagte Cocker. »Sie haben hier einen tollen Laden aufgezogen, muss ich wirklich sagen. Und was Sie für den regionalen Rallyesport tun, Hut ab. Ich bin begeistert, wirklich wahr!«

Cocker verabschiedete sich in Hannas und seinem Namen formvollendet, hinterließ die obligatorische Visitenkarte und zog Hanna zu dem Gestell mit Leichtmetallfelgen.

»Was ist denn mit dir los, Dr. Jekyll?«, fragte Hanna entgeistert. »Übernimmst du ab jetzt beide Parts: den bösen *und* den guten Bullen? Hast du nicht genug zu tun?«

»Mir war in der Tat ein bisschen langweilig, als ich den potenziellen Fahrer des Mercedes in der Werkstatt ausfindig gemacht hatte«, gab Cocker gut gelaunt zum Besten und deutete auf eine fast schon obszön glänzende Tiefbettfelge. »Was meinst du … Ich sollte mir diese Schönheit für meinen neuen Audi gönnen, finde ich«, sagte er, absichtlich vom Thema ablenkend, um Hannas Spannung zu erhöhen. Doch sie dachte nicht daran, auf seinen Trick reinzufallen.

»An deiner Stelle würde ich mir erst mal ein Paar neue Schuhe besorgen, Cocker«, sagte sie, mit spöttischem Blick auf seine abgewetzten Straßentreter. Sie erhöhte den Einsatz sogar und brachte noch ein neues Thema ins Gespräch.

»Was findest du eigentlich so gut daran, dass Gertner den Rallyesport unterstützt?«

»Die Gertners sponsern so 'ne kleine Truppe von Opel-Enthusiasten mit Mechanikern und Material. Ich bin in einem früheren Leben auch mal Rallyes gefahren, daher weiß ich, wie schwer es ist, diesen Sport als Hobby zu betreiben.«

»Du bist Rallyes gefahren, wirklich?«, erkundigte sich Hanna übertrieben interessiert und zog Cocker aus dem Autoservice-Palast. »Davon musst du mir unbedingt alles ganz genau erzählen. Ich war nämlich in einem früheren Leben Boxenluder, musst du wissen …«

»Hanna …« Er gab sich geschlagen.

Sie funkte den Zafira auf. Ohne Wirkung. Sie seufzte, schloss den Wagen auf und stieg ein.

»Daher interessiert es mich natürlich brennend, ob wir uns in unseren früheren Leben vielleicht schon über den Weg gelaufen sind!«

»Hanna!« Er wurde ungehalten. Rammte sich neben sie in den Beifahrersitz.

»Vielleicht haben wir sogar schon mal miteinander ... Wer weiß, die scharfe Schnecke und der schnelle Rennfahrer ...«

»Himmelarsch! *Hanna*! Du hast gewonnen!« Cocker zog die Tür zu.

Hanna schwieg und ließ den Motor an.

»Der Mechaniker des Leichenwagens heißt Kevin Schmitz.«

Hanna zischte kaum vernehmlich.

»Das ist kein Witz! Der Junge heißt wirklich so. Ist vielleicht gerade mal zwanzig und hat von den Gertners eine Chance bekommen.«

»Was für eine Chance?«

»Er ist auf Methadon, war mal Fixer. Hat mir der Kundenbetreuer erzählt.«

Hanna fuhr vom Hof in die Stockshausstraße. Sie war ein bisschen neidisch darauf, wie viel Cocker in der kurzen Zeit herausgefunden hatte, während sie mit Gertner am Tresen geflirtet hatte.

»Kevin macht also 'ne Methadon-Therapie, um vom Heroin loszukommen«, sagte sie. »Inwiefern hilft *uns* das?«

»Ich glaube, der Junge hängt heimlich wieder an der Nadel«, antwortete Cocker traurig. »Das macht ihn zu einem potenziellen Erpressungsziel für jeden, der etwas von ihm will ... Wie zum Beispiel die Schlüssel für das Bestattungsfahrzeug. Ich möchte, dass wir uns den Jungen außerhalb der Werkstatt vorknöpfen, denn die Gertners müssen nicht unbedingt etwas davon erfahren. Sonst ist Kevin den Job wieder los. Und dann ist wahrscheinlich endgültig Sense für ihn.«

Hanna bog in die Gerresheimer Straße ab und sagte: »Also ... Ohne jetzt herzlos klingen zu wollen, aber ich wäre auch nicht begeistert von dem Gedanken, dass ein Zwanzigjähriger auf Droge an meinen Bremsen herumgeschraubt haben könnte.«

Cocker lächelte und nickte. »Laut Kundenbetreuer ist Kevin eine Art Genie am Schraubenschlüssel. Er hat Lösungen für Probleme, wenn die alten Meister nur noch mit dem Kopf schütteln. Der Typ muss richtig gut sein. Also anscheinend auch, wenn er stoned ist.«

»Na großartig. Wie beruhigend.«

»Wir befragen ihn noch heute. Wenn er mit der Arbeit fertig ist, okay?«, schlug Cocker vor.

»Woran hast du eigentlich erkannt, dass er wieder auf Heroin statt Methadon ist?«, fragte Hanna. »Entzugssymptome können es ja nicht gewesen sein.«

»Einstiche«, sagte Cocker knapp.

»Die hat er doch auch bei der Methadontherapie.«

»Der Junge hatte kleine Hämatome von Einstichen an Stellen, die dafür sprechen, dass sein Arbeitgeber nichts davon wissen soll«, sagte Cocker mühsam beherrscht.

»Wo denn? Ich meine, wie hast du die gefunden, ohne dass er es bemerkt …«

»Hanna, geh mir bitte nicht auf den Sack, ja? Ich kann im Moment wirklich nicht … Lass dieses Thema einfach ruhen, bis wir mit Kevin gesprochen haben.«

Cocker atmete schwer, dann ließ er die Scheibe hinunter und holte tief Luft. Hanna fuhr einfach schweigend weiter. Sie konnte sich noch keinen Reim auf seine Reaktion machen. Doch wenn sie hätte raten müssen, sie hätte auf Cockers Tochter getippt, die seit der Trennung bei ihrer Mutter lebte.

Marlene Brandt, genannt »Marla«, war schon vor der Trennung ihrer Eltern ein Problem für Cocker gewesen. Hanna hatte sich zwei Jahre zuvor selbst davon überzeugen können. Sie musste nun ungefähr sechzehn sein.

»Weißt du«, sagte Hanna, um die gespannte Situation etwas zu lockern. »Bei deiner Effizienz und Auffassungsgabe ist es mir absolut schleierhaft, wieso die vom LKA nicht schon an deine Tür geklopft haben.«

»Hanna, bitte«, sagte Cocker und rieb seine Stirn, als habe er schlimme Kopfschmerzen.

»Nein, wirklich. Was du in den letzten Fällen geleistet hast, mit denen ich zu tun hatte, ist …«

Cocker stellte das Radio an. So laut, dass Hanna umgehend von Shakiras sexuell aufgeladenem Geträller überlagert wurde.

Hanna wartete einige Sekunden, dann stellte sie die Musik ab.

»Das war nicht besonders höflich, Cocker.«

Er sagte nichts, sondern starrte aus dem Fenster, ohne die Straße zu sehen, ohne nach dem Weg zu fragen oder danach, wohin es als Nächstes ging. Hanna schaltete das Radio wieder ein – leiser – und fuhr schweigend weiter Richtung Mitte.

Man soll sich davor hüten,
seinen Leib durch Trunk und Speisen zu beschweren.

Wilhelm Fabry, Spiegel des menschlichen Lebens

»Wie intelligent, mich in einen Pizzaschuppen auszuführen«, sagte Julian, als das Essen kam. Er saß steif wie eine Eule in der Sitznische der »Pizzeria da Pino«.

»'tschuldigung«, sagte Hanna zum Kellner, der gerade mit großer Geste zwei Holzbretter mit der Spezialität des Hauses, »Pizza Pirata« mit Bolognesesoße, vor seinen Gästen drapierte. »Könnten Sie die Pizza für meinen Sohn bitte schneiden? Sie haben da doch so ein Dings ... dieses Schneidrad. Der Kleine kann leider noch nicht mit Messer und Gabel essen.«

Der Kellner, der sich bisher als *totalmente* überbordend freundliche Quasselstrippe erwiesen hatte, war beim Anblick des »Kleinen« einen Moment lang sprachlos.

»Schlüsselbeinbruch«, sagte Julian mit steifer Grafenwürde und lachte dann verhalten. Der Kellner raste davon und kam Sekunden später mit einer ordentlich geachtelten Pizza wieder an den Tisch.

»Mom, ich darf nicht lachen. Das tut verdammt weh!«

»Sorry, ausgerechnet heute bin ich drauf aus, mit dir mal wieder richtig Spaß zu haben.«

Ihr gegenüber kicherte Miriam, die für Hanna den einzigen Wermutstropfen des Abends darstellte. Sie war heilfroh, dass Julian mit einem glatten Schlüsselbeinbruch nicht operiert oder stationär behandelt werden musste.

Werner Kürten hatte einen Italiener in »fußläufiger Weite« von der Karnaper Straße empfohlen, da Hanna vorhatte, Rotwein zu trinken. Schließlich wollten sie feiern. Sie waren Kürtens Beschreibung nach in die St.-Konrad-Allee marschiert, denn nicht einmal Miriam kannte den Kult-Italiener.

Beim Anblick des schäbigen Flachbaus vor den Hochhäusern wollte Hanna das erste Mal fliehen. Julian hinderte sie daran, indem er den Laden einfach betrat. Von der brachialen Eichenbalkenstruktur im Inneren – von einem italienischen Interieur konnte, bis auf die offensichtlich mehrfach benutzten rot-weißen Tischtücher, nicht die Rede sein – setzte ein erneuter Fluchtreflex bei Hanna ein. Doch Miriam und Julian saßen schon mit Karten in der Hand am Tisch und parlierten mit dem aufgeregt fröhlichen Chefkellner, den Hanna von nun an für Pino hielt.

Zur Feier selbst war, neben der Einschätzung des Unfallchirurgen im Krankenhaus, allerdings erst noch eine zweite Meinung nötig gewesen. Der Chirurg hatte in schillernden Farben eine stützende Plattenkonstruktion mit aus dem Körper ragenden Schrauben entworfen, die unbedingt nötig sei, um das Wunder der Heilung zu vollbringen. Eine OP plus mindestens sieben Tage Klinikaufenthalt für den Einbau – und die gleiche Prozedur für den Ausbau der ganzen Chose.

Hanna fühlte sich an ihren Besuch in der Autowerkstatt erinnert. Julians verzweifelter Blick zur Mutter hatte ihren Entschluss zu einer zweiten Meinung beflügelt. Zum Glück kannte Cocker einen Spitzenorthopäden in der Mettmanner Innenstadt. Und zum Glück hatte dieser gerade Urlaub und stattdessen eine Praxisvertretung Dienst.

Der sympathische junge Arzt im weißen T-Shirt hatte sich die Röntgenbilder angesehen, Julian ausgiebig betastet und dann gelächelt.

»Die brauchen dringend ein volles Haus in Hilden, was?«

Wie sich herausstellte, hatte der Mann viele Stunden seiner wertvollen Ausbildungszeit als Arzt auf der Galopprennbahn des Düsseldorfer Reiter- und Rennvereins 1844 e.V. verbracht.

»Die häufigsten Verletzungen von Jockeys sind Klavikulafrakturen. Also die Art von Bruch, die sich Ihr Sohn zugezogen hat. Wenn die Jungs vom Pferd fallen, kommen sie meist auf der Schulter auf, und das Schlüsselbein bricht. Operieren lässt sich keiner von denen, es sei denn, da ist was kompliziert gesplittert. Diese Wahnsinnigen reiten oft einfach weiter. Reiten würde ich zwar nicht empfehlen, aber Schrauben und Platten und so Zeug, das ist in Julians Fall reine Geldmacherei.«

Der Arzt empfahl eine kreuzförmige Schlinge aus Verbandmaterial, auch Rucksackverband genannt, der mindestens vier Wochen dafür sorgen würde, dass sich Julian steif genug bewegte, um die gebrochenen Knochenenden wieder zusammenwachsen zu lassen.

»Dafür müssen wir den Verband regelmäßig kontrollieren und nachstellen. Etwa alle zwei Tage, am Anfang besser noch täglich. Das können Sie gern bei mir machen. Aber auch irgendwo in Hilden, wenn Ihnen die Fahrt zu weit sein sollte.«

Nein, es musste der Mettmanner Jockey-Doc sein. Julian hatte darauf bestanden. So erleichtert war er über dessen Einschätzung gewesen.

Miriam saß als fester Bestandteil von Hannas neuer Patchworkfamilie am rustikalen Eichenholztisch und ging Hanna mit ihrem Gekicher auf den Geist. Sie war eine Nervensäge mit umwerfender Figur. Hatte eine für ihr Alter reif und vernünftig anmutende Weltanschauung und eine absolut furchtbar klingende Stimme. Sie konnte singen wie ein Engel, davon hatte sie Hanna überzeugt und in einem kurzen Duett mit Julian zu Tränen gerührt.

Aber konnte sie zwei und zwei zusammenzählen?

Ja, das konnte Miriam natürlich ebenfalls. Hanna war nur eifersüchtig auf der verzweifelten Suche nach Fehlern. Die es bei diesem reizenden, jungen, schlanken Geschöpf mit dem dichten braunen Haar und den riesigen braunen Augen nicht zu geben schien. Was aber nicht sein konnte, dafür war Hanna schon zu lange im Menschenkenntnisgeschäft.

Mit jeder Minute, die verging, wurde Hanna schmerzhaft klar, dass sie der idealen Schwiegertochter gegenübersaß. Was wiederum in der verzweifelten Erkenntnis mündete, dass sich Julian in fortschreitender Entwicklung noch oft neu, aber niemals mehr besser orientieren können würde, denn Miriam war ja schon perfekt. Wie man es auch drehte und wendete, es war vertrackt.

»Frau Broder? Wo sind Sie?«, fragte Miriam lächelnd und legte Hanna sogar eine warme Hand auf den Unterarm.

»Äh …« Hanna sah, dass Julian sich bereits ein Achtel Pirata in den Mund geschoben hatte. Bolognesesoße lief ihm übers Kinn. Er sah aus wie ein blutgieriger, halssteifer Vampir kurz vor Sonnenaufgang. Doch selbst das konnte Miriam nicht abstoßen, fiel Hanna auf, als sie die beiden nebeneinander sah.

»Vielleicht sollte *ich* das Mädchen heiraten«, murmelte sie.

»Was?«, mampfte Julian.

»Nix«, sagte Hanna. Dann klingelte ihr iPhone, und die Feier wurde bereits im ersten Achtel dienstlich beendet. Hanna legte Geld auf den Tisch, dann ließ sie sich ihre restliche Bolognese-Pizza einpacken – »*Prego*, bitte. Gerade halte!« – und stürzte das Achtel Roten in einem Zug. Wenigstens das.

***

»Was hast du denn gemacht?«, fragte Cocker.

»Ich wollte im Auto essen. Während der Fahrt. War ein Fehler«, antwortete Hanna. Sie mied den Blick auf die eigene Hose, das Hemd und die Lederjacke. Eine Packung Papiertaschentücher aus dem Zafira hatte die Sauerei mit der Bolognesesoße eher noch verschlimmert.

Cocker hatte rote Augen. Hanna verschluckte ihre Frage »Hast du geweint?« und ging direkt auf die zugedeckte Person am Boden zu. Ein Nicken von Cocker, und sie wurde durchgelassen. Polizeibeamte mühten sich leise fluchend mit Sichtblenden aus Plastikfolie und völlig ungeeigneten Ständern ab. Sie mussten private Handyjournalisten daran hindern, das Internet und die Boulevardpresse mit sensationellen Blutbildern zu bestücken.

So sehr Hanna das World Wide Web als Segen betrachtete, so sehr verabscheute sie die neue Durchsichtigkeit der Welt. Nicht jeder Schreckensmoment durfte Allgemeingut werden. Sie wusste, dass dies auch für Glücksmomente galt. Vor allem aber galt dies in ihren Augen für den Tod. Gerade das Sterben und die Würde der Toten durften nicht zu einer öffentlichen Gruselveranstaltung werden.

Kevin Schmitz musste blond gewesen sein, soweit das in der Dunkelheit zu erkennen war. Der Bürstenhaarschnitt lag blutgetränkt in einer fast schwarzen Pfütze. Sein Kopf war an der Stelle eingedrückt, mit der er auf dem Boden aufgekommen war.

»Dritter Stock.« Cockers Stimme klang brüchig.

»Selbstmord?«, fragte Hanna.

»Laut Zeugen aus dem Haus hat er einmal leise um Hilfe gerufen«, antwortete Cocker.

In seinen Augen glitzerten Tränen. Hanna ging nicht darauf ein, weil zu viele Menschen um die beiden herumstanden, Fragen stellten und Anweisungen erwarteten.

»Das hatte ich auch schon bei Suizidfällen«, gab Hanna leise zu bedenken. »Besonders bei Fensterstürzen, wenn nach dem letzten Schritt und der Schrecksekunde die Reue einsetzt …«

Es war völlig in Ordnung, dass Cocker sie anherrschte: »Vergiss es! Das ist kein Scheißsuizid, Hanna! Der Junge hat eine Messerspur am Hals. Kein Schnitt, aber der Arzt sagt, dass es von einer Klinge stammen könnte. Den hat jemand über die Klinge springen lassen, verstehst du? Es hat *nichts* mit Drogen oder Beschaffungskriminalität zu tun … Wir sind der Grund. *Wir*!« Cocker drehte ab und stiefelte in den Hausflur des Mehrfamilienhauses.

Hanna gab ihm Zeit – und den umstehenden Kollegen ein paar der Anweisungen, die eigentlich von Cocker als dem in Düsseldorf zuständigen Beamten erwartet wurden.

***

Kevins Zweizimmerwohnung war über das normale Maß eines allein lebenden jungen Mannes hinaus unordentlich.

»Erinnert mich an die Wohnung des Kollegen Wegener«, sagte Hanna beim Anblick der im Raum verstreuten Schubladen aus einem Wandschrank.

»Fällt dir noch was auf?«, fragte Cocker.

Hanna sah sich um. »Auch hier fehlen alle Fotos.«

Sie deutete auf zwei etwas hellere Flecken an der Wand, die von Bilderrahmen stammen mussten.

Kevin war ganz offensichtlich starker Raucher gewesen. Die beiden zerbrochenen Wechselrahmen waren achtlos hinter einen Sessel geworfen worden. Hanna hielt ein kitschiges Passepartout mit eckigen und runden Auslassungen für Fotos in Standardgröße hoch.

»Bis jetzt habe ich gedacht, dass der Täter die Bilder der Wegeners hat verschwinden lassen, um die Identifizierung der Leiche unter der Sparkasse zu erschweren. Aber das ist in diesem Fall natürlich sinnlos. Wenn der Tote direkt vor seiner Wohnung gefunden wird …«

»Seid ihr schon in Jacobis Wohnung gewesen?«, fragte Cocker. »Der ist schließlich auch spurlos verschwunden.«

Hanna nickte. »Kollege Jacobis Wohnung war völlig in Ordnung. Nichts durchwühlt, alle Bilder vor Ort.«

»Na, also, dann haben wir ihn doch«, sagte Cocker grimmig. »Er ist untergetaucht. Hatte mit dem Bücherdiebstahl zu tun und ist wahrscheinlich über jeden unserer Ermittlungsschritte informiert.«

»Wie denn?«, fragte Hanna.

»Wir sind uns doch darüber einig, dass es neben Wegener und Jacobi noch mindestens einen dritten Mann geben muss, wenn nicht sogar zwei«, sagte Cocker.

»Die Sargträger.« Sie ahnte, was nun kommen würde.

»Was ist, wenn diese Komplizen auch Polizisten sind?«

***

»Das kann ich mir nicht vorstellen. Aus unserer Dienststelle?« Meuser schüttelte den Kopf. Cocker, der Leiter der Mitte und Hanna saßen zum Sechs-Augen-Gespräch in Meusers Büro.

»Die Düsseldorfer Kollegen können es nicht sein«, gab Hanna zu bedenken. »Von denen wusste keiner, dass Cocker sich Kevin Schmitz noch einmal vornehmen wollte.«

»Aber jeder mit einem Scanner kann unseren Polizeifunk abhören!«, sagte Meuser. »So was besorgt sich mein Sohn bei eBay!«

»Wir haben aber nicht gefunkt, Chef. Jemand muss unsere persönlichen Gespräche belauscht haben. Wir können nicht mehr die gesamte Mitte einweihen. Ich möchte eine Sonderkommission gründen, bestehend aus Cocker, ich meine Edgar ...«

»Schon gut«, winkte der Erste Kriminalhauptkommissar Edgar Brandt seinen Spitznamen durch.

»Dann brauche ich noch Werner Kürten und Stefanie Schäfer. Das müsste vorerst reichen.«

»Die Soko Fabry«, murmelte Meuser und nickte. »Gut, machen Sie das. Sie bewahren Stillschweigen über die Ermittlung und unterrichten mich direkt und persönlich über Ihre Fortschritte.«

»Ich persönlich glaube nicht, dass es sich bei dem dritten Mann um einen Kollegen handelt«, sagte Cocker. »Ich denke da eher an jemanden, der sich mehr mit wertvollen Büchern auskennt. Oder einen Fachmann für Medizingeschichte. Das war weder Jacobis noch Wegeners Fachgebiet. Woher sollten die beiden wissen, was für ein Schatz in diesem Keller lagert?«

Meuser sah auf. »Apropos Fachmann, was ist eigentlich mit Heckel? Den nehmen Sie aber mit in die Soko, oder?«

Hanna und Cocker sahen sich an. Dann sprangen beide gleichzeitig auf und rannten aus Meusers Büro.

»He!«, rief der ihnen hinterher. »Waren wir schon fertig? Ich dachte …«

Ist derwegen viel besser, ja christlicher,
man erlasse zehen Schuldigen, deren Schuld und
Missethat nicht gnugsam an Tag ist, auch ohn
strenge Folterung und Marter nicht kann offenbar werden,
als daß man einen Unschuldigen durch die Marter zum
Schuldigen mache und hinrichte.

Wilhelm Fabry, Von Nutz und Fürtrefflichkeit der Anatomie

»Wer war als Erster nach dem Bauarbeiter an der Ausgrabungsstelle?«, fragte Hanna.

»Wer war von Anfang an über jeden Ermittlungsschritt informiert?«, fragte Cocker.

»Und das bereits, seit Jacobi mit dem Fall betraut gewesen war?«, legte Hanna nach.

»Wer kennt sich mit historischen Büchern bestens aus? Insbesondere mit Fachbüchern aus der Medizin?«

»Und wer bekommt beim Anblick dieser alten Schinken feuchte Augen?«, sagte Hanna.

»Vielleicht, weil er nicht nur deren historischen Wert, sondern auch den Wert in realen Zahlen ermessen kann?«, ergänzte Cocker.

»Ich«, gab Professor Doktor Holger Heckel freimütig zu. »Alle Punkte treffen auf mich zu. Bis vielleicht auf den letzten. Denn ich kann den Wert der Bücher in harter D-Mark nicht schätzen. Also, ich meine, in Euro ...«

»Oder Schweizer Franken!«, ergänzte Hanna.

»Oder Schweizer Franken«, wiederholte Heckel geduldig und wandte sich direkt an Hanna. »Hanna. Ich weiß, du kannst mich nicht besonders gut leiden. Aber das sollte nicht deinen professionellen Blick trüben.«

»Mein Blick ist scharf wie eh und je, *Herr Heckel*«, sagte Hanna.

Sie sah aus dem Fenster im vierten Stock über das Universitätsgelände. Dann fixierte sie wieder den Professor hinter seinem Schreibtisch. Das etwas abgenutzt wirkende Büro aus den sechziger Jahren passte nicht zu den alten Bücherregalen an den Wänden und den schweren, teils ledergebundenen Bänden, die darin standen.

»Du glaubst also tatsächlich, ich wäre der ominöse dritte Mann? Der *Mad Scientist*, der das ganze Verbrechen angezettelt, geplant und mit euren Kollegen durchgeführt hat?« Heckel lächelte, die Vorstellung schien ihn zu amüsieren. »Ich muss in der Tat zugeben, dass ich bei dem Gedanken an diese verschwundenen Bücher feuchte Hände bekomme. Denn nach allem, was ich bis jetzt über die drei verbliebenen Bände herausfinden konnte, besteht durchaus die Möglichkeit, dass der Bestand in diesem Keller einige noch unveröffentlichte Manuskripte Wilhelm Fabrys enthalten haben könnte.«

»Bücher, die er zwar geschrieben, aber noch nicht in Druck gegeben hatte?«, fragte Cocker.

Heckel nickte. »Mit sehr viel Glück, vielleicht. Aber auch schon in der damaligen Zeit wurden medizinische Fachbücher in jeder neuen Auflage mit den aktuellen medizinischen Erkenntnissen sozusagen ›aufgefrischt‹. Darin war Fabry, der ja sehr viel gereist ist und seine Behandlungsmethoden immer wieder mit Kollegen seiner Zunft besprochen und Ergebnisse verglichen hat, besonders rührig. Es könnte also gut sein, dass sich für die medizinhistorische Fachwelt relevante Neuerungen in seinen Notizen für die neuen Auflagen bereits bestehender Bücher finden. Und …«

Hier beugte sich Heckel hinter seinem Schreibtisch zu Hanna und Cocker vor. »… ihr glaubt doch nicht im Ernst, dass ich all diese Verbrechen begehen würde, nur um diese Bücher dann in meinem Keller zu verstecken und mir gelegentlich bei einem teuren Glas Rotwein zu Gemüte zu führen?«

»Wieso denn nicht?«, fragte Hanna provozierend.

»Das macht mir wieder einmal deutlich, dass du das Wesen wissenschaftlicher Arbeit nicht zur Gänze verstanden hast.«

Hanna stand auf und ging langsam und, wie Cocker fand, ziemlich bedrohlich um den Schreibtisch herum auf Heckel zu.

»Ich habe auch nie verstanden«, sagte sie, »wieso ihr Wissenschaftler einen Zeitraum von sechzehnhundert bis sechzehnhundertneunundneunzig das ›*siebzehnte* Jahrhundert‹ nennt. Wissenschaft hin oder her. Das ist nicht logisch.«

»Mathematisch schon«, entgegnete Heckel, der beim Anblick der sich nähernden Polizistin immer weiter in seinen ledernen Schreibtischstuhl einzusinken schien. »Wie nennst du sonst die Zeitspanne vom Jahr null bis neunundneunzig? Das ›nullte‹ Jahrhundert?«

Er hatte nicht mehr die Zeit, den Erfolg seiner geistesgegenwärtigen Replik auszukosten. Hanna griff den kleinen Mann am Kragen und zog ihn an seinem Krawattenknoten ganz nah zu sich heran, bis sich ihre Nasenspitzen fast berührten.

Cocker, der Hanna mittlerweile gut genug kannte, wusste, dass keine Gefahr im Verzug war. Dennoch musste er seiner Rolle als »guter Bulle« natürlich nachkommen, aufspringen und Hanna mit leise gemurmelten Beschwörungen beruhigend eine Hand auf die Schulter legen.

Sie achtete nicht auf den Kollegen, sondern fragte: »Im wievielten Stock befinden wir uns hier?«

»Vier«, krächzte Heckel.

»Also eine Etage mehr als die Wohnung, aus der der bedauernswerte Kevin Schmitz gestoßen wurde.«

»Kevin wer?«, keuchte Heckel.

»Die Schädelfrakturen waren gravierend«, sagte Hanna.

Sie hielt Heckel immer noch mit der linken Hand am Krawattenknoten und öffnete mit der rechten das Fenster hinter ihm. »Sein Kopf sah aus, als hätte man eine Wassermelone aus dem Fenster geworfen.«

»Hanna, bitte ...« Cocker musste sich nicht mehr sonderlich anstrengen, um vorzugeben, dass sie seiner Meinung nach zu weit ging.

»Ein Geheimnis nützt mir nichts«, sagte Heckel kleinlaut.

»Wie bitte?«

»Bücher in meinem Keller ... Ein Geheimnis! ... Das nützt mir nichts«, wiederholte Heckel.

Er hatte hektische rote Flecken im Gesicht. Hanna ließ ihn in den Stuhl zurücksinken, damit er reden konnte. Gleichzeitig riss sie das Fenster hinter ihm weit auf. Dass sie nur unbedingt frische Luft in dieses stickige Büro lassen wollte, brauchte sie dem Professor ja nicht auf die Nase zu binden.

»Wenn ich den wissenschaftlich relevanten Inhalt der Werke nicht in meiner Forschung verwenden darf, interessieren mich diese Bücher nicht. Nicht umsonst heißt es: ›*Publish or perish*‹, verstehst du?«

»Nein. Was heißt das?«, fragte Hanna kalt.

»Veröffentliche oder sterbe«, übersetzte Cocker und sah Heckel fragend an.

»Die Redewendung bedeutet eher ›veröffentliche oder geh unter‹«, erläuterte Heckel.

Bevor Hanna fragen konnte, setzte er ohne jegliche Überheblichkeit zur weiteren Erklärung an. Mittlerweile hatte er begriffen, dass er die Kommissarin bis aufs Blut reizte, wenn er sich intellektuell über sie stellte.

»Wenn man in der wissenschaftlichen Welt bestehen will, muss man Ergebnisse nicht nur herausfinden, sondern sozusagen auch liefern oder besser: präsentieren. Und zwar in so vielen wissenschaftlichen Publikationen wie nur möglich.«

»Um wahrgenommen zu werden«, stellte Cocker fest.

»Genau«, nickte Heckel. »Manchmal ist es sogar geschickter, eine noch nicht hundertprozentig bewiesene These aufzustellen, um sie später, nach weiterer Forschung, in einer weiteren Veröffentlichung zu korrigieren oder komplett zu verwerfen.«

»Weil man dann zweimal in der Presse auftaucht«, sagte Cocker und nickte. Er hatte das Prinzip verstanden.

»Klingt für mich eher nach dem Prinzip Promiluder als nach Professor Doktor«, sagte Hanna und runzelte die Stirn.

»Wenn du so willst ...« Heckel schluckte den Vergleich trocken.

»Also, mir leuchtet das ein«, antwortete Cocker und erntete einen erleichterten Blick von Heckel.

»Ich habe mich von Anfang an an dieser Ausgrabung und der Bergungsaktion und späteren Ermittlung beteiligt, weil ich Fabrys Bücher in meinem Institut mit meinen Studenten auswerten und die Ergebnisse veröffentlichen wollte«, sagte Heckel, der sich immer noch nicht ganz von Hannas Attacke erholt zu haben schien. »Dabei ging es mir um den Inhalt. Nicht um den Sammlerwert.«

»Scheiße«, sagte Hanna und starrte aus dem Fenster.

»Warum? Glaubst du mir nicht?«

»Doch, das ist es ja«, sagte Hanna. »Wenn du der dritte Mann gewesen wärst, hätten wir wenigstens etwas in der Hand. So haben wir nichts und stehen wieder ganz am Anfang.«

Hanna schloss das Fenster, seufzte und sah Cocker und Heckel frustriert an.

»Bin ich ... wieder im Team?«, fragte Heckel schüchtern.

Hanna hob die Arme und ließ sie klatschend auf die Seiten ihrer Lederjacke fallen.

»Von mir aus.«

***

»Was machen wir jetzt?«, fragte Cocker.

»Ich habe echt keine Ahnung«, antwortete Hanna.

Ein langes, lähmendes Schweigen breitete sich im Wagen aus. Sie saßen zu dritt im Zafira und standen an der Bordsteinkante inmitten des Unigeländes.

»Hätte ich doch nur studiert und was Anständiges gelernt«, seufzte Hanna.

»Das meinst du nicht ernst«, stellte Cocker fest.

»Natürlich nicht.«

»Meine Studenten haben übrigens eine ›Google Man Group‹ gegründet«, warf Heckel von hinten ein.

»Wie die ›Blue Man Group‹? Nur bunter? In den Google-eigenen Regenbogenfarben?«, fragte Cocker desinteressiert.

»Nein«, antwortete Heckel. »Die drei besten Nerds meiner Gruppe haben Suchroutinen entwickelt, mit denen sie automatisch das gesamte Internet nach Angeboten der gestohlenen Bücher aus Hilden scannen.«

»Nerds scannen also das Net mit Suchroutinen«, sagte Cocker matt. Zu niemand Bestimmten. Er sah aus dem Fenster.

»Und?«, fragte Heckel. »Das ist doch gut! Oder?«

»Ja, ja, es ist nur … Ich werde alt«, seufzte Cocker.

Wie aufs Stichwort begann es zu regnen. Hanna startete den Wagen. Erst nach einer ganzen Weile ließ sie die Scheibenwischer mit protestierendem Quietschen ihre Arbeit verrichten.

Warum Gott gewollt hat,
dass uns die Stunde des Todes verborgen bleibe.
1. damit man nicht zu viel Angst
vorm Tod hat und das Herz beschwert wird,
wodurch man nicht mehr so gut arbeiten könnte
2. damit man nicht zu leichtsinnig
mit seinem Leben umgeht

Wilhelm Fabry, Spiegel des menschlichen Lebens

»Wieso hast du uns nicht sofort informiert, verdammt?« Hanna schäumte.

Stefanie Schäfer war sich keiner Schuld bewusst.

»Du hast das Ganze doch gerade erst zur Geheimsache erklärt.«

»Ja, aber wenigstens 'ne SMS, dass er angerufen hat! Ist das zu viel verlangt?«, rief Hanna.

»Der Anrufer war identifiziert, sein Standort nicht zurückzuverfolgen. Dazu war die Zeit zu knapp. Der Termin, den er genannt hat, bot ausreichend Spielraum. Also, soll ich jetzt? Oder wollt ihr noch eine Weile weiterstreiten?«, fragte Kürten.

Die Mitglieder der Soko standen in der Mitte in einem extra dafür eingerichteten Raum um ein Laptop herum.

»Ja, los. Lass knacken!«, sagte Hanna ungeduldig.

Kürten startete die Audiodatei. Der Mitschnitt eines Telefonats schepperte durch zwei kleine, extra angeschlossene Standlautsprecher in den Raum.

»Polizeiinspektion Hilden, mein Name ist Stefanie Schäfer. Was kann ich für Sie tun?«

»Hartmut Jacobi«, erklang eine Stimme, die vor Erregung zitterte.

»Hartmut! Wie geht es dir? Wo bist du denn? Was ist …?«

»In zwei Stunden will ich Hanna Broder in ›de Bütt‹ sehen. Dann erfahrt ihr, wie ihr die Bücher zurückbekommt. Ich hatte mit den Morden nichts zu tun. Das schwöre ich …«

Hier ertönte ein lautes Schniefen.

Stefanie Schäfers Stimme klang ruhig und professionell, als sie fragte: »Hartmut … Hattes, bist du okay? Ist alles in Ordnung mit dir?«

Einen Moment lang rauschte das Telefonnetz wortlos vor sich hin. Dann wieder Jacobis Stimme:

»In ›de Bütt‹. In Hürth, nicht in Willich! Um vier Uhr! Hanna kommt allein. Im Badeanzug am Babybecken. Vier Uhr!«

»Hartmut, wir können doch …« Vergeblich versuchte Stefanie das Gespräch in die Länge zu ziehen.

»Wenn ich außer Hanna weitere Bullen, in Uniform oder Badehose, draußen oder drinnen, wenn ich nur einen einzigen Anhaltspunkt habe, dass Hanna nicht unbewaffnet, allein und unverkabelt in diesem Becken sitzt, war's das. Hast du verstanden?«

»Ja, sicher, aber ...«

Ein ratschendes Geräusch mit einem Klicken am Ende kündete von der unterbrochenen Verbindung.

Nach einem Moment des Schweigens fragte Hanna in die konzentrierte Stille hinein: »Was ist Hürth? Was ist ›de Bütt‹? Und wieso muss ich ins Babybecken? Kann mir das bitte mal jemand übersetzen?«

***

»Jacobi ist clever. Er zitiert dich quasi nackt in ein Spaßbad außerhalb unseres Bezirks«, sagte Cocker. »Das Gelände liegt in Hürth, einem Vorort von Köln. Riesig groß, flach wie ein Brett und nur mäßig eingezäunt. Außerdem nicht unser Terrain ... Taktisch geht es quasi nicht besser.«

»Wenn du noch einmal ›quasi‹ sagst, bekommst du ein echtes Problem mit mir«, sagte Hanna düster.

Sie hielt einen Badeanzug in XXL in den Händen. Das Ding leuchtete schmerzhaft in Gelb, Orange, Grellgrün mit einem Rest Alibischwarz. In der Kürze der Zeit war nichts Besseres zu besorgen gewesen.

Derart knapp bekleidet in der Öffentlichkeit aufzutreten war bei Hanna ungefähr seit dem sechzehnten Lebensjahr nicht mehr vorgekommen. Ihren Job ohne Blundstones, Levi's 501 und Schott (aka australische Stahlkappenschuhe, beste Knöpfjeans der Welt und unverwüstliche Lederjacke) anzutreten machte ihr Angst.

So blöd es auch klingen mochte, ohne ihre Rüstung fühlte sich Hanna Broder verwundbar. Wie ein potenzielles Opfer. Und da sie das Prinzip der sich selbst erfüllenden Prophezeiung kannte, beunruhigte die übergewichtige Kommissarin die Vorstellung, nur mit einem Badeanzug bekleidet Ermittlungen anzustellen. So einfach war das. Ein wenig Eitelkeit war auch dabei. Obwohl sie glaubte, diesen Aspekt verdrängen zu können, wenn es darauf ankam.

Ihr letzter Besuch in einem Schwimmbad lag weit außerhalb ihres Erinnerungshorizonts. Nur dass es das Freibad am Bolzberg am Ortsrand von Gadenstedt gewesen sein musste, daran erinnerte Hanna sich noch dunkel.

Das Bad lag fast in Rufweite einer verlassenen Scheune, in der ein Täter sein Opfer an einen Heuwender gefesselt zurückgelassen hatte. Die junge Frau war im Dezember vorletzten Jahres elend an der Kälte in der Scheune zugrunde gegangen.

Es war traurig, dass Orte derart mit negativer Energie aufgeladen werden konnten. Aber wenn Hanna an die geschwungene Alleestraße am Ortsrand von Gadenstedt dachte, mit dem Wald auf der linken und dem Freibad auf der rechten Seite, kam ihr seit der letzten Ermittlung nur noch das grausige Schicksal der verstorbenen Sparkassenangestellten in den Sinn.

Ihr fiel ein, dass der Täter gerade erst durch einen Akt von Selbstjustiz zu Tode gekommen war. Die Treppe vor dem Gerichtsgebäude war ebenfalls ein Ort, an dem sie für den Rest ihres Lebens an einen Mord erinnert werden würde. Der blutige Bürgersteig vor dem Haus von Kevin Schmitz in Unterbach – in Hannas Lebenskarte steckten immer mehr Nadeln mit den Namen toter Menschen. Obwohl diese Tatsache schon länger Bestandteil ihres Jobs war, raubte ihr diese Erkenntnis für einen Moment den Atem.

***

Cocker hatte für die knapp fünfzig Kilometer von Hilden nach Hürth das mobile Blaulicht mit dem Magneten auf dem Dach des Mietwagens befestigt. Immer wenn es auf der A3 oder später der A1 zäh zu fließen begann, schaltete er das Blaulicht ein und trat das Gaspedal durch.

Der arme Audi wurde nicht geschont. Als müsse der Wagen stellvertretend dafür büßen, dass Cocker erst kurz zuvor seinen fast neuen Audi A6 allroad quattro auf der Autobahn im Werstener Tunnel bei einem schweren Unfall verloren hatte, bei dem Hanna ebenfalls auf dem Beifahrersitz gesessen hatte. Auch dafür war der Mann verantwortlich gewesen, dessen Blut Hanna auf der Treppe vor dem Gericht an den Händen gehabt hatte.

»Ist alles in Ordnung mit dir? Soll ich langsamer fahren?«, erkundigte sich Cocker. »Wir haben Zeit genug.«

»Nee, schon gut, mach du mal«, sagte Hanna und versuchte, auf andere Gedanken zu kommen.

Als sie mit ihrer kleinen Sporttasche durch das Drehkreuz an der Kasse wollte, brauchte sie drei Anläufe, bis es klappte. Das Prinzip mit der gelben Plastikmünze, die man dazu in einen Schlitz am Drehkreuz stecken musste, war ihr völlig unbekannt. Erst als ihr ein stark übergewichtiger Zwölfjähriger zur Hand ging, konnte Hanna die Sperre überwinden. Da war sie bereits schweißgebadet.

»Ey, pass auf. Die Münze hat die Zeit drin, verstehste? Nach zwei Stunden raus, sonst nachzahlen«, sagte der türkische Junge noch, bevor er auf dem gefliesten Boden Richtung Sammelumkleide eins abbog.

Hanna nickte, winkte und suchte eine Damen-Einzelkabine. In dem winzigen Kabuff hängte sie ihre Lederjacke an einen Plastikhaken, der sich unter der Last der Schott bedenklich bog. Dann stellte sie ihre Sporttasche, die sie sich von Werner Kürten geliehen hatte, auf das Sitzbrett hinter sich. Damit stieß die enge Kabine auch schon an ihre räumlichen Grenzen.

Wie sie sich in diesem Verschlag umziehen sollte, war Hanna schleierhaft. Es war fünfzehn Uhr dreißig, sie hatte noch eine halbe Stunde, um ins Babybecken zu kommen. Cocker wartete im Wagen. Da Jacobi ihn aus seiner Düsseldorfer Dienstzeit im Präsidium vom Sehen kannte, war es besser, kein Risiko einzugehen.

Obwohl Jacobi darauf bestanden hatte, dass Hanna allein kam, war Cockers Audi noch ein weiterer Wagen in Zivil gefolgt. Darin saßen Werner Kürten, Stefanie Schäfer, beide in Zivilkleidung, und Holger Heckel. Der Wagen stand etwas weiter abseits auf dem Parkplatz, da Hanna kein Risiko eingehen wollte. Denn die beiden Hildener Kollegen hätte Jacobi ebenfalls auf hundert Meter Entfernung erkannt. Damit bewegte sich die komplette Soko auf fremdem Gebiet im Kölner Regierungsbezirk.

Als Hanna sich in den grellbunten Badeanzug gezwängt hatte, hörte sie plötzlich eine Stimme: »Hanna? Hanna Broder?«

Sie sah sich um, obwohl das natürlich Blödsinn war, und antwortete: »Jacobi? Was soll dieses Affentheater?«

»Ich war das nicht mit Michael, das musst du mir glauben! Er war mein Freund! Er hatte Familie!«

Hanna riss die Tür auf und spähte in den Gang. Nichts. Auch auf der anderen Seite keine Spur von Jacobi.

»Lass uns nach Hilden fahren und die ganze Sache wie erwachsene Polizeibeamte klären, Hartmut«, sagte Hanna und schob vorsichtig die Tür zur Nachbarkabine auf.

»Das geht nicht«, schepperte Hartmut Jacobis Stimme durch den Lautsprecher eines winzig kleinen Handys, das dort auf dem Sitzbrett lag. Es war kaum größer als eine Scheckkarte.

»Ich denke, wir treffen uns von Angesicht zu Angesicht im Babybecken?«, fragte Hanna ins Handy.

»Hinter dem Becken ist eine Theke. Frag dort nach Nadine. Sie hat etwas für euch ...«

»Moment mal, heißt das, wir sehen uns überhaupt nicht?«

»Hanna, ich bin in Schwierigkeiten«, antwortete der Kriminalhauptkommissar über das Handy mit einer Stimme, die keinen Zweifel daran ließ, dass der Mann Angst hatte. »Du hast gesehen, was mit Michael Wegener passiert ist.«

»Oder mit Kevin Schmitz«, ergänzte Hanna.

Trotz der Wärme fror sie nun. Eine ältere Frau mit einem kleinen Jungen drängte sich auf dem Gang an ihr vorbei und sah sie verwundert an.

»Hartmut, komm schon, lass uns doch bitte nicht nur am Telefon miteinander sprechen«, bat Hanna und betrat wieder ihre Kabine.

Sie klemmte das Handy zwischen Kopf und Schulter und schlüpfte wieder in ihre Lederjacke, dann zückte sie das iPhone, schaltete es auf stumm und wählte die Kurzwahl für Cockers Mobiltelefon.

»Das hättest du auch einfacher haben können, meinst du nicht?«

Jacobi lachte bitter auf. »Du hast ja keine Ahnung, wozu die fähig sind. Die haben uns das Leben komplett zur Hölle gemacht. Sie lassen alle Mitwisser über die Klinge springen. Sogar Bullen.«

»Wer sind ›sie‹?«, fragte Hanna. Sie konnte auf dem Display ihres iPhones erkennen, dass Cocker nun mithören konnte.

»Das weiß ich nicht.«

»Hartmut, bitte …«

»Ich *weiß* es nicht!« Jacobi spuckte die Antwort aus wie einen Fluch.

Hanna schlüpfte leise wieder in ihre Hose, die sie einfach über den Badeanzug zog, wie die Jacke.

»Sonst hätte ich diese kranken Arschgeigen schon lange zur Strecke gebracht, das kannst du mir glauben!«

»Wo ist deine Frau?«

»In Sicherheit.«

»Hat einer aus der Mitte mit der Sache zu tun?«

»Wie kommst du darauf?«, wollte Jacobi wissen.

»Wir glauben, dass Ermittlungsergebnisse aus der Mitte nach außen gedrungen sind. Weißt du was davon?«

»Keine Ahnung«, antwortete Jacobi.

Hanna schlüpfte barfuß in die Schuhe und verließ die Kabine. Sie hastete möglichst lautlos einen gefliesten Gang entlang und öffnete eine Tür. Dusche, Fehlanzeige.

»Hast du die Wohnung der Wegeners durchwühlt?«, fragte sie.

»Nein. Ich war erst danach drin. Ich habe nur die Fotos verschwinden lassen, damit ich einen Vorsprung habe, bis ihr Wegener in dem Keller identifiziert.«

»Bei Kevin Schmitz, dem jungen Automechaniker, fehlten ebenfalls alle Fotos, nachdem die Wohnung durchwühlt worden war. Warst du das?«

Zwei Türen weiter ging es ins Spaßbad. Und leider klang es auch so, wie Hanna feststellen musste.

»Nein, das müssen sie gewesen sein … Scheiße, vielleicht haben die das mit den Bildern aus der Mitte erfahren und nachgemacht! Damit es so aussieht, als sei ich das gewesen! Die hören euch ab! Versuch bloß nicht, mich zu finden«, sagte Hartmut Jacobi, nun mit Panik in der Stimme. »Die sind euch gefolgt, so kriegen sie mich! Lasst es doch bitte sein! Wir können ja einen neuen Treffpunkt …«

Hanna stiefelte nun in fast voller Montur in das Bad. Bis auf Unterwäsche und Socken war sie bekleidet. Sie hielt Jacobis Handy am Ohr. Rechts von sich erkannte sie durch eine Panorama-Glasscheibe den Eingangsbereich. Gerade rissen Kürten und Schäfer die Glastür zum Eingang auf. Cocker war bereits weiter, er mühte sich am Drehkreuz mit dem Handy am Ohr ab, schließlich machte er einen Bocksprung über das Kreuz, gegen den Protest der Kassiererin. Kürten eilte mit seinem Dienstausweis zur Hilfe.

Links von Hanna, im Bad, protestierte nun eine weiß gekleidete Bademeisterin. Zwar etwas jünger, aber ungefähr in Hannas Gewichtsklasse. Die zückte ihren Polizeiausweis, ohne ihren Schritt zu verlangsamen. Ihr fiel auf den ersten Blick auf, dass die Badenden, Erwachsene wie Kinder, sowie das Personal zu einem erlösend großen Teil einen BMI-Wert hatten, der jedem Diabetologen oder Facharzt für Herzkrankheiten das Wasser in die Augen treiben musste.

»Jacobi, worum geht es in der Sache eigentlich?«, fragte Hanna.

Keine Antwort. Es dauerte einen Moment. Als Jacobi weitersprach, keuchte er und meinte offensichtlich nicht Hanna. Was er sagte, war nicht zu verstehen. Dem Klang seiner Stimme nach bewegte er sich nun im Freien.

Hanna lief zwischen dem Kinderbecken und dem großen Schwimmerbecken auf die Stirnwand des Bades zu. Sie hoffte, dort in den Freibadteil der Anlage zu kommen. Noch im Laufen erkannte sie die von Jacobi erwähnte Theke und das Babybecken. Sie polterte über den mit eurostückgroßen Rundfliesen belegten Boden, vorbei an einer wuselnden Schar von Zwergen mit orange leuchtenden Schwimmflügeln und Eltern, die in hüfthohem Wasser kauerten.

Pipibrühe, schoss ihr ein Begriff durch den Kopf, den sie irgendwann im Zusammenhang mit Julian gehört zu haben glaubte. Obwohl ihr beim Anblick der planschenden Kleinkinder schmerzhaft klar wurde, dass sie nie mit Julian im Schwimmbad gewesen war. Rabenmutter. Scheiße, ja, das war sie.

Das Handy ans Ohr gedrückt, wiederholte Hanna immer wieder Jacobis Namen, doch von ihm war nur noch ein entferntes Keuchen zu hören. Rascheln und Rauschen. Er hielt das Mobiltelefon wohl beim Rennen in der Hand. Hanna rammte eine gelbe Tür nach draußen auf und stand plötzlich in der für sie eiskalten Luft.

»Jacobi!«, brüllte sie ins Telefon. »Komm zu mir! Ich kann dir helfen, komm schon!«

Sie hörte Jacobi nun schluchzen, was ihr einen Schauer über den Rücken jagte. Sie rannte an einem Außenbecken entlang, das vom Ende der Wasserrutsche zurück in das Bad führte. Kinder, Jugendliche, Erwachsene, eine junge Bademeisterin, von Jacobi keine Spur.

»Jacobi, worum geht es in der ganzen Sache?«, wiederholte sie ihre Frage. Ohne auch nur einen Funken Hoffnung auf Antwort.

»Kohle«, keuchte Jacobi auf einmal. »Es geht doch immer nur um …«

Ein gurgelndes Keuchen ertönte über das Mobiltelefon. Es machte Hanna klar, dass sie zu spät kommen würde. Die Erkenntnis traf sie wie ein Schlag. Dann riss die Verbindung ab.

***

Jacobi hatte offensichtlich versucht, über den Zaun am Ende der Liegewiesen zu klettern, als er von seinem Verfolger erwischt worden war. Er lag auf dem Rücken zwischen brusthohen Büschen, weswegen Hanna ihn nicht auf Anhieb hatte finden können.

Zu dieser Jahreszeit fand der Badebetrieb fast ausschließlich innen statt, daher waren Hanna und Jacobi die einzigen Personen auf dem Freigelände. Aus einer klaffenden Wunde am Hals rann ein Streifen Blut, der in einer Furche zwischen Beet und Wiese im Boden versickerte.

Jacobi war tot. Hanna fühlte keinen Puls mehr. Ein neuer Referenzpunkt in ihrer persönlichen Landkarte des Todes. Doch statt in Verzweiflung über den ermordeten Kollegen zu erstarren, setzte sie dessen Weg über den Zaun fort. Da ihr niemand begegnet war, musste der Mörder diesen Fluchtweg benutzt haben.

Als Hanna, völlig außer Atem, endlich über den Zaun geklettert war, lief sie über eine Wiese zur nächsten Baumgrenze, ihr immer noch mit Cocker verbundenes iPhone an die verschwitzte Wange gedrückt. Sie beschrieb ihm den Weg zur Leiche und bat darum, die Kollegen im anderen Wagen um das Badgelände herumzuschicken. Auch wenn nur noch eine minimale Hoffnung bestand, den Täter zu fassen.

»Jacobi hat gesagt, dass er bei einer gewissen Nadine an der Gastro-Theke etwas für uns hinterlegt hat. Hol das bitte sofort ab!«, instruierte sie Cocker.

Wir hätten das nie allein auf eigene Faust durchziehen dürfen, dachte Hanna. Obwohl sie wusste, dass in der Kürze der Zeit kaum ein passendes Aufgebot an Kollegen aus diesem Regierungsbezirk aufzutreiben gewesen wäre. Und wer hätte schon ahnen können, dass sie selbst den Mörder auf Jacobis Spur gebracht hatten? Wer sollte es seiner schwangeren Frau sagen?

Viele lose Gedankenstränge verwoben sich zu einem diffusen Gewirr von Schuld und Schmerz, während Hanna durch weitere Büsche auf eine asphaltierte Straße stolperte. Sie beugte sich vornüber, stützte keuchend die Handflächen auf die Oberschenkel und erbrach die Reste eines halb verdauten Mittagessens in den Graben am Straßenrand. Nachdem sie sich den Mund abgewischt hatte und wieder zu Atem gekommen war, zückte sie ihr iPhone erneut und rief das Mobiltelefon ihres Sohnes an.

»Mom, alles in Ordnung?«, fragte Julian, da Hanna ihn selten und nie ohne guten Grund mobil zu erreichen versuchte.

Sie bejahte seine Frage, was eine Notlüge war, und erkundigte sich nach seinem Aufenthaltsort.

»Wir proben noch«, antwortete Julian freimütig.

Hanna schluckte ihre Verwunderung darüber hinunter, dass Julian weiter in die Schule ging, statt der Empfehlung des Orthopäden zu folgen, sich zu schonen und wegen des gebrochenen Schlüsselbeins ruhig zu verhalten.

»Pass auf, Julian. Ich habe jetzt nicht die Zeit, dir das lang und breit zu erklären, daher konzentriere dich bitte. Bist du allein? Kannst du reden?«

Julian bat um einen Moment, murmelte etwas zu jemandem in der Aula und meldete sich wenige Sekunden später konzentriert und ernst.

»Alles klar, schieß los.«

»Weißt du, ob das Sekretariat noch besetzt ist?«, fragte Hanna.

»Jetzt während der Projektwoche ist die Sekretärin bis achtzehn Uhr da, hat sie mir selbst gesagt. Sie ist nett und hat …«

»Julian«, unterbrach ihn Hanna, »geh bitte in fünf Minuten zu ihr. Sie wird dir Geld geben und ein Taxi bestellen. Hast du das verstanden?«

»Bin ja nicht blöd«, kam es zurück.

»Ich weiß. Nach diesem Anruf nimmst du den Akku aus deinem Handy, okay? Du fährst mit dem Taxi zu der Stelle, wo Papa ist.«

»Du meinst, in die ...«

»Nicht!«, unterbrach ihn Hanna. »Ich kann nicht ausschließen, dass wir abgehört werden. Wenn dein Handy noch angeschaltet ist, kann man damit deinen Standort bestimmen, auch wenn du nicht telefonierst ...«

»Mom, ich bin kein Baby. Warum muss ich untertauchen?«

Damit es dir nicht genauso ergeht wie deinem Vater, dachte Hanna. Damit nicht wieder irgend so ein durchgeknalltes Arschloch meine Familienmitglieder in Lebensgefahr bringt, anstatt sich mit mir direkt ...

»Mama?« Julian klang nun verunsichert.

»Im aktuellen Fall kann ich nicht ausschließen, dass der oder die Täter dich in Mitleidenschaft ziehen«, sagte sie und hasste sich dafür, in trockenem Beamtendeutsch zu verharmlosen, was ihr gerade die größte Angst einjagte.

»So wie Papa? Aber Striebek ist doch tot, oder?«

»Es geht nicht um Striebek. Ich arbeite an einem neuen Fall.«

Als ich noch allein und ohne Familie unterwegs war, war ich weniger verwundbar, dachte Hanna.

»Was ist mit Papa? Ist der auch in Gefahr?«, fragte Julian.

Scheiße, darum muss ich mich ja auch noch kümmern, dachte Hanna.

»Zuerst bist du dran, dann kümmere ich mich um Frieder. Also, du fährst mit der Taxe los, ohne deinen Mitschülern und diesem Lehrer ... wie heißt der noch?«

»Wolf«, half Julian aus. »Wolf Beyer.«

»Genau, du entschuldigst dich bei ihm, weil du Schmerzen in der Schulter hast. Denk dir 'ne Ausrede für Miriam aus, damit sie dir nicht das Händchen halten will.«

»Mamaaa ...«, sagte Julian genervt.

Hanna musste sich beeilen, damit sie Julians volle Aufmerksamkeit behielt, solange sie sie brauchte.

»Ihr seid verknallt, da ist es normal, dass man keine fünf Minuten ohne den anderen sein will. Aber vertröste Miriam auf später. Du sagst ihr *nichts*! Hast du verstanden?«

»Ich soll sie belügen?«

»Ganz genau. Das ist eine Notsituation, die jede Notlüge rechtfertigt. Aber sie muss gut sein. Niemand darf auch nur eine einzige Information erhalten, die irgendjemandem deinen Aufenthaltsort verraten könnte. Das ist *sehr* wichtig. Hast du das kapiert? Es ist *wichtig*!«, wiederholte Hanna.

»Ich soll untertauchen. Spurlos verschwinden.«

Er hat es verstanden. Das Prinzip und die Dringlichkeit. Gott sei Dank.

»Aber ich könnte Miriam ja einen kleinen Zettel zustecken, damit sie ...«

»Julian, so kann ich nicht ...«

»Scherz!«, hörte sie über ihr eigenes Geschrei hinweg aus dem Lautsprecher. »ES. WAR. NUR. EIN. SCHERZ!«

»Mach das nie wieder!«, fauchte Hanna.

Sie gab Julian weitere verschlüsselte Anweisungen, in welchem Hotel er unterkommen sollte und was er an der Rezeption zu sagen hatte. Ironischerweise hatte sie der Name der Straße, die gegenüber dem Gelände der Uniklinik von der Moorenstraße abzweigte, spontan auf die Idee gebracht. Denn die Straße mit dem Hotel hieß Fabriciusstraße. Daran hatte sie sich erinnert.

Julian sollte sein Handy komplett vom Strom trennen, die Fahrt, das Zimmer und alles Weitere mit dem Geld aus dem Sekretariat bar bezahlen und niemanden anrufen, geschweige denn sich jemandem anvertrauen.

Es war erst eine knappe Woche her, dass Frieder ins Krankenhaus gekommen war. Und nun musste sie ihren Sohn in derselben Gegend verstecken, damit er nicht einer ähnlichen Gefahr ausgesetzt war. Es war verrückt.

Hanna seufzte, dann nahm sie Julian erneut das Versprechen ab, sein Zimmer nicht zu verlassen. Über das Internet fand sie die Nummer des Sekretariats der Schule heraus, um eine Minute später einer wildfremden Frau telefonisch einen dreistelligen Kredit für ihren Sohn aus der Portokasse zu entlocken.

***

»Hast du etwas von dieser Frau an der Theke, von Nadine bekommen?«, fragte Hanna hoffnungsvoll.

»Nein«, antwortete Cocker. »Jemand war ein paar Minuten vor mir da. Es muss ein großer wattierter Umschlag mit Papieren gewesen sein.«

»Hast du ihre Beschreibung des Abholers?«

»Eins achtzig, Vollbart, dunkle Brille, Badehose.«

»Scheiße, Jacobi hat sich mit dieser Schwimmbad-Idee ins eigene Knie geschossen«, sagte Hanna. »Von wegen ›perfekter Treffpunkt‹.«

»Seine Idee war schon in Ordnung«, sagte Cocker ungehalten. »Wir waren es, die ihn haben auffliegen lassen, Hanna. Wir haben diese Arschgeigen direkt zu ihm geführt.«

Sie gab es nicht gern zu, doch damit und mit der Annahme, dass es sich um zwei Täter handelte, die spurlos verschwunden waren, hatte Cocker höchstwahrscheinlich recht. Sie stand mit ihm im Foyer vor der Kasse und wartete auf die Kölner Kollegen. Vor der Tür saßen Holger Heckel, Werner Kürten und Stefanie Schäfer im Wagen.

»Kannst du den Anschiss der Kölner Kollegen allein kassieren?«, fragte Hanna.

»Als Düsseldorfer bin ich ein gefundenes Fressen für die Kölner«, antwortete Cocker düster.

»Lass dich auf keinen Fall abwimmeln, wenn sie Jacobis Klamotten finden. Bring das Zeug mit. Schließlich ist das unser Fall.«

»Sonst noch was? Das wird ja immer besser. Was machst du denn in der Zeit?«

»Ich suche Jacobis Fahrzeug. Irgendwie muss er hierhergekommen sein.«

Hanna unterdrückte den Impuls, Cocker zum Abschied zu umarmen. Es schien ihr an diesem Ort fehl am Platz. Doch sie hatte das dringende Bedürfnis, dem Freund und Kollegen zu signalisieren, dass er zwar auf sich allein gestellt, jedoch nicht allein gelassen wurde. Obwohl Hanna genau das tun musste.

Also hob sie halbherzig die Hand zum Gruß und stiefelte zu dem blauen Astra, in dem die Kollegen saßen.

Schon wieder diese Scheißkarre, dachte sie. Das Ding verfolgt mich bis zu meiner Pensionierung.

Ein Fahrzeug, mit dem der tote Kollege angereist sein konnte, war nicht aufzufinden. Hanna hatte alle Fahrzeugtypen, die Jacobi privat jemals gefahren hatte, von Kollegen und Exkollegen zusammentelefoniert. Sein letzter bekannter Wagen war ein goldener Opel Rekord C Caravan aus den sechziger Jahren. Der Kombi-Oldtimer wäre Hanna natürlich sofort aufgefallen, doch Fehlanzeige.

Sie hatten auf dem Parkplatz gewartet, bis das Bad geschlossen hatte und nur noch wenige Pkw auf Diebstahl zu überprüfen gewesen waren. Bis zum Einbruch der Dunkelheit fuhren sie systematisch die Umgebung und das gegenüberliegende Wohngebiet ab, immer auf der Suche nach Kennzeichen, die nicht mit »K« begannen.

Doch selbst die Überprüfungen der paar Mettmanner und Düsseldorfer Nummernschilder am Straßenrand brachten keine brauchbaren Hinweise. Als Holger Heckel frustriert gähnte und sich über die Eintönigkeit der kriminalistischen Kleinarbeit auszulassen begann, flippte Hanna auf der Beifahrerseite völlig aus.

»Sag mal, spinnst du? Hier ist gerade ein Kollege brutal ermordet worden!«

»Daran seid ihr ja wohl nicht ganz unschuldig, wenn ich das richtig sehe«, konterte Heckel vom Rücksitz.

Stefanie Schäfer, die hinten neben Heckel saß, konnte nur mühsam verhindern, dass Hanna ihm über ihre Rückenlehne hinweg an die Gurgel ging. Die Spannung hatte mit Drahtseilen nichts mehr zu tun – es waren zum Zerreißen gespannte Klaviersaiten.

Zum Glück hatte Werner Kürten, der nach dem Tumult im Wagen am Straßenrand angehalten hatte, eine letzte Idee.

»Wir sollten die Tiefgaragen hier im Wohnviertel checken. Jacobi war ein gerissener Hund. Mich würde es nicht wundern, wenn er unter Tage geparkt hat.«

Hanna nickte, obwohl es sie jede Minute mehr zu ihrem Sohn hinzog. Julian hatte das Hotel gefunden. Hanna hatte sich diese Information von einem öffentlichen Telefon aus besorgt und ihn vertröstet.

»Ich bin bald bei dir, mach dir keine Sorgen.«

»Hast du was mit dem toten Polizisten in dem Schwimmbad zu tun?«, fragte Julian besorgt.

Hanna konnte über das Telefon den Fernseher in seinem Hotelzimmer hören.

Na toll, dachte sie. Wie immer sind uns die Medien dicht auf den Fersen. Bin gespannt, wann die ersten Kollegen ihre Handyvideos meistbietend an TV-Sender verkaufen.

Sie vertröstete Julian, ohne seine Frage eindeutig mit »Ja« oder »Nein« zu beantworten, was für den in solcherart Diplomatie erfahrenen Sohn ein eindeutiges »Ja« bedeutete. Um ihn zu beschäftigen, damit er nicht nur vor den Lokalnachrichten hockte, hatte sie für ihn noch eine Aufgabe. Er sollte über einen Hotelcomputer alles zusammentragen, was er im Netz über Wilhelm Fabry finden konnte.

»Aber keine E-Mails oder SMS an Miriam, klar? Kein Facebook, kein Twitter. Nichts, wo du dich mit deinen persönlichen Daten einloggen musst. Sonst kann man dich über die Adresse des Hotelcomputers finden. Du musst absolut unsichtbar bleiben. Hast du verstanden?«

»Du bist echt schizo, Mom. Weißt du das?«

»Schizophrenie ist nicht die Störung, die du meinst. Du glaubst vielleicht, ich leide unter Verfolgungswahn, auch Paranoia genannt.«

»Wie auch immer«, antwortete Julian. »Hätte nie gedacht, dass du so viel über Computer weißt.«

»Alles, was ich darüber weiß, habe ich von deinem Vater und dir, mein Großer. Pass auf dich auf. Ich liebe dich.«

Schon wieder ein Kloß im Hals, weil man jemanden nicht an sich drücken konnte. Frieder hatte ihr mal von einem Bindungshormon erzählt, das sich bildet, wenn man sein Gegenüber intensiv und lang anhaltend umarmt. Sie hatte zwar den wissenschaftlichen Namen des Hormons vergessen, doch es sollte besonders für die Senkung des weiblichen Blutdrucks gut sein. Nicht nur deshalb hätte sie eine Umarmung gut gebrauchen können.

»Deshalb halten sich die Oshos also bei Begrüßungen immer so irritierend lang im Arm?«, hatte Hanna damals lachend gefragt.

»Ganz genau«, hatte Frieder geantwortet und sie irgendwie mitleidig angesehen. Als hätte sie sich gerade als unsensibler, von Vorurteilen verstrahlter Gesprächspartner gezeigt.

Ist das so? Bin ich so grob, dumm und unsensibel?

Diese Frage hatte sich Hanna, besonders nach der Scheidung,

mehr als einmal gestellt. Direkt nach der Frage, ob sie zu dick und unansehnlich für Frieder geworden war, um mit ihr zu schlafen.

Um nicht weiter tatenlos herumzusitzen und wenigstens irgendetwas zu tun, zog Hanna den Beweismittelsicherungsbeutel mit Jacobis kleinem schwarzem Handy aus der Lederjacke. Der durchsichtige Beutel war innen mit einer klaren Substanz verschmiert, fiel ihr jetzt erst auf. Das Zeug musste am Handy gewesen sein. Sonnencreme, um diese Jahreszeit?

Sie roch an der offenen Tüte, nichts.

Dann ist mit möglichen Fingerabrücken des Täters ja wohl auch Essig, dachte sie frustriert, verrieb Reste des Zeugs zwischen den Fingern und starrte das vermatschte Handy an.

Scheiße, die dunkle Wolke holt mich immer wieder mit den gleichen Werkzeugen ein. Oder mit denselben? Schreibt man das zusammen? Oder nicht? Mensch, selbst für diese minimalen Unterscheidungen bin ich zu blöd und ungebildet!

Hanna sah sich über die Schulter um. Über Heckel und Schäfer hinweg durch das Rückfenster des Astra.

Paranoia, dachte sie. Pah! Was mir in den letzten fünf Jahren passiert ist, da kann man schon mal pessimistisch in die Zukunft blicken. Oder verängstigt zurück. Verdammt.

Sie hatten nichts erreicht. Weder Jacobis Informationen erhalten noch den Mord an ihm verhindern können. Sie hatten seinen Mörder nicht gefasst, seinen Wagen nicht gefunden. Weder in den Seitenstraßen noch den Tiefgaragen der Gegend. *Niente*. Nichts. Fehlanzeige. Keine Erkenntnisse. Null. Nichts.

Aber da waren doch Verfolger, oder? Scheinwerferpaare. Überall Scheinwerfer!

»Alles klar mit dir?«, fragte Stefanie nach vorn.

»Was?«, fragte Hanna und blinzelte. Irritiert.

Blut rauschte durch Hannas Ohren. Das waren doch ... Scheinwerfer, oder? Vier? Nein, drei. Drei Scheißscheinwerfer! Und da noch mehr!

»Sie follen und«, sagte sie.

»Was?« Stefanie beugte sich vor.

»Die follern unz!«, lallte Hanna lauter. »Folger!«, korrigierte sie sich und starrte hektisch aus den Fenstern.

»Du sabberst ja auf die Lehne!«, rief Heckel verstört.

Kürten blickte irritiert in den Rückspiegel.

Das kannichnichsehen, dachte Hanna. Aber sie wusste, dass Cocker das tat. Rückspiegel. Kürten, nicht Cocker.

»... es dir gut?« war das Letzte, was Hanna zusammen mit ein paar Ohrfeigen wahrnahm. Bremsenquietschen. Geschrei. Und die plötzliche Wärme im Schritt, als sie die Kontrolle über ihre Blase verlor. In den Badezug für Übergrößen. Schwarz. Gelb. Orange. Kein Alibi. Hihi ... Ihr war eiskalt.

Es ist schön, endlich mal die Kontrolle zu verlieren, dachte sie. Es klang in ihrem Kopf wie »Chökottroliehri!«.

Ihr war kotzübel. Dann wurde alles taub und schwarz. Kein Alibi. Kein Hihi.

Welche Ungelegenheiten aus dem
Gebrauch des Knochensteines, wenn
er unvorsichtig angewendet wird,
entstehen können.

Eibischwurzel und Blätter. Zaunrübe. Weiße Lilien.
Bärenklau. Die Blüten von Steinklee und Kamillen,
von jedem 1 Hand voll. Gewöhnlicher Wermut.
Rote Rosenblätter, eine halbe Hand voll.
Leinsamen. Bockshornklee, 3 Lot. Das Ganze wird
in einem Teil Essig (der zusammenzieht und austrocknet)
und vier Teilen Wasser gekocht, bis ein Drittel verkocht ist.

Menschenfett. Bären- und Gänseschmalz,
von jedem 4 Lot. Regenwurmsaft. Meerzwiebelessig,
von jedem 2 Lot. Alles wird gemischt und zu einer Salbe
verarbeitet, mit welcher die Knochennarbe und das ganze
Schienbein nach dem Umschlag eingerieben wird.

Froschpflaster mit Quecksilber.
Pflanzenschleimpflaster,
von jedem 2 Lot. Mische es untereinander.

Wilhelm Fabry, Observationes I/91

»Aconitin ist ein Kontaktgift. Ein Alkaloid mit starker halluzinogener Wirkung«, sagte die Rechtsmedizinerin. »Der Wirkstoff wurde über die Haut aufgenommen.«

»Ähm …« Hanna war überfordert und schmatzte trocken.

»Das Gift stammt aus der Pflanze Blauer Eisenhut, auch Würgling oder Ziegentod genannt. Damit wurden schon im Altertum Pfeilspitzen für die Jagd präpariert. Man kann mit Aconitin Wölfe, Bären und sogar Wale erlegen, habe ich gelesen. Ihr habt Glück gehabt, dass eure Dosis so gering war.«

Dr. Rita Kiefer hatte dunkelbraune Augen, in denen man für immer versinken konnte, daran bestand kein Zweifel. Die Rechtsmedizinerin mit der schwarzen Mähne deutete mit dem linken Mundwinkel so etwas wie ein Lächeln an und legte Cocker eine Hand auf den Unterarm. Ihre Fingernägel waren klar lackiert. Nur der normalerweise weiße Rand war blutrot.

»Hattest du denn einen guten Flug, Edgar?«

»Es kam schleichend. Zuerst habe ich nichts gemerkt. Dann habe ich gedacht, mein Herz explodiert«, antwortete Cocker. »Später wurde mir plötzlich eiskalt. Und das in einem völlig überheizten Schwimmbad! Dann bin ich umgekippt.«

Cocker und Hanna waren am Vortag aus dem gleichen Grund aus dem Ruder gelaufen. Zugedröhnt bis an die Halskrause. Nun standen sie mit kleinen Augen und diversen Schlagbohrern an strategisch wichtigen Stellen in ihrem Kopf in der Rechtsmedizin der Universitätsklinik Düsseldorf und sehnten sich nach einem Eimer stillen Wassers. Ein Eimer für jeden! Außerdem hatte Hanna Hunger und war in Rita verliebt. Über ihren Köpfen perlten Klaviertöne hinweg. In ihrem Kopf herrschte totales Chaos. Dann wurde es still. Das half ein wenig.

»Presto. Non tanto«, sagte Rita in die Pause und lächelte, bevor das Klavier über Hannas Kopf wieder zu spielen begann. »Das Zeug hilft auch gegen Kopfläuse und Ungeziefer bei Vieh, habe ich im Giftpflanzenlexikon gelesen.«

Sie war Cocker bei der Begrüßung um den Hals gefallen. Er hatte an ihrem Haar gerochen. Er war in dieser verdammt großartigen Mähne untergetaucht!

Schwer in die Tasten geschlagene Klaviermusik klang durch den Raum. Sie stach zwar durch die Ohren direkt in Hannas Hirn, aber das war gut gegen ihre plötzliche Eifersucht, die sie durcheinanderbrachte. Denn sie bekam nicht auf die Reihe, auf *wen* sie eifersüchtig war. Auf Cocker? Oder auf Rita, die sie gerade erst eine halbe Stunde kannte?

Ist dieses Gefühlschaos eine Nachwirkung der Droge? Eine Frage, die sie so natürlich kaum laut stellen konnte. Sie sah an die Decke, von der die Töne herabperlten.

»Martha Argerich. Sie spielt Chopin. ›The Legendary 1965 Recording‹«, sagte Rita mit ihrer tiefen Stimme, die nie dienstlich klang. »Auf dem Cover sieht sie wie die junge Charlotte Gainsbourg aus. Sex pur.«

Rita strahlte Hanna an.

Diese Augen!

Die Musik wurde heller, schwebte leicht durch den Raum und machte Hannas Herz weit und groß. Cocker trat in den Hintergrund, ohne sich auch nur einen Millimeter bewegt zu haben.

»Wie kommt man da ran?«, fragte Hanna.

»Ich lade mir einiges an Musik direkt aus dem Internet«, antwortete Rita. »Aber ich kann Ihnen das brennen, wenn Sie …«

»Das meine ich nicht. An dieses Aconti…«

»Ach, das Gift, Aconitin meinen Sie?« Rita lief wegen des Missverständnisses rot an, was sie nur noch attraktiver machte.

»Ja, gibt es Aconitin in der Apotheke?«

»Wohl kaum als isolierten Wirkstoff, nein. Es dürfte viel einfacher sein, sich bei der Pflanze selbst zu bedienen. Eisenhut findest du überall in den Gärten. Finden Sie … meine ich«, korrigierte sie sich.

»Wir können uns gern duzen, kein Problem«, sagte Hanna. »Wie mache ich denn ein Gift aus der Pflanze? Ein Kontaktgift?«

»Zerstampfe die Pflanze, fang den Saft auf und mische ihn mit einer Trägersubstanz. Ganz einfach.«

»Trägersubstanz?« Hanna kam sich blöd vor. Dick und dumm.

Aber sie musste fragen, durfte nichts auslassen. Sie war fahrig und unkonzentriert.

»Du kannst Vaseline nehmen oder das Gift auch mit Niveacreme mischen, was du willst. Hauptsache, es haftet lange genug und fest auf der Haut, um den Giftstoff abzugeben.« Rita lächelte.

Hanna blickte auf den zugedeckten Leichnam ihres Kollegen Hartmut Jacobi. Sie hatte sich beim ersten Anblick des leblosen Körpers gefragt, ob er immer noch diese knappe schwarze Speedo-Badehose trug.

Rita hatte ihnen die Stellen an Jacobis Körper gezeigt, an denen sie starke Konzentrationen des Kontaktgifts gefunden hatte. Handgelenke, die Unterarme und sein Hals waren voll davon, hatte die Rechtmedizinerin festgestellt. Die Dosis hätte in der Konzentration auch für einen Wal gereicht, hatte sie ebenfalls konstatiert.

»Wieso schneidet der Mörder Jacobi brutal den Hals durch, wenn er ihm doch schon das Gift verabreicht hat?«, fragte sie.

»Um ganz sicherzugehen?«, schlug Cocker vor.

»Das ist unlogisch«, sagte Rita. »Die Konzentration war so hoch und das Gift so großflächig aufgetragen, dass er auf jeden Fall gestorben wäre.«

»Ja, aber vielleicht nicht schnell genug«, sagte Hanna. »Schließlich durften wir Jacobi nicht lebend finden. Der Schnitt kam hinzu, damit er uns nichts verraten kann.«

Cocker verzog das Gesicht. »Ich reibe mein Opfer aber nicht mit einer Salbe ein, während es vor mir durch ein Schwimmbad flüchtet! Das ist Schwachsinn. Verfolgung, Schnitt, Ende. Das mit dem Gift ergibt keinen Sinn!«

Hanna drehte sich zum Fenster und sah hinaus. Über ihr spielte die Frau mit dem merkwürdigen Namen – Ärgerlich? Nein, Argerich – Klavier.

Hanna ging in sich, etwas stimmte nicht.

»Wann bist du umgefallen, Cocker?«

Rita hob die Augenbrauen, als sie den Spitznamen hörte. Man konnte sie denken sehen, bis sie plötzlich lächelte. Brandts Schulterbewegungen waren ihr natürlich nicht verborgen geblieben.

»Gerade als dieser Kölner Kommissar mich langgemacht hat.

Wieso tragen Kölner Männer eigentlich so gern riesige Schnäuzer mit aufgezwirbelten Enden?«

»Michael Wegener trug ebenfalls Bart. Er kommt aus Düsseldorf«, hielt Hanna dagegen.

»Hast recht, aber nicht so einen wie der Kölner ... Meine Fresse, wir haben bereits drei Tote.« Cocker ließ seinen Blick durch den Sektionssaal wandern. Auch wenn die Körper von Michael Wegener und Kevin Schmitz in Kühlfächern lagen – der Anblick des abgedeckten Körpers von Hartmut Jacobi war traurig genug.

»Können wir diese Frage später klären?« Hanna wandte sich an Rita. »Das Gift wird über die Haut aufgenommen?«

Die Rechtsmedizinerin nickte. »Eine Berührung reicht, wenn es mit einer Trägersubstanz vermischt wird. Ihr habt den Körper wahrscheinlich angefasst. Zum Glück nicht zu ausgiebig, sonst wäre die Wirkung vielleicht ebenfalls tödlich gewesen.«

»Hast du Jacobi berührt?«, fragte sie Cocker.

»Kann sein, am Arm. Oder Handgelenk«, sagte er. »Ich habe vielleicht seinen Puls gesucht. Bin mir aber nicht sicher.«

»Zwischen Pulsfühlen und Umfallen. Wie viel Zeit ist vergangen? Eine halbe Stunde?«

»In etwa. Eher weniger.«

»Das variiert natürlich, je nach Dosis. Könnte aber hinkommen«, sagte Rita.

»Ja, bei Cocker. Aber bei mir nicht!«, sagte Hanna. »Ich bin mir nicht sicher, ob ich Jacobi angefasst habe oder nicht.«

»In dieser Situation durchaus verständlich«, antwortete Cocker.

Rita nickte zustimmend. »Du standest unter Stress.«

»Richtig. Und ich bin dem Mann durch das ganze Schwimmbad hinterhergerannt. Die Wirkung hätte mit erhöhtem Puls *und* Stress bei mir also eigentlich viel früher eintreten müssen, richtig?«

Rita und Cocker sahen Hanna an. Dann nickten beide im Gleichtakt.

»Die Wirkung des Gifts hat bei mir allerdings erst Stunden später, nach Einbruch der Dunkelheit, eingesetzt.«

»Das kann nicht sein«, sagte Rita. »So lange würde es nie dauern, bis ...«

»Genau!«, unterbrach Hanna, deren Gehirn nun – endlich! – wieder auf Touren kam. Über ihr griff Martha Argerich, sogar dieser Name fiel Hanna plötzlich wieder ein, mit vollen Händen in die Tasten. Schweres Wühlen und leichtes Perlen wechselten sich ab. So ähnlich ging es auch Hanna.

»Werner Kürten hat etwas gesagt, bevor ich mich ausgeklinkt habe. ›Jacobi ist gerissen‹ oder so ähnlich.«

»Ja, und?« Cocker verstand es nicht. Auch Rita sah Hanna irritiert an.

»Das Handy«, sagte Hanna aufgeregt. »Jacobis Handy muss mit dem Gift infiziert gewesen sein, also …« Sie stockte wegen der Formulierung. Doch Rita, deren Augen gespannt auf Hanna ruhten, winkte sie durch. Weiter!

»Moment«, sagte Cocker. »Das kann nicht sein. Jacobi hat dir dein Handy doch schon in der Umkleidekabine zugespielt. Hattest du da Handschuhe an?«

»Nein.«

»Dann hätte die Wirkung bei dir viel früher einsetzen müssen als bei mir. Du wärst überhaupt nicht bis auf die Liegewiesen gekommen, glaube mir.«

Hanna hatte natürlich keine Handschuhe angehabt. Doch nun nahm sie sich einen der Latexhandschuhe aus einer Spenderbox auf dem Edelstahl an der Wand, zog ihn schweigend über die rechte Hand und griff in die linke Brusttasche ihrer Schott. Rita und Cocker beobachteten fasziniert, wie Hanna einen durchsichtigen Beutel aus der Lederjacke zog. Darin befand sich das knapp kreditkartengroße Mobiltelefon, der gleiche Typ Billighandy, den Hanna in der Umkleidekabine gefunden hatte. Auf dem Jacobi sie angerufen und durch das Schwimmbad dirigiert hatte.

»Du hast das Ding behalten? Ist das nicht im Labor der Kriminaltechnik?«, fragte Cocker verblüfft.

»Das, was ich in der Umkleidekabine bekommen hatte, schon. Aber dieses nicht«, antwortete Hanna. »Es ist das Gegenstück. Von diesem Telefon hat Jacobi mich angerufen. Und ich wette, dass Sie … dass *du* darauf eine volle Ladung Kontaktgift finden wirst«, sagte Hanna zu Rita und lächelte sie mit einem ganzen Sonnenaufgang an.

»Woher hast du das?«, fragte Cocker.

»Es lag auf der Wiese hinter dem Zaun des Schwimmbads. Ich habe es dort gefunden und eingesteckt. Ich habe geglaubt, Jacobi könnte es kurz vor seinem Tod über den Zaun geworfen haben. Aber jetzt glaube ich das nicht mehr …«

Zwei Augenpaare sahen Hanna gespannt an.

»Ich schlage vor, du rufst deinen barttragenden Kölner Freund von der Kripo an.«

»Ich komme nicht mehr mit. Wie wäre es, wenn du uns die Sache während der Mittagspause noch einmal genau erklärst?«, bat Cocker. »Ich sterbe vor Hunger, und vor allem habe ich Durst!«

»Gut, aber vorher muss ich noch etwas erledigen. Ich komme nach«, sagte Hanna. »Vorher bittest du den Kölner Kollegen außerdem, auf der nördlichen Wiese hinter dem Bad im Umkreis von einem Kilometer nach einer männlichen Leiche zu suchen.«

»Oh, da wird sich Krämer aber freuen«, sagte Cocker düster, doch Hanna ließ sich davon nicht beirren.

Plötzlich sprühte sie vor Elan. »Wenn sie den Toten gefunden haben, sollten sie dessen freie Stellen der Haut, wie Hände, Handgelenke und Gesicht nicht berühren. Oder wenn, dann nur mit Handschuhen.«

»Ich richte es aus«, sagte Cocker und zückte sein Handy, während Hanna mit einem zu Rita geflüsterten »Bis später« den Sektionsraum verließ.

***

»Bullshit!«, brüllte Frieder fröhlich, und die Krankenschwester an seinem Bett fluchte leise.

Hanna hatte kaum zehn Minuten Fußweg über das Gelände zurücklegen müssen, um von der Rechtsmedizin zum Zimmer ihres Exmannes in einem anderen Gebäude der Uniklinik zu gelangen.

»Was ist hier los?«, fragte sie alarmiert, erkannte jedoch auf Anhieb, dass die Stimmung im Zimmer gelöst war.

Julian lachte und ließ seine Spielkarten sinken. Die Schwester war schuldbewusst zusammengezuckt, als Hanna die erste Frage gestellt hatte. Bei der Schärfe, mit der die korpulente Frau in der

Lederjacke ihre zweite Frage abfeuerte, verlor die Schwester die Nerven und ließ ihre Karten in Frieders Schoß fallen.

»Was machst du hier, zum Teufel?«, herrschte Hanna ihren Sohn an. »Hatte ich dir nicht gesagt, du sollst im Hotel bleiben?«

»Ich ... ich wollte nur Papa besuchen.«

»Was hat du denn an der Formulierung ›unsichtbar bleiben‹ nicht verstanden, verdammt noch mal? Nennst du das etwa ›unsichtbar‹?!«, donnerte Hanna.

Die Schwester versuchte eine Sekunde lang, mit geschlossenen Augen, unsichtbar zu werden. Als ihr das nicht gelang, huschte sie lautlos aus dem Zimmer.

»Hey, Hanna. Halt mal den Ball flach.«

Frieder grinste sie doch tatsächlich an! Es war einer der Momente, in denen Hanna wusste, warum ihr Ex ein Ex war.

»So wie du, ja?«, fauchte sie den schlanken, früh ergrauten Mann an.

Sofort tat es ihr leid. Denn schließlich konnte Frieder nichts dafür, dass dieser verdammte Irre, nach dem Cocker und sie gefahndet hatten, ihren Exmann als Faustpfand brutal entführt und in einen Kofferraum gepfercht hatte, so dass er nun mit einem angebrochenen Wirbel ruhiggestellt werden musste. Frieders Entführung und Verletzung waren der Grund für die improvisierte Familienzusammenführung mit Hanna gewesen.

»Jetzt hast du Bärbel mit deinem Böser-Bulle-Getue vertrieben«, sagte Frieder gespielt vorwurfsvoll. Er war schon seit langer Zeit immun gegen die Launen, Vorwürfe und Gefühlsausbrüche von Hanna. »Sie war uns bei ›Bullshit‹ haushoch überlegen«, fügte er hinzu.

Hanna schluckte. Das Kartenspiel war eine Familientradition gewesen. In der guten alten Zeit, als es noch eine Familie und Traditionen gegeben hatte. Der Film »Wie werde ich ihn los – in 10 Tagen?« war der Auslöser einer wahren Sucht nach diesem Kartenspiel gewesen. Damals, es musste 2003 oder 2004 gewesen sein, war Julian noch ein rotznäsiger kleiner Junge gewesen. Und nun? Hanna seufzte.

»Wie bist du hierhin gekommen?«, fragte sie Julian.

»Zu Fuß. Das Hotel ist direkt um die Ecke.«

»Dann kannst du ja gleich wieder den Rückweg antreten. Auf Wiedersehen«, sagte Hanna.

»Nä!«, sagte Julian störrisch. »No way!«

»Ich muss arbeiten. Und solange dieser Fall noch nicht geklärt ist, bleibst du in Deckung. Hast du mich verstanden?«

»Nimm mich doch einfach mit«, schlug Julian vor.

»Nä!«, antwortete Hanna. »Auf keinen Fall!«

»Ich habe dir schon einmal geholfen. Ohne mich hättest du diese Selbstmordkids damals nie gefunden, also ...«

»Hey!«, unterbrach ihn Hanna. »Wir hatten abgemacht, dass du diese Sache niemals als Druckmittel gegen mich einsetzen würdest.«

»Aber ich gehe nicht mehr in dieses Hotel!«, rief Julian aufgebracht. »Das ist scheiße!« Er rannte aus dem Zimmer und schlug die Tür hinter sich zu. Hanna wollte hinter ihm herrufen, doch dann senkte sie den Kopf. Der Junge hatte ja recht. Von draußen war lautes Geschepper zu hören. So als hätte er den Rollwagen mit den Essenstabletts neben der Zimmertür als Blitzableiter seiner Wut benutzt.

Julian hatte Hanna damals bei einem aussichtslos scheinenden Fall um zwei vermisste Dreizehnjährige geholfen. Er hatte herausgefunden, dass sie sich in einem Internetforum zum gemeinsamen Selbstmord verabredet hatten. Ohne ihren Sohn hätte sie diese Onlinespur nicht gefunden und wäre nie rechtzeitig auf der Autobahnbrücke erschienen, von der aus die Kinder in den Tod springen wollten.

»Nimm ihn doch mit«, sagte Frieder leise. »Julian allein unter Ausschluss der Öffentlichkeit in einem Hotel ohne Kontakt nach draußen einzusperren ist keine Lösung.«

»Ich kann nicht ...« Sie brach ab. Es gab zu viele richtige Fortsetzungen dieses Satzes.

Ich kann nicht.

Tränen traten ihr in die Augen. Sie konnte Julian keiner Gefahr aussetzen. Sie konnte den Jungen nicht allein lassen. Sie konnte ihn ebenso wenig beschützen, wie sie Frieder hatte beschützen können. Sie konnte den Fall nicht lösen.

Ich. Kann. Einfach. Nicht.

Der ganze Raum stank nach Schuldgefühl, Ohnmacht und Scheitern.

»Komm mal her«, sagte Frieder leise und breitete die Arme aus.

Hanna drehte sich von seinem Bett weg und starrte aus dem Fenster.

»Jetzt schwing deinen verdammten Riesenhintern hier rüber, bevor ich aus diesem Bett krieche und eine Querschnittslähmung riskiere«, sagte Frieder.

»Bullshit«, schnaufte Hanna unter Tränen.

»Gewonnen. Na, siehste. Geht doch«, lachte er. »Ich kann mich nämlich keinen Zentimeter in diesem verdammten auf Maß angefertigten Bettchen bewegen. Also darf ich nur darum bitten, dich drücken zu dürfen … Geht das?«

Hanna blickte über die Wiese und den Parkplatz. Trostlosigkeit machte sich in ihr breit. Vielleicht war es nur der Drogenkater, vielleicht aber auch die Erkenntnis, dass ihre Familiengeschichte der Vergangenheit angehörte.

Das Lachen. Der Zusammenhalt. Alles, was sie plötzlich schmerzlich vermisste.

»Du hast das Spiel immer noch drauf«, hörte sie den Klang von Frieders sanfter Stimme.

Das als Mutter.

Als Polizeibeamtin.

Als Frau.

Und liebenswerte Person.

Sie wusste nicht, was er meinte.

»Bullshit«, flüsterte sie und drehte sich um. Sie drückte Frieder, so vorsichtig sie konnte, an sich. Er beschwerte sich lautstark über Schmerzen und die Gefahr von Lähmungserscheinungen. Sie musste lachen. Das gehörte zum Spiel. Dem ohne Spielkarten.

»Lass Julian heute zur Theaterprobe gehen«, schlug Frieder nach einer Weile einvernehmlichen Schweigens schließlich vor. »Er ist total in dieses Mädchen verknallt, und sie scheinen ihn in diesem Projekt wirklich zu mögen.«

»Mit dem Schlüsselbeinbruch? Bist du verrückt?«

»Julian würde sich selbst ein Bein amputieren, um dabei sein zu können.«

»Ich kann nicht ...« Sie stockte. Da war es wieder. »Ich werde nicht zulassen, dass ihm etwas passiert«, sagte Hanna.

»So wie mir, meinst du?«

»Ja.«

»Dann begleite ihn. Mich hat dieser Mistkerl nur erwischt, weil ich allein war. Wärst du bei mir gewesen ...«

Er verstummte. Hanna richtete sich auf und sah Frieder an.

Nach über drei Jahren Trennung von Tisch und Bett kam ihr die plötzliche innige Zweisamkeit seltsam fremd und gleichzeitig vertraut vor. Sein Geruch, seine dichten dunklen Augenbrauen, von denen eine immer leicht spöttisch angehoben zu sein schien.

»Hast du vergessen, was alles passiert ist, Frieder? Ich wurde mit Sprengstoff, Gewehrfeuer und Brandanschlägen angegriffen.«

»Und? Hat man dich erwischt? Nein!«, beantwortete er seine Frage selbst. »Wenn dir wirklich etwas an diesem Sicherheitsaspekt liegt, musst du Julian während der laufenden Ermittlung entweder bei euch in eine Zelle sperren. Oder du darfst ihn keine fünf Minuten mehr aus den Augen lassen.«

In diesem Moment öffnete sich die Tür, und Julian betrat das Zimmer. Er bewegte sich mit der Arroganz eines Teenagers auf Kriegspfad.

Hanna fiel zum ersten Mal auf, wie breit seine Schultern waren. Auch wenn eine der Querverstrebungen gerade gebrochen war. Aber vielleicht lag es ja an dem Verband, der seinen Oberkörper in eine extrem aufrechte Position brachte. Er baute sich vor Frieder und Hanna auf wie ein Gladiator. Verkündete:

»Ich werde auf keinen Fall ...«

»Bullshit!«, unterbrach ihn Hanna. »Du wirst ganz genau das tun, was ich sage.«

»Aber ...«

Frieder, dessen Unterstützung Julian suchte, vermied dessen Blick. Er wollte seine Enttäuschung darüber verbergen, dass Hanna wieder einmal ganz unbelehrbar ihren eigenen Weg verfolgte. So, wie es eben ihre Art war.

***

»Hartmut Jacobi war wirklich ein gerissener Hund«, sagte Hanna und nippte an ihrer dritten Bionade im Café Weise am Kreisverkehr neben dem Gelände der Uniklinik.

Kräutergeschmack war nicht ihr Ding. Die Quitte war eine gute zweite Wahl gewesen. Aber Spitzenreiter blieb Holundergeschmack. Vielleicht deshalb, weil es ihren furchtbaren Dauerbrand nach der Vergiftung zuerst gelöscht hatte. Sie nahm sich vor, eine ganze Kiste von dem Holunderzeug für zu Hause zu besorgen. Denn es war nur halb so süß wie der ganze ColaFantaSprite-Scheiß, den Julian mit Begeisterung ständig in sich hineinschüttete.

So wie Cocker, der gerade gestisch eine vierte Cola orderte und dann sagte: »Wenn Jacobi so ein kluges Kerlchen war, hätte er seinen Vorgesetzten über diese Bücher im Keller informiert, anstatt zuzulassen, dass sein Freund und Kollege ermordet wird.«

»Und, wenn ich das hinzufügen darf«, meldete Rita sich vorsichtig zu Wort, »es ist auch nicht besonders clever, sich unbewaffnet, nur mit einer Badehose bekleidet, die Kehle durchschneiden zu lassen. Wenn ich glaube, verfolgt zu werden, nehme ich doch meine Waffe mit, oder?«

»Hatte er dabei«, sagte Cocker.

»Wie bitte?«, fragte Hanna verblüfft.

Cocker, der bereits etwas gegessen hatte, wie ein soßenverschmierter Teller zeigte, bat per Handzeichen um einen Moment, denn er bekam von der Bedienung gerade noch eine Suppenschüssel serviert. Viel zu hektisch tauchte er den Löffel in das hellgraue Gebräu mit Stückchen ein und zuckte jaulend mit einem Mundvoll davon zurück.

»Was isst du denn da?«, fragte Hanna angewidert.

»Spargelcremesuppe«, antwortete Rita mitfühlend. »Edgar liebt Spargel.«

»Weiß er denn nicht, dass die Saison erst in zwei bis drei Wochen anfängt?«, fragte Hanna.

»Anscheinend nicht.«

»Und du hast es ihm ganz offensichtlich nicht verraten.«

Cocker sah mit vollem Mund und schmerzverzerrtem Gesicht zwischen den beiden Frauen hin und her.

»Das Zeug ist aus der Dose, gefroren oder knapp ein Jahr alt,

Cocker«, sagte Hanna. »Ich würde es an deiner Stelle auch nicht schlucken, wenn es unter dreihundert Grad heiß wäre. Könnten wir jetzt bitte erfahren, woher du weißt, dass Jacobi eine Waffe hatte? Habt ihr sie im Spind gefunden?«

Cocker schüttelte den Kopf, er brauchte noch einen Moment. Entweder um das Zeug abkühlen zu lassen oder es runterschlucken zu können. Oder um einen Ort zu finden, wohin er es unauffällig spucken konnte.

»Diese Suppe sieht ein bisschen aus wie heißes Sperma, findest du nicht?« Hanna ließ ihren Blick mit sadistischer Freude über die Suppenschüssel streifen.

»Ich kann mich glücklicherweise kaum noch an die Textur von Sperma erinnern«, antwortete Rita und strahlte Hanna offensiv an.

Von Cocker kam etwas, was klang wie »Spinner wecken«.

»Was?«

»Wie bitte?«

»Schwimmerbecken«, wiederholte Cocker.

Er schluckte, mit sichtlichem Unbehagen. Dann legte er den Löffel ab und schob die Schüssel von sich. »Die Kölner Kollegen haben Jacobis Dienstwaffe auf dem Grund des Schwimmerbeckens gefunden.«

»Verstehe ich nicht«, sagte Rita abwesend.

Sie stocherte lustlos in ihrem Teller mit Nudeln und dem Gemüse der Saison herum. Offensichtlich hatten Hannas Ausführungen zum Thema Spargel sie misstrauisch gemacht, was die Qualität der Küche ihres Stammlokals betraf.

Hanna blickte aus dem Fenster auf den Kreisverkehr und dachte nach, während Rita und Cocker sich über die Texturen von Spargelcreme und Sperma unterhielten.

»In einem Spaßbad auf der Flucht kann Jacobi als Polizist nicht schießen«, sagte sie schließlich. »Zu viel Gewimmel und Durcheinander. Es ist zu unsicher. Er könnte einen Unschuldigen treffen. Also rennt Jacobi weg. Nach draußen, wo wegen der Temperaturen noch nichts los ist. In der einen Hand das Handy, damit spricht er mit mir.«

»Und in der anderen seine Waffe«, schlug Cocker vor.

Doch Hanna schüttelte den Kopf.

»Nein, eben nicht. Wenn du in einem Schwimmbad voller Kinder, Mütter und Väter keine Panik auslösen willst, hältst du die Waffe bedeckt.«

»In der Badehose?«, fragte Rita ungläubig. Hanna nickte.

Beide Frauen dachten an das enge schwarze Kleidungsstück der Marke »Speedo«, das Jacobi getragen hatte. Rita zog die Augenbrauen hoch. Sie hatte verstanden.

»Jacobi flüchtet also durch das Bad Richtung Außengelände, um freies Schussfeld zu bekommen, weil er verfolgt wird und niemand Unschuldigen verletzen will«, fasste Cocker zusammen. »Aber wieso sollte er dann seine Waffe auf dem Fluchtweg ins Becken werfen? Um Beweise zu vernichten? Weil du ihn verfolgt hast? Das ist nicht schlau.«

Hanna ließ die ganze Situation noch einmal vor ihrem geistigen Auge ablaufen. Die feuchte Wärme, das Jauchzen der Kinder und Platschen der Körper, die in die Becken springen. Dann fügten sich die Bausteine plötzlich zu einem Bild zusammen.

»Er hat die Waffe nicht weggeworfen, sondern verloren!« Bevor Rita und Cocker fragen konnten, erklärte sie: »Jacobi hatte keine Hand für die Waffe frei. In der einen Hand hielt er das Handy, in der anderen das Gift, oder nennt es die tödliche Salbe, mit der er sich und das Handy eingerieben hat. Während er vor seinem Verfolger davonlief.«

Cocker starrte Hanna regungslos an.

»Jacobi hatte einen Plan mit mehreren Varianten, schätze ich. Plan A ist das Treffen mit uns. Ungestörte erste Aussprache im Schwimmbad, Übergabe der dort deponierten Beweise, später Schutzhaft für ihn und die Familie. Wahrscheinlich war das auch für Wegeners Frau und Kind geplant. Nachdem sein Freund ermordet worden war …«

Die gelöste Stimmung wegen der Essensfrage war einer konzentrierten Anspannung gewichen. Denn sowohl Rita als auch Cocker war klar, dass Hanna sie beide gerade einen ganz wesentlichen Schritt weiterbrachte, indem sie Jacobis Situation und seine ursprünglichen Pläne noch einmal Revue passieren ließ.

»Der sogenannte Plan B von Jacobi könnte gewesen sein, dass wir gestört werden. Wir haben die Verfolger auf seine Spur gebracht.

Jacobi taucht wieder ab, uns bleiben die an der Fresstheke deponierten Beweise im Schwimmbad. Vermutlich hätte ihn das Material entlastet.«

Cocker nickte gedankenverloren in seine drei viertel volle Suppenschüssel, als sein Handy klingelte. Er sah auf das Display und verzog schmerzhaft das Gesicht.

»Lass mich raten«, sagte Hanna. »Es ist der Kölner Kollege.«

Cocker ging ran und begrüßte Hauptkommissar Krämer.

Hanna flüsterte Rita zu: »Damit kommen wir zu Plan C.«

Nachdem Cocker einen Moment zugehört und sich dabei Notizen gemacht hatte, dankte er Krämer und unterbrach die Verbindung.

»Also bitte, du bist wieder dran.« Er sah Hanna herausfordernd an.

»Lass mich raten: eine männliche Leiche in Badehose.«

Cocker nickte.

»Lag vermutlich irgendwo unter einem Busch oder in dem Graben, der die Wiese hinter dem Schwimmbad umgeben hat.«

Wieder nickte Cocker schweigend. Rita musste lachen.

»Spielt ihr jetzt ›der tote Taucher im Wald‹, oder was?«

Doch sowohl Hanna als auch Cocker waren zu konzentriert, um darauf einzugehen.

»Der Tote ist nicht der Vollbartträger, der sich den Umschlag geholt hat.«

»Richtig«, bestätigte Cocker.

»Aber sie haben irgendwo auf der Wiese oder in der Nähe des Toten die Mordwaffe mit dem Blut von Jacobi daran gefunden.«

Cocker nickte. Rita zog beeindruckt die Augenbrauen hoch.

»Du bist wirklich gut.«

»Der Mann hatte noch etwas dabei. Oder sie finden es auf der Wiese«, sagte Hanna.

»Was denn?«, wollte Rita wissen.

»Eine kleine Cremedose, halb bis drei viertel geleert. Der Mörder hat sie Jacobi abgenommen. Wahrscheinlich hat er gedacht, die Dose enthalte irgendein Beweismittel von Jacobi, das er uns übergeben wollte. Doch die Creme wurde zu Jacobis letzter Selbstverteidigung. Der Mörder hat mindestens die Handflächen voll damit. Letale Dosis Akino… Akani…«

»Aconitin«, berichtigte Rita. Das Lächeln erstarb in ihrem Gesicht. Die Rechtsmedizinerin hatte verstanden. »Du meinst, Plan C war eine Art improvisiertes Selbstmordkommando?«

Hanna dachte einen Moment lang nach.

»Jacobi hat einen der beiden Täter im Schwimmbad gesehen, vielleicht sogar beide. Er hat seine Waffe auf der Flucht verloren. Ihm war klar, wozu diese beiden Männer fähig sind. Also hat er die Creme benutzt.«

»Sich umbringen? Diese Selbstmordtheorie halte ich aber für Quatsch!«, sagte Cocker.

»Er hat sich an strategisch wichtigen Körperstellen mit der Eisenhutcreme eingerieben. An den Handgelenken wird man festgehalten, am Hals wird man gewürgt.«

»Dort habe ich die Spuren des Wirkstoffs bei ihm gefunden«, bestätigte Rita.

»Sein Freund Wegener ist mit bloßen Händen erwürgt worden. Das wusste Jacobi.«

Cocker schüttelte verdrossen den Kopf, dann sah er Hanna an. »Du glaubst, er hatte vor, seinen Verfolger mit dem Kontaktgift zu kontaminieren. Obwohl er selbst dabei draufgehen würde. Das ist Harakiri.«

»Wenn du den japanischen Suizid zur Zeit der Samurai meinst, das nennt man Seppuku«, sagte Rita.

»Japan stimmt, aber ich rede von diesen Piloten, die im Zweiten Weltkrieg mit ihren Flugzeugen auf Schiffe gekracht sind, um sie zu versenken.«

»Ach, du meinst Kamikaze!«

Rita und Cocker strahlten sich an.

»Könnt ihr euch bitte noch einen Moment konzentrieren?«, fragte Hanna und wandte sich an Rita. »Falls Jacobi die Flucht gelungen wäre, hätte er durchaus die Möglichkeit gehabt, das Gift rechtzeitig wieder abzuwaschen, bevor es ihn umbringt, oder?«

»Kommt auf die Dosis Aconitin in der Creme und die damit bestrichene Hautfläche an. Ich kann das schwer berechnen. Für einen Laien ist die Einschätzung so gut wie unmöglich.«

»Aber theoretisch würde es gehen?«

»Sicher … Er könnte sich selbst vorher mit einer neutralen Substanz auf der Haut vor dem Gift geschützt haben, wie zum Beispiel Vaseline. Theoretisch ist so gut wie alles möglich. Ich kann das prüfen.«

»Mach das«, bat Hanna.

»Ich bin gespannt, was wir als Nächstes unternehmen«, sagte Cocker.

»Wir suchen den geheimnisvollen zweiten Mann, den letzten noch lebenden Täter«, antwortete Hanna auf die nicht gestellte Frage ihres Partners.

»Und wie stellt ihr das an?«, wollte Rita wissen. Cocker zuckte übertrieben mit den Achseln und runzelte die Stirn.

»Indem wir den vorletzten noch einmal ganz genau unter die Lupe nehmen.« Er sah Hanna an und seufzte. »Also schon wieder nach Köln.«

»Ihr seht euch die Leiche an? Darf ich mitkommen? Bitte!?«, flehte Rita.

Cockers Pokerface war nicht zu entnehmen, was er über Rita und ihre Bitte dachte.

»Für heute bin ich raus«, sagte Hanna und stand auf. »Ich muss mich um meinen Sohn kümmern.«

»Du bist herzlich eingeladen, mich zu begleiten«, sagte Cocker, galant an Rita gewandt.

Da war wieder dieses nagende Gefühl, das Hanna beschlich. Eifersucht. Aber auf wen von beiden?

***

Auf der Rückfahrt von Düsseldorf nach Hilden herrschte Schweigen zwischen Julian und Hanna. Um die Zeit zu nutzen, telefonierte Hanna mit der Mitte und erfuhr von Stefanie Schäfer, dass die Auswertung der Spuren aus den Durchsuchungen von Wohnung und Keller der Familie Jacobi keine neuen Erkenntnisse gebracht hatte. Das Blut im Bad stammte von Jacobi selbst.

»Er wird sich beim Rasieren geschnitten haben«, sagte Stefanie.

»Und sie haben die Blutflecken beim Putzen übersehen. Verstehe«, seufzte Hanna.

Auch von Jacobis schwangerer Frau fehlte immer noch jede Spur.

Die Nachforschungen bei ihren Eltern und Verwandten hatten ergeben, dass niemand mehr seit Jacobis spurlosem Verschwinden ein Lebenszeichen von ihr erhalten hatte.

»Obwohl der Bruder in Kassel oder die Eltern in Münster natürlich auch lügen könnten, wenn ihr Mann sie instruiert hat, bevor er untergetaucht ist«, gab Stefanie über den Lautsprecher der Freisprechanlage zu bedenken.

»Du hast recht. Bitte die Kollegen vor Ort um Hilfe. Sie sollen die Wohnungen der Verwandten nach ihr durchsuchen.«

»Dazu brauche ich aber einen richterlichen Beschluss«, sagte Stefanie.

»Die Kollegen sollen erst einmal hinfahren und freundlich fragen. Wenn die Familienmitglieder nichts zu verbergen haben und sich nicht querstellen, kommen sie vielleicht ohne den Schein in die Wohnungen. Wenn sie nicht weiterkommen, können wir uns immer noch den Durchsuchungsbeschluss besorgen«, sagte Hanna und schluckte trocken, als sie feststellte, dass sie, ohne nachzudenken, auf der Werstener Straße Richtung Tunnel geblieben war. Nun war es zu spät abzubiegen. »Hör mal, es kann sein, dass ich gleich nicht mehr dran bin. Wir fahren in einen Tunnel. Ich melde mich später wieder.«

Sie hatte feuchte Hände, die sich um das Lenkrad krampften, als sie von der Dunkelheit verschluckt wurden.

»Mama?« Julian wandte sich besorgt an Hanna. Sie fragte sich, ob er ihr Zähneknirschen gehört hatte. Möglich war es.

»Hat er hier auf dich geschossen? In diesem Tunnel?«, fragte er leise über den Widerhall des Fahrtgeräuschs hinweg.

»Nein«, sagte sie. »Das war in der anderen Röhre ... Die Gegenrichtung.« Das dumpfe Rauschen und das gelbe Licht würde sie für den Rest ihres Lebens mit Striebeks Anschlag verbinden, dessen war sich Hanna sicher.

»Hast du eigentlich mal daran gedacht, aufzuhören?«, fragte Julian.

»Aufhören? Womit?«

»Bulle sein. Sorry, ich meine ...«

»Ich weiß schon, was du meinst«, unterbrach Hanna ihn. Nicht unfreundlich.

Sie war froh, dass ihr Sohn sie mit derart zentralen Fragen aus dem schockähnlichen Zustand riss, den die Erinnerung an den Anschlag im Tunnel in ihr auslöste.

Bulle sein. Wie kann man mit etwas aufhören, was man ist?, dachte sie. Ein Widerspruch in sich.

»Ab und zu denkt man dran. Von Zeit zu Zeit redet man auch mit den Kollegen darüber und überlegt, was man sonst noch alles an ruhigen, ungefährlichen Sachen machen könnte. Sachen, die einem weniger an die Nieren gehen. Aber eigentlich ... Nein, richtig aufhören wollte ich noch nie.«

»Weil du nichts anderes kannst?«

»Hey, werd mal nicht frech, Bürschchen!«, grinste Hanna ihren Sohn auf der Beifahrerseite an.

Vor ihnen tauchte das Licht der Ausfahrt auf, und sie war darüber derart erleichtert, dass sie fast gekichert hätte.

»Meinst du, Papa und du ... Ihr könntet es noch mal versuchen?«, kam es nach einer Weile von Julian.

Sie fuhren wieder durch die Nachmittagssonne.

»Was versuchen?«, fragte Hanna. Allerdings mehr, um Zeit zu gewinnen. Sie wusste genau, wovon Julian sprach.

»Na, ich meine, miteinander klarzukommen.«

»Wir kommen sehr gut klar, finde ich.«

»Nein.« Er druckste herum. »Ich meine, liebesmäßig.«

»Redest du von Sex? Warum sollten wir das tun?«, fragte Hanna. Ihre Stimme klang belustigt, was Julian zu ärgern schien.

»Ach, vergiss es.« Er sah frustriert aus dem Fenster.

»Nein, du hast ja recht mit der Frage. Aber bei Frieder und mir ist das Thema Liebe ... oder besser Sex ein für alle Mal durch, weißt du? Ich weiß, wie du dich gerade fühlst. Mit Miriam.«

Julian winkte ab und vermied Hannas Blick. In diese Richtung sollte sich das Thema auf keinen Fall bewegen, das war offensichtlich. Doch Hanna war nicht zu bremsen.

»Wir waren auch mal verknallt wie ihr beide. Mit Schmetterlingen im Bauch und so. Es war ein Gefühl, als wären wir unbesiegbar.«

Die Anspielung eines Lächelns auf seinen Lippen zeigte Hanna, dass sie mit ihrer Version des Verliebtseins auch bei ihm nicht ganz falschlag.

»Aber heute ist das eben anders. Wir haben viel miteinander erlebt. So eine Beziehung entwickelt sich über die Jahre und ...«

Und eben nicht immer zum Guten, dachte sie, anstatt es auszusprechen. Sie hatte sich während der letzten Jahre mühsam und mutterseelenallein aus ihren Schuldgefühlen gekämpft. Der Beruf war Hanna immer wichtiger gewesen als das Dasein als Ehefrau und Mutter. Diese Tatsache zuzugeben und zu akzeptieren hatte sie sehr viel Kraft gekostet. Mehr als einmal war ihr das von Frieder in der Hitze ihrer Streitgespräche als Egoismus vorgeworfen worden. Doch das traf es eben nicht ganz.

Sie war ein Bulle, wie Julian ganz richtig bemerkt hatte. Hanna war Polizistin. Und das ließ sich weder nach Dienstschluss an der Flurgarderobe an den Haken hängen, noch konnte man damit einfach aufhören, weil man keine Lust mehr hatte. Angst, ja Angst oder zu großer Stress konnten dazu führen, dass man aufhören *musste*! Doch das war etwas völlig anderes. Dienstunfähigkeit und Krankheit hatte sie in der Kategorienschublade »Scheitern« verstaut. Direkt neben der Schublade »Dienstunfall«.

»Ich glaube, Frieder liebt dich noch«, riss Julian sie aus ihren Gedanken.

»Ich liebe euch auch«, antwortete Hanna ohne zu zögern.

Aber unsere Zeit für das gemeinsame Ehebett, für Zahnbürsten im selben Glas und die geteilte Zeitung beim Frühstück ist nun mal endgültig vorbei. Auch das sagte Hanna nicht laut, sondern verwickelte Julian in ein Gespräch über ein völlig anderes Thema, um ihn abzulenken.

So wie es richtige Bullen eben draufhaben.

***

»Das geht so nicht! Auf gar keinen Fall!«

Als Hanna mit Julian die Pausenhalle betrat, war Professor Heckels aufgeregte Stimme bereits durch die offene Tür der Aula zu hören. Auf der anderen Seite, vor dem Haupteingang des Helmholtz-Gymnasiums, stand ein blau-silberner Passat Variant der Hildener Polizei.

»Sie Depp, Sie. Verdammter Dilettant!«, rief Heckel von der Bühne herunter und schwenkte erbost einen Mörserstößel aus weißem Porzellan wie einen klobigen Zeigestock.

Hanna trat zu Stefanie Schäfer, die sich in ausreichendem Abstand hinter der letzten Stuhlreihe neben der Eingangstür aufgebaut hatte.

»Was ist denn los? Heckel klingt wie der olle Kinski in seinen besten Zeiten.«

»Ach, das geht schon so, seit wir angekommen sind. Der Prof hat Probleme mit einigen Details des Stücks und der Inszenierung. Der arme Wolf tut mir echt leid«, antwortete Stefanie belustigt.

»Kennt ihr euch?«, fragte Hanna.

»Wir waren hier zusammen auf der Schule.« Stefanie grinste bei dem Anblick von Heckel, der den Regisseur und Lehrer Wolf Beyer mit dem bleichen Stößel von der Bühne herab drohend anfuchtelte.

»Johann Friedrich Böttcher präsentierte König August dem Starken Anfang des achtzehnten Jahrhunderts in Dresden das erste selbst hergestellte Porzellan. Der Alchemist wollte Gold herstellen, doch Böttcher entdeckte den Herstellungsprozess von Porzellan!«

»Und?«, fragte Beyer verständnislos.

»Johann Friedrich Böttcher wurde im Jahr 1682 in Thüringen geboren, also achtundvierzig Jahre *nach* Wilhelm Fabrys Tod, Sie Amateur! Ach, das ist ja noch ein Kompliment für Sie!«

Heckel wandte sich mit übertriebener Geste und wirrem Haar zu Hanna und Stefanie um, als hätte er von dort Hilfe zu erwarten. In diesem Moment ähnelte er tatsächlich dem verstorbenen Schauspieler und als Genie bezeichneten Klaus Kinski. Hanna winkte aus der Hüfte, als Heckel wieder die Stimme erhob.

»Der feine Herr Dilettant lässt seine Schauspieler mit Porzellanmörsern herumhantieren. Die gab es zu Fabrys Zeiten aber noch gar nicht, weil das Porzellan noch nicht erfunden war! Zu seiner Zeit wurde ausschließlich mit Steinmörsern oder Messingmörsern gearbeitet!«

Ein Schüler in Kostüm, der offensichtlich Wilhelm Fabry spielte, trat vorsichtig mit seinem Hut in der Hand und einem langen Gewand angetan an Heckel heran, um ihn zu beruhigen. Doch der schüttelte ihn unwirsch ab und ließ sich lautstark und Speichel speiend über dessen Kleidung aus, mit der natürlich ebenfalls etwas nicht stimmte.

Julian trat zu der Gruppe, die sich teils vor der Bühne, teils darauf um die beiden Streitenden versammelt hatte. Er legte Miriam eine Hand auf die Schulter. Sie drehte sich um, riss freudig überrascht die Augen auf und fiel ihm um den Hals. Stefanie seufzte versonnen, als die beiden sich innig küssten.

»Warum seid ihr eigentlich hier? Gibt's was Neues?«

Stefanie riss sich von dem kuriosen Anblick der streitenden Künstler und des geifernden Professors für Medizingeschichte los und sah Hanna an.

»Tja, eine Sache ... Ich habe noch mal mit der Mutter von Ella Jacobi telefoniert.«

Hanna hob die Augenbrauen, als sie den Vornamen von Hartmut Jacobis Frau zum ersten Mal hörte.

Als Stefanie das sah, sagte sie: »Die Familie kommt aus Sachsen, die Eltern sind nach Kassel gezogen. Egal, jedenfalls hat Ella wohl mal etwas von einem Garten erzählt, den Jacobi pachten wollte. Die Mutter hat ständig von einer ›Datsche‹ geredet. Ich wusste zuerst überhaupt nicht, was die meinte.«

Hannas Herz schlug plötzlich schneller. »Und?«

»Also, Rüdiger von der Spätschicht hat mein Telefonat mitbekommen. Er meinte, Jacobi hätte tatsächlich mal davon erzählt, sich was mieten zu wollen.«

»Einen Schrebergarten? Also, so gut kannte ich den Kollegen ja nicht, aber wie jemand, der Rosen züchtet oder Tomaten anbaut, kam mir Jacobi eigentlich nicht vor«, sagte Hanna.

»Er wohnte in einer Dreizimmerwohnung ohne Balkon und Garten. Und die Familie erwartet Nachwuchs«, gab Stefanie zu bedenken. »Schon möglich, dass er einen Garten gesucht hat.«

»Klingt, als wüsstest du nicht, wo«, sagte Hanna.

»Hier in Hilden hat er gesucht. Aber wo genau, wusste Rüdiger leider auch nicht.« Stefanie zuckte die Schultern.

Auf der Bühne begann Heckel wieder herumzuschreien. Wolf Beyer stand ihm nun gegenüber und versuchte dem Professor den weißen Mörserstößel zu entwinden. Während Hanna per Google im Webbrowser ihres Handys etwas suchte, sagte sie zu Stefanie:

»Kannst du da vorn bitte mal für Ordnung sorgen? Ich möchte nicht, dass sich noch jemand etwas bricht. Ein Schlüsselbein pro Spielzeit reicht.«

»Okay«, sagte Stefanie. Die Vorstellung, auf der Bühne mitzumischen, schien ihr Freude zu bereiten.

»Sag mal, wieso seid ihr beide eigentlich nun wirklich hergekommen? Du hättest mich doch auch anrufen können.«

»Oh, als Heckel hörte, dass Wolf hier ein Theaterstück über Wilhelm Fabry macht, wollte er unbedingt mitkommen.«

»Ja, aber wieso bist du …« Vorn wurde es noch lauter, weil nun auch Wolf Beyer zu brüllen begann.

»Wirst du damit allein fertig?«, fragte Hanna.

Stefanie nickte und eilte nach vorn.

Hanna ging in die Pausenhalle, zückte erneut ihr iPhone und fand im Internet fünf Kleingartenvereine samt Adressen und Telefonnummern. Sie begann ihre Suche nach Jacobis Garten mit dem Kleingartenverein »Am Stadtwald«.

»Ja, guten Tag, mein Name ist Hanna Broder, Kriminalpolizei. Ich hätte da eine Frage …«

Fünfzehn Minuten und einige Telefonate später, die Hanna mit der Befragung teils liebenswert-tüddeliger, teils impertinent-halsstarriger Gesprächspartner aus dem Kleingärtnermilieu verbracht hatte, war ihr klar, dass Jacobi keinen Schrebergarten in Hilden gekauft, gepachtet oder gemietet hatte, zumindest nicht unter seinem richtigen Namen.

Seufzend betrat sie wieder die Aula. Holger Heckel und die Theatertruppe um Wolf Beyer hatten sich wieder beruhigt. Verwundert nahm Hanna zur Kenntnis, dass sich der vordere Teil der Bestuhlung vor der Bühne in einen halbkreisförmig angeordneten improvisierten Hörsaal verwandelt hatte.

Heckel stand dozierend vor den Mitgliedern der Truppe, die ihm fasziniert lauschte. Und zum ersten Mal erkannte Hanna eines der wahren Talente des Professors, das er bisher noch nicht richtig hatte zur Geltung bringen können. Heckel schien ein humorvoller, geradezu hinreißender Vortragender zu sein.

Auch Stefanie Schäfer, die in der zweiten Reihe auf einem der dunkelbraunen Stühle neben Wolf Beyer saß, lauschte konzentriert den frei vorgetragenen Ausführungen des Professors zum Thema Leben und Wirken Wilhelm Fabrys.

Fast tat es ihr leid, dass das Klingeln des Telefons in der Brusttasche ihrer Lederjacke sie zwang, die Aula wieder eilig zu verlassen. Es war Werner Kürten, der aus der Mitte anrief.

»Hanna, wir haben gerade Jacobis Wagen gefunden.«

»In Köln?«

»Nein, hier. Es ist ein wenig merkwürdig, denn er steht in der Karnaper Straße. Da wohnst du doch, oder?«

»Allerdings«, sagte Hanna, der eine Gänsehaut über den Rücken kroch. »Steht der Wagen etwa vor meinem Haus?«

»Was? Oh, nein ...« Kürtens Stimme klang belustigt, was Hanna ärgerte.

Schließlich war vor nicht allzu langer Zeit ein Fahrzeug vor ihrem Haus explodiert, genauer gesagt ein Sprengsatz im Gullyschacht unter einem Wagen, der ihrer hätte sein sollen.

»Ein auf Jacobi zugelassener Opel steht ganz am Ende der Karnaper, gegenüber dem Sportplatz an der Bahnschranke. Eine Anwohnerin hat die Streife gerufen, weil sein alter Opel Kombi so vor ihrer Einfahrt geparkt steht, dass sie nicht reinfahren kann. Bei der Halterfeststellung tauchte Jacobis Name auf. Sollen wir den Wagen sicherstellen lassen?«

Hanna dachte einen Moment nach, bevor sie antwortete.

»Du kannst den Abschleppdienst rufen. Aber die sollen vor Ort auf mich warten und noch nichts unternehmen. Ich fahre jetzt sofort hin.«

»Alles klar.« Kürten legte auf.

Hanna ging in die Aula zurück und brachte Stefanie Schäfer auf den neuesten Stand. Heckel war immer noch dabei, historische Fakten um Wilhelm Fabry in unterhaltsame Anekdoten zu kleiden.

Als Stefanie aufstand, um Hanna zu begleiten, bat die leise im Gang: »Mir wäre es lieber, wenn du hierbleibst und ein Auge auf Julian und den Prof wirfst. Ich hole euch dann später ab, okay?«

Stefanie nickte. Sie schien darüber erfreut, in der Aula bleiben zu können. Hanna beugte sich vor und flüsterte noch leiser als zuvor: »Sag mal. Wie lange läuft das schon zwischen diesem Lehrer und dir?«

»Was?«, zischte Stefanie verstört. »Wieso weißt du ...« Sie verstummte, lief dunkelrot an, und auf ihrem Hals bildeten sich hektische Flecken.

Alles Zeichen, dass Hanna recht hatte. Doch sie hatte bereits vorher nur die eindeutigen Hinweise richtig deuten müssen. Stefanies Geschichte über die Schulzeit mit Wolf Beyer, ihre begeisterten Blicke und nicht zuletzt ihre Hand auf seinem Oberschenkel, als sie gerade eben nebeneinandergesessen hatten. Es war Hanna aufgefallen, obwohl Beyer sein Manuskript diskret über der Stelle drapiert hatte.

»Es geht mich nichts an. Du kannst machen, was du willst. Aber ich finde, du solltest Werner reinen Wein einschenken. Schließlich bin ich mit euch beiden befreundet. Denk darüber nach ... Und pass bitte gut auf meinen Jungen auf«, bat sie Stefanie, die immer noch kein Wort herausbrachte.

Als Wolf Beyer sich nach den beiden Frauen im Gang umsah, verließ Hanna eilig die Aula.

***

»Warten Sie!«, rief Hanna schon beim Aussteigen aus der halb offenen Tür.

Sie war hinter dem gelben Abschleppwagen mit dem ADAC-Schriftzug stehen geblieben. Der Mann zwischen Laderampe und Führerhaus bediente die Steuerung für das Drahtseil und die abgesenkte Laderampe. Er zog den goldenen Opel Rekord Kombi älteren Datums weiter auf den Wagen, ohne sich um Hannas Rufe zu kümmern. Hysterische Autobesitzer, die ihm den Job schwermachen wollten, wurden grundsätzlich mit Nichtachtung gestraft.

»Parken Sie mir jetzt auch noch die Einfahrt zu, oder was?«, blaffte eine Frau mit Doppelkinn Hanna aus ihrem Vorgarten an.

»Haben Sie die Polizei gerufen?«, fragte Hanna.

»Allerdings!«, kam es aggressiv zurück.

»Und wo sind die, wenn man sie braucht?« Hanna sah nur den leeren Streifenwagen vor dem Sportplatz.

Wieso hat Jacobi nicht dort geparkt?, dachte sie. Da ist massenhaft Platz. Und warum hat er seinen Wagen hier überhaupt abgestellt?

»Was?«, fragte sie, weil sie abgelenkt war und der Antwort der Frau nicht zugehört hatte.

»Drin! Beim Kaffee!«, rief diese zum zweiten Mal. Nun noch gereizter. »Was ist denn jetzt?«

Hanna zog ihre Marke aus der Tasche. Das tat sie sonst so gut wie nie. Aber bei Abschleppdiensten und aufgebrachten aufrechten Bürgern konnte es Diskussionen verkürzen.

Sie pfiff auf den Fingern, damit der Ölverschmierte am Steuerpult herübersah, und rief über den jaulenden Motor der Winde hinweg: »Lass das Schmuckstück auf der Ladefläche und fass nix an, ja? Und Sie …«, damit wandte sie sich an die Doppelkinnfrau, »… richten den Kollegen beim Kaffeeklatsch aus, dass sie ihre Hintern wieder auf die Straße schaffen sollen, aber *sofort*! Haben Sie mich verstanden?«

»Natürlich! Sofort!«, bellte die Frau erschrocken und verschwand im Haus.

»Und was soll ich jetzt machen?«, rief der Fahrer des Abschleppwagens.

»Rauch 'ne Kippe, spiel dir an den Eiern. Ist mir egal.«

Ich muss nachdenken, dachte Hanna. Sie machte ein paar Schritte an dem Abschleppwagen vorbei Richtung Bahnlinie. Dieses tote Ende der Karnaper Straße war sie ein-, vielleicht zweimal als Fußgängerin entlanggegangen. Hinter der Schranke gabelte sich eine Art geteerter Feldweg nach rechts und links. Hanna erinnerte sich, dass ihr bei einem Spaziergang Baracken und kleine Gärten zwischen der Bahnlinie und dem Weg aufgefallen waren. Hatte Jacobi einen dieser Kleingärten gemietet?

»Frau Broder, wir … Es tut uns leid …« Sie drehte sich um.

Hinter ihr standen die sehr jungen Polizeikommissare Steinbrecher und Brückner, wenn Hanna sich nicht irrte. Sie drehten ihre Uniformmützen zwischen den Fingern und machten zerknirschte Gesichter.

»Ja, ja, komm, ist gut. Ist ja nix passiert. Habt ihr den Opel angefasst?«

Die beiden Beamten schüttelten den Kopf.

»Stand der wirklich genau vor der Einfahrt? Oder nur so halb? Vielleicht hingerollt?«

Brückner schüttelte den Kopf. »Die Handbremse war angezogen, und der Wagen stand volles Programm vor der Einfahrt. Frau Müller war ein paar Tage bei ihrer Schwester und ...«

»Das ist die mit dem Damenbart, bei der ihr Kaffee trinken wart, richtig?«

Betretene Blicke der Beamten.

»Kennt diese Frau Hartmut Jacobi? Hat sie was gesagt?«

»Also nicht den Namen«, antwortete Brückner. »Aber als wir ihn beschrieben haben, erkannte sie ihn als Besitzer des Rekord.«

»Du kennst dich mit solchen Wagen aus?«, fragte Hanna.

»Sind halt Klassiker«, antwortete Brückner. »Der Rekord C Kombi oder auch Caravan ist mittlerweile echt selten, weil ...«

»Hatten die beiden Streit?«, unterbrach ihn Hanna.

Kopfschütteln. »Davon war keine Rede«, antwortete Steinbrecher.

»Ich würde das Schmuckstück ungern nach Mettmann schaffen lassen. Also den Wagen meine ich ...« Hanna hoffte, dass ihr Gag die angespannte Situation etwas löste.

Die beiden Männer grinsten.

»Meint ihr, dass man dafür auf dem Hof der Mitte eine Garage auftreiben kann, in der die Spurensicherung in Ruhe arbeiten könnte?«

»Ich kümmere mich darum«, antwortete Steinbrecher, froh über eine Aufgabe.

Er ging zu dem Fahrer des Abschleppwagens.

»Wieso hat Hartmut das gemacht?«, fragte Brückner und setzte die Mütze auf. »Ich meine, wieso parkt er seiner Nachbarin die Einfahrt zu? Er hatte da drüben doch Platz genug.«

Brückner deutete auf die freien, grasbewachsenen Stellen vor dem hohen Ballschutzgitter des Sportplatzes.

»Moment mal, hast du ›Nachbarin‹ gesagt?«, fragte Hanna. Brückner nickte. »Ja, klar. Da drüben, das ist seine Werkstatt, sagt sie.«

Er zeigte auf eine extragroße Doppelgarage auf dem an das Haus der Frau angrenzenden Gelände. Der Abschlepper startete den Diesel und hüllte die beiden in eine stinkende schwarze Abgaswolke. Sie gingen in Deckung.

»Dieser verdammte, gerissene Hund!«, keuchte Hanna.

»Ein Riesenarschloch!«, hustete Brückner und reckte dem Fahrer des gelben Abschleppers den Mittelfinger hinterher.

»Nein, ich meine Jacobi!«, sagte Hanna. »Das war Absicht. Er wollte uns seinen Garten zeigen!«

»Hä?« Brückners Gesicht war ein einziges Fragezeichen.

Hanna winkte Steinbrecher heran.

»Los«, sagte sie, »wir sehen uns Jacobis Werkstatt an. Würde mich nicht wundern, wenn in seinem Garten Blauer Eisenhut wächst.«

Obwohl weder Brückner noch Steinbrecher wussten, wovon die Kollegin sprach, folgten sie ihr diensteifrig auf das Nachbargrundstück. Sie legten keinen Widerspruch ein, als Hanna nach einer ersten Umrundung der Fertiggarage die Blechtür auf der Rückseite mit einem alten Wagenheber aufbrach, den sie unter einer maroden Hollywoodschaukel gefunden hatte.

»Habt ihr Handschuhe dabei?«, fragte Hanna, während sie selbst ein paar Einweghandschuhe aus der Tasche zog.

Die Beamten nickten und taten es ihr gleich.

»Hier wurde noch nichts verwüstet«, murmelte Hanna zufrieden, als die Neonröhren klimpernd ansprangen. »Jacobi war, im Gegensatz zu mir, ganz offensichtlich ein Opel-Fan.«

Sie drängte sich an einem gelb-weißen Opel mit der Startnummer 180 vorbei. Der Platz neben dem Wagen war leer und gab den Blick auf eine schmale Grube frei. Hier, direkt neben dem gelb-weißen Wagen, hatte der goldene Kombi gestanden, vermutete Hanna.

Während sie die aufgeräumte Werkbank betrachtete, auf der etwas stand, das entfernt einer Glocke aus ölverschmiertem Metall ähnelte, murmelte Brückner: »Wow, ein Kadett C Sportcoupé!«

»Jacobi steht anscheinend auf die Siebziger«, ergänzte Steinbrecher.

»Die Karre hat Recarositze mit Hosenträgergurten und Überrollbügel. Das ist nicht nur einfaches Pickeltuning, sondern eine wettbewerbsfähige Rallyeausstattung vom Feinsten.«

Hanna betrachtete das Regal oberhalb der Werkbank. Dort standen Pokale in verschiedenen Formen und Größen.

»Anscheinend hat Jacobi auch schon das ein oder andere Rennen gewonnen. Hat er davon nie etwas in der Mitte erzählt?«

»Wir waren nicht so eng«, sagte Brückner.

»Geredet hat der Hartmut nie viel«, bestätigte Steinbrecher. »Manche aus der Gruppe fanden ihn hochnäsig. Schickimicki-Kommissar aus Düsseldorf, der sich für was Besseres hielt ...«

»Wir sind alle nur Menschen«, sagte Hanna. Sie nahm einen kleinen Wechselrahmen in Urlaubsfotogröße aus dem Regal, der hinter den Pokalen an der Wand lehnte. »Mit Fehlern und Schwächen.«

Die letzten Worte klangen fast traurig. Sie betrachtete das Foto von fünf Männern in gelb-weißen Overalls, die an dem Kadett C lehnten, den Steinbrecher und Brückner gerade hinter ihr eingehend unter die Lupe nahmen. Darunter der Mechaniker Kevin Schmitz, der glücklich lächelnd einen Pokal mit Michael Wegener zusammen in die Kamera reckte, ein Mann mit Sonnenbrille und ein vollbärtiger Mann, den Hanna schon irgendwo einmal gesehen zu haben glaubte.

Jacobi selbst war nicht auf dem Bild zu sehen. Vielleicht hatte er ja das Foto gemacht, dachte Hanna. Als sie sah, wer die Magnumflasche Champagner in die Luft hielt, sog sie zischend die Luft ein.

»Frau Broder, ich glaube, wir haben hier was«, war Steinbrechers Stimme zu hören.

Er schien sich unter dem Wagen zu befinden. Hanna ging, mit dem Bild in der Hand, zum Heck des Kadetts und sah die kleine Treppe hinunter in die etwa einen Meter breite Grube, in der Steinbrecher stand. Von Brückners Taschenlampe beleuchtet, hatte er Bücher aus einem großen Metallkoffer mit Tragegriffen geholt, von dem hinter Steinbrecher noch mehrere andere zu sehen waren.

»Ich denke, das sind die Fabry-Papiere«, sagte Brückner leise.

Doch anstatt eines Lobes sagte Hanna leise: »Ach, du Scheiße!«, als sei ihr etwas eingefallen. Sie wies die beiden Beamten an, sich nicht vom Fleck zu rühren.

Dann stürmte sie aus der Halle.

***

»Hey, bist du bescheuert?«, rief einer der Gäste vor der Kneipe und sprang vor dem Zafira zur Seite.

»Nein, Polizistin im Einsatz. Also mach lieber den Joint aus, bevor ich das Zeug konfisziere und dich festnehme.«

Hanna hatte den Wagen direkt in die Einfahrt vor die Tür des Pubs gerammt. Einige Leute mussten in Deckung gehen und standen mit halb leeren Gläsern in der Hand murrend in der Dämmerung. Hanna beachtete sie nicht. Sie stieß die Tür auf und sah sich in dem rauchgeschwängerten Raum um.

Wäre sie nicht so geladen gewesen, hätte sie die Musik der Red Hot Chili Peppers, die aus den Boxen dröhnte, direkt wieder in die Achtziger katapultiert. Dafür, dass gerade erst Abendbrotzeit war, hatten erstaunlich viele Gäste bereits erstaunlich viel Alkohol in der Hand und ganz offensichtlich auch schon intus. Der Altersdurchschnitt wurde durch die Mitglieder von Wolf Beyers Theatergruppe dramatisch gesenkt.

Beyer deklamierte gerade: »Wie sagte Fabry so schön: ›Man soll Kinder nicht mit guten Speisen oder Tränken verwöhnen, damit sie die Arbeit besser leiden können, denn Wollust entsteht aus dem Müßiggang.‹«

»Hört! Hört!«, rief einer der Schüler.

Während Hanna auf die Gruppe zusteuerte, registrierte sie mit geschultem Blick, dass keiner der Schüler alkoholhaltige Getränke im Glas hatte. Ein Punkt für den lächelnden Lehrer.

Heckel konterte mit einem Glas Rotwein in der Hand. »Obwohl man bis heute nicht genau weiß, ob Fabry gegen die Laster Trunksucht und Völlerei wetterte, weil er die Folgen bei seinen Patienten sah oder weil er selbst unter diesen Lastern und den Folgen litt.«

Beyer nickte zustimmend. Als er Hanna sah, breitete er die Arme aus.

»Frau Kommissarin! Schön, Sie hier zu sehen!«

Stefanie Schäfer, die direkt hinter Beyer am Tresen stand, bemerkte auf den ersten Blick, dass Ärger in der Luft lag. Gegenüber der Theke saßen Miriam und Julian auf Barhockern und unterhielten sich angeregt mit Heckel.

Sie bemerkten Hanna erst, als sie Beyers rechte Hand nahm, sie ihm auf den Rücken drehte und ihn auf den Tresen drückte. Dabei gingen einige Gläser und ein Aschenbecher zu Boden.

»Hey, sachte!«, rief der Wirt.

Hannas Ankündigung, dass es sich um eine polizeiliche Maßnahme handele, ging im allgemeinen Aufschrei der Verblüffung und Entrüstung unter.

»Was soll denn das, bist du verrückt?«, rief Stefanie Schäfer.

»Mama! Aber wieso … Was ist denn?«

»Wolfgang Beyer, Sie sind vorläufig festgenommen.«

»Warum?«, fragte Beyer mit einem amüsierten Gesichtsausdruck.

»Nicht hier. Das erfahren Sie auf der Wache.«

»Ist das nicht ein wenig übertrieben?«

»Nein, ich denke nicht«, sagte Hanna und zog einen Kabelbinder aus der Tasche ihrer Lederjacke.

Sogar Holger Heckel, der sich mit Beyer mittlerweile fast schon freundschaftlich arrangiert zu haben schien, sprang von seinem Barhocker und redete beschwichtigend auf Hanna ein. Doch sie band ungerührt Beyers Handgelenke mit dem Kabelbinder zusammen. Dann schob sie ihn an Schulter und Nacken ohne ein weiteres Wort unter Gejohle und Buhrufen durch den schmalen Gang der Kneipe Richtung Ausgang.

Vor der Tür bugsierte sie ihn auf den Rücksitz des Zafira. Beyer leistete keine Gegenwehr und sagte kein Wort. Der leicht amüsiert wirkende Gesichtsausdruck, den der Lehrer zur Schau getragen hatte, war nun einer verschlossenen, ernsten Mimik gewichen. Stefanie fiel Hanna fast in den Arm, als sie die Tür zuwarf.

»Kannst du mir erklären, was dieser Auftritt zu bedeuten hat?«

Hanna öffnete die Beifahrertür und nahm den Beweissicherungsbeutel mit dem Wechselrahmen aus Jacobis Garage vom Beifahrersitz. Mittlerweile war auch Julian mit Miriam und Heckel aus der Tür des Pubs ins Freie getreten und drängelte sich durch die Neugierigen, die sich in gebührendem Abstand um den Zafira versammelt hatten.

»Wenn Familienmitglieder involviert sind, neige ich dazu, kein Risiko einzugehen«, sagte Hanna kalt. Sie hielt ihrer Kollegin das Foto des Rallyeteams unter die Nase. »Ich glaube, ich weiß jetzt, warum bei Kevin Schmitz und Michael Wegener alle Fotos verschwunden waren. Hast du davon gewusst, Stefanie?«

»Wovon?« Stefanie betrachtete das Bild durch die durchsichtige Tüte und riss erschrocken die Augen auf, als sie die Personen auf dem Foto durch den Plastikbeutel erkannte.

»Ich frage dich noch einmal: Hast du gewusst, dass unsere Kollegen Wegener und Jacobi mit deinem alten Schulfreund Wolf Beyer zusammen ...?«

»Nein, ich hatte keine Ahnung!« Stefanie starrte ins Auto. »Wolfgang, was hast du getan?«

Sie wollte die Tür zu Beyer öffnen, ihn zur Rede stellen. Doch Hanna hatte den Wagen verschlossen.

Holger Heckel begann sich nützlich zu machen und die Neugierigen mit Sprüchen, die er im Fernsehen gehört haben musste, zurück in die Kneipe zu treiben. Er machte sich gar nicht schlecht als Darsteller eines Polizeibeamten.

»So, Leute. Die Show ist vorbei. Bitte alle mal wieder reingehen, danke sehr ...«

Hanna trat zu Stefanie und flüsterte fast. »Ich nehme Beyer mit zur Mitte. Ihr beide habt erst einmal Sendepause. Du denkst dir besser schon mal eine schlüssige Begründung dafür aus, wieso du ein Verhältnis mit einem Mann hast, der zwei ermordete Polizeibeamte kennt.«

»Ich kannte einen der Kollegen ebenfalls. So wie du«, entgegnete Stefanie störrisch.

Hanna tippte im Bild auf den Mann mit Locken und der Sonnenbrille, der lächelnd zwischen Beyer und Jacobi am Opel Kadett lehnte.

»Aha. Kennst du dann vielleicht auch den ehemaligen Komplizen und Mörder von Jacobi?«

Stefanie schluckte. »*Das* ist der Mann, der Jacobi im Schwimmbad die Kehle durchgeschnitten hat?«

»Ganz genau«, antwortete Hanna. »Der Mann, der nun in der Kölner Rechtsmedizin liegt, weil er sich an Jacobis Körper eine Überdosis Eisenhut abgeholt hat. Ich habe Cocker das Bild geschickt. Er hat ihn gerade eben identifiziert.«

Hanna riss sich ganz gewaltig zusammen, als sie sagte: »Stefanie, wir sind Freundinnen. Aber ich habe dir Julian anvertraut. Das Leben meines Sohnes lag in deinen Händen. Und wenn ich herausfinde, dass du mit Beyer und dieser Sache irgendetwas zu tun hast, ich schwöre dir …«

»*Ich* schwöre *dir*, dass ich keine Ahnung hatte!« Stefanie wurde lauter.

Hanna führte sie ein paar Schritte vom Zafira weg Richtung Bürgersteig.

Dabei behielt sie den Wagen die ganze Zeit im Auge, obwohl sie für die hinteren Türen die Kindersicherung eingeschaltet hatte und Beyer mit auf den Rücken gefesselten Händen kaum auf die Vordersitze klettern und die Tür öffnen konnte.

»Bist du nie auf die Idee gekommen, dass sich Beyer vielleicht nur mit dir eingelassen hat, um an polizeiinterne Informationen zu gelangen?«

»Was?«, keuchte Stefanie.

»Wie lange geht das mit Beyer schon? Könnte es sein, dass das Datum eurer Wiedervereinigung ungefähr in den Zeitraum passt, als die Sache mit dem Keller unter der Sparkasse heißer wurde?«

»Spinnst du jetzt völlig? Glaubst du im Ernst, ich hätte Wolf irgendwelche Geheimnisse im Bett verraten?«

»Du wärst nicht die Erste, der das passiert«, antwortete Hanna gelassen.

»Aber … Jacobi saß doch ebenfalls an der Quelle! Wieso sollte Wolf sich die Mühe machen, sich mit mir abzugeben?« Stefanie klang auf einmal verbittert. »Wenn er Jacobis Komplize ist, konnte er doch alles von ihm erfahren.«

»Ich denke, dass Jacobi das schwache Glied in der Kette war«, sagte Hanna. »Vielleicht wollte er die ganze Sache abblasen, nachdem er den Mord an seinem ehemaligen Partner entdeckt hatte.«

»Wieso hat er sich dann nicht gestellt?«

»Ach, komm schon, Stefanie, stell dich nicht dümmer, als du bist. Der Mann hatte Familie. Hätte er seinen Job verloren, hätten die Jacobis vor dem Nichts gestanden. Ich denke, er wollte die Sache abbrechen und das Ganze vertuschen.«

Aus dem Wagen war Rumoren und leises Rufen von Beyer zu hören.

»Ich bringe Beyer jetzt zur Vernehmung in die Mitte. Regel deine Abgelegenheiten. Am besten noch heute Nacht.«

»Wie meinst du das?«, fragte Stefanie, während Hanna zum Wagen ging.

»Sprich dich mit Werner aus. Leg deine Karten auf den Tisch. Das meine ich. Ab morgen früh gehört jegliche Geheimnistuerei der Vergangenheit an. Ich habe eine Ermittlung abzuschließen.«

Dieses kann ich denen, welchen von einer
Hochweisen Obrigkeit die Ubelthäter
zu examinieren anbefohlen wird,
zur Warnung und Vermahnung anzuzeigen
nicht underlassen, dann wann man die
Arme Leuth an etlichen Orten also marteret
und plaget, bis ihnen die Schulterblätter zerbrechen!
Ja auch in etliche Stuck, wie bey beiden
meinen Sceletis zu sehen, wer will dann zweiffeln,
daß sie nicht offt Sachen bekennen,
an welche sie vielleicht niemals gedacht hatten?
Allein zu dem Ende, auff daß sie mögen
der Marter los werden.

Wilhelm Fabry,
Von Nutz und Fürtrefflichkeit der Anatomie

»Hartmut Jacobi hat seinen Wagen absichtlich vor die Einfahrt einer Nachbarin neben seine Garage gestellt«, sagte Hanna.

Die Morgensitzung der Soko Fabry war in vollem Gange. Bis auf Stefanie Schäfer und Werner Kürten waren alle Mitglieder des Teams einschließlich Meuser im Raum. Es duftete nach Kaffee. Jemand hatte eine große Tüte belegter Brötchen mitgebracht und aufgerissen.

»Er wollte uns wohl einen Hinweis auf seine Garage geben, falls ihm etwas zustößt. Aber die Nachbarin war in Urlaub, das hat er ganz offensichtlich nicht gewusst. Daher hat es etwas gedauert, bis sie die Kollegen rief, weil Jacobis Oldtimer im Weg stand.«

»Er hat es gewusst«, sagte Cocker.

»Wie bitte?«

»Ich sagte, Jacobi hat gewusst, dass diese Frau erst gestern wegen dem Wagen in der Einfahrt Ärger machen würde. Es war seine Rückversicherung. Wenn er von dem Treffen aus dem Spaßbad zurückgekehrt wäre, hätte er den Wagen wieder weggefahren, bevor die Frau zurückkommt. Niemand hätte etwas bemerkt. Im Fall seines Ablebens …« Cocker hob mit steifen Schultern die Hände. Seine Geste für »Der Rest ist Geschichte«.

»Ein gerissener Hund. Sag ich ja.« Hanna zuckte traurig mit den Achseln.

Durch die angelehnte Tür war ein leises, rhythmisches Quietschen aus dem Flur zu hören, das sich näherte. Cocker sah zur Tür, dann zu Hanna. Die nickte Cocker zu und dann Meuser, der sich räusperte und mit einer viel zu lauten und theatralischen Stimme in den Raum intonierte: »Kommen wir zu dem ominösen Foto, auf dem sich anscheinend das Täterpersonal tummelt.«

»Die Kölner Kollegen haben den Toten in ihrer Rechtsmedizin als Goran Berkovic identifiziert. Geboren 1967 in Sarajevo. Er war einige Jahre in der Fremdenlegion …«

»Ein Söldner also?«, fragte Meuser, immer noch zu laut. Hanna machte Meuser heimlich das Zeichen, seine Stimme etwas zu mäßigen, während Cocker fortfuhr.

»Nein, Herr Meuser. Die Fremdenlegion ist zwar eine Einheit aus Freiwilligen, gehört aber zum französischen Heer. Es handelt sich also um Soldaten der französischen Armee. Jedenfalls hat Berkovic nach der Legion noch einige Zeit in Paris gelebt, bevor er Anfang der neunziger Jahre nach Solingen gezogen ist. Regelmäßiger Anspruch auf Aufenthaltserlaubnis durch Eheschließung. Er ist einmal aufgefallen wegen körperlicher Gewalt in einer Kneipenschlägerei, ansonsten unauffällig.«

»Bis zu dem Mord an Jacobi im Schwimmbad, der ihn selbst das Leben gekostet hat«, fügte Hanna düster hinzu.

»Und der vierte Mann?«, fragte Meuser.

»Tja, das ist ein ganz spezieller Fall«, antwortete Hanna. »Ich gehe im Moment davon aus, dass der Lehrer ...«

***

»... sich über eine Kollegin hier aus dem Haus mit Insiderinformationen über die Fabry-Papiere und den jeweils aktuellen Ermittlungsstand versorgt hat. Die Details werden gerade geklärt«, hörte Jacques Bernard auf dem Flur.

Schade um Berkovic, dachte er. Goran war ein zuverlässiger Partner gewesen. Trotzdem rieb er sich zufrieden die Hände, denn die Bullen waren auf dem komplett falschen Dampfer.

Jacques war zwar ein guter Söldner gewesen, doch er war ein absolut lausiger Raumpfleger. Die anderen drei Männer der sicherheitsüberprüften und zugelassenen vierköpfigen Truppe des Reinigungsteams für die Polizeiinspektion Mitte waren weitaus besser im Wischen von Böden, Abstauben der Schreibtische und Putzen der Fenster und Jalousien. Aber keiner war so gründlich und diskret im Anbringen und Ausrichten von Wanzen gewesen wie Jacques.

Wegen seines starken Akzents hatte sich der Schweizer eine falsche Identität als Belgier verpasst. Die Sache mit dem polizeilichen Führungszeugnis war nicht einfach gewesen, doch das Wort »unmöglich« existierte in Jacques' Wortschatz nicht. Zumindest nicht bis zu dem Moment, als die Polizistin – Sandra? Susanne? – mit dunklen Augenrändern im Flur vor ihm auftauchte und fast in seinen Rollwagen mit dem Müllsack und den Putzmitteln gestolpert wäre.

»Oh, 'tschuldigung«, sagte sie.

»Kein Problem«, antwortete Jacques. Mit einem unterwürfigen Blick zu Boden schob er den Wagen mit dem quietschenden Rädchen aus dem Weg und dem Einzugsbereich des Büros, in dem gerade heftig diskutiert wurde. Sie hatten nicht die leiseste Ahnung, dass er ihre Büros infiltriert hatte, dessen war er sich nun sicher. Stattdessen verdächtigten sie nun Wolf Beyer, weil er neben Goran auf dem Foto zu sehen war.

Diese Scheißfotos!, dachte er. Obwohl er sich solche Mühe gegeben hatte, alle Bilder verschwinden zu lassen!

Zum Glück hatte Jacques sich nach der Episode im Kölner Schwimmbad sofort den Vollbart abrasiert und die Haare geschnitten.

Solche Kleinigkeiten können dir im Krieg den Arsch retten, dachte er. Denn die ganze Sache hatte sich ja wohl ganz eindeutig zu so etwas wie einem Krieg ausgeweitet.

Hinter ihm tauchte Werner Kürten auf, der normalerweise immer einen lockeren Spruch auf Lager hatte. Doch diesmal starrte der Beamte ihn nur schweigend an. Durchdringend.

Merde, dachte Jacques. Er hatte gerade unauffällig das letzte von acht kleinen Tonübertragungssystemen demontiert und in Klopapier gewickelt in den Müllsack geschmissen. Vom Wachraum über das Hinterzimmer bis zu Meusers Büro war die Überwachung der Mitte lückenlos und strategisch günstig platziert gewesen.

Sogar »Zelle sechs« hatte Jacques damals verwanzt, damit seinem Auftraggeber auch die Gespräche der Polizisten beim Bier über die einfach per Laptop zu steuernde Überwachung nicht entgehen konnten.

Als ihn sein Auftraggeber noch in der Nacht damit beauftragt hatte, alle Geräte umgehend und endgültig zu entfernen, war es für Jacques nicht einfach gewesen, mit seinen Kollegen den Dienst zu tauschen, um frühmorgens in der Mitte erscheinen zu können. Aber er hatte es geschafft. Zwar erst durch den überzeugenden Einsatz seines Messers, doch immerhin war nun die gesamte Technik im Sack des Rollwagens.

Er musste nur noch heil aus dem Gebäude kommen. Da passte es gerade nicht besonders gut, dass diese Polizistin – Sabine? Nein, Stefanie! – auf der einen und Kürten auf der anderen Seite des Flurs standen und ihn anstarrten. Doch Jacques wäre kein Profi, wenn er seine Angst, enttarnt zu werden, nicht unter Kontrolle zu bringen in der Lage gewesen wäre. Er ließ vermeintlich ungeschickt eine Flasche Glasreiniger fallen, flüsterte für beide laut genug *»Merde!«* und hob die Sprühflasche auf.

Zeit genug, sich mit Blicken in beide Richtungen zu versichern, dass die beiden übermüdet und traurig aussehenden Beamten nicht ihn, sondern sich gegenseitig über seinen Kopf hinweg anstarrten. Eine Woge der Erleichterung überflutete ihn. Er sortierte die Flasche wieder ein, nickte zu niemand Besonderem und schob den Rollwagen mit dem verdammten quietschenden linken Vorderrad Richtung Treppenhaus.

Die beiden Beamten waren ein Paar, erinnerte er sich. Sicher hatten sie Stress und die Nacht zuvor nicht geschlafen. Das würde jedenfalls Kürtens zerknittertes Gesicht erklären. Der Mann sah aus, als hätte er geweint, fiel Jacques auf, als er mit einem kurzen Nicken an ihm vorbeiging.

Gleich war alles vorbei. Schön den Blick wieder zu Boden richten. Nicht auffallen. Nur noch die Treppe runter und den Gang an der Wache vorbei …

»Jacques?« Kürtens Hand auf seiner Schulter schien Tonnen zu wiegen.

Merde, verdammte!, dachte er. Noch sah er zu Boden. Die Linke bereits am Messer, das er durch den Eingriff seines Overalls spürte.

»Was ist denn mit Ihrem Vollbart passiert?«

»Oh, ich … Ich wollte etwas Neues ausprobieren«, antwortete er mit einem angedeuteten Lächeln. Noch nie hatte er sich nackter gefühlt als in diesem Moment.

»Wir würden Ihnen gern kurz jemanden vorstellen«, fügte Kürten hinzu.

»Was?« Jacques sah irritiert auf.

Kürten manövrierte sich unauffällig zwischen Jacques und den Durchgang vom Flur zum Treppenhaus. Nicht unauffällig genug für Jacques.

Blut rauschte durch seine Ohren. In einem mit bewaffneten Polizeibeamten gefüllten Gebäude ein Messer zu ziehen war so ziemlich das Dümmste, was er machen konnte. Er riss sich mit eiserner Disziplin zusammen. In der Türfüllung diagonal gegenüber, direkt neben Stefanie, erschien das Gesicht eines neuen Beamten, oder ...

Nein, warte mal, dachte Jacques. Das ist doch kein Bulle. Das ist doch ... Wolfgang? Wolf Beyer? Super*merde*!

***

Kürten und Stefanie sehen Beyer an. Der nickt Zustimmung. Das ist der Mann! Im selben Moment stößt Jacques, den die beiden Beamten als schüchternen belgischen Raumpfleger kennen, seinen Rollwagen Richtung Stefanie und Beyer, rammt Kürten blitzschnell seinen Ellenbogen in den Magen und ist schon durch das Treppenhaus ins Erdgeschoss verschwunden.

Der Alarm ertönt. An den Verlust der Überwachungstechnik, die nun in einem Müllsack vor den Füßen der Bullen liegt, verschwendet Jacques keinen zweiten Gedanken.

Es geht nur noch um mich! Konzentration, Mann!

Noch ein letztes Mal muss er sich zusammenreißen, dann ist es vorbei. Er eilt, nicht auf der Flucht, sondern Hilfe suchend Richtung Tresen und deutet nach oben.

»Zweiter Stock!«, brüllt er mit seinem unpassend niedlich klingenden Akzent und deutet nach oben. »Der Mann ist bewaffnet!«

Drei Beamte der Frühschicht stürmen in den Flur Richtung Treppenhaus.

Jacques macht ein paar vorsichtige Schritte Richtung Ausgang. Fast hätte es geklappt. Doch leider kommt da bereits die keuchende Stefanie Schäfer mit gezogener Waffe in den Gang. Hinter ihr die aufgescheuchte Frühschicht. Einer kaut sogar noch, fällt Jacques auf. Er wirft den Ständer mit den Prospekten und Foldern für polizeiliche Sicherheit, Hörgeräte und eine Herzklinik hinter sich um, obwohl er weiß, dass sie das nicht lange aufhalten wird. Dann rammt er die Schulter gegen die Glastür, taumelt die Stufen vor der Wache hinunter auf den Bürgersteig, stolpert auf die Straße und rennt los.

»Stehen bleiben!«, brüllt Stefanie hinter ihm her.

Stefanie! Natürlich, die Frau heißt Stefanie. Ein letztes Mal umsehen. Er will schließlich nicht erschossen werden.

Ich bin draußen! Frei! Muss nur noch …

WUMM!

***

Stefanie schließt die Augen. Doch die Zeitlupe hat sich bereits in ihre Netzhaut gebrannt. Jacques wird von dem Laster mit einem riesigen ALDI-Schriftzug mitgerissen und wie eine Puppe quer über die Kreuzung geschossen. Er fliegt ein paar Meter weit und knallt dann schlaff auf die Straße. Jemand schreit auf.

Es gibt kein Hupen, kein Bremsen, nichts – dafür geht alles viel zu schnell. Der Laster kommt mit zischender Hydraulik zum Stehen. Dann herrscht für eine endlose Sekunde Stille. Die Welt hält erschrocken den Atem an.

Stefanie erinnert sich mit geschlossenen Augen an den Moment in dem Film »Rendezvous mit Joe Black«. Werner hatte die DVD für sie besorgt und sogar mit angesehen, obwohl er sonst eher für Science-Fiction- und Actionfilme zu haben war.

Als Brad Pitt zu Beginn des Films vom Bus überfahren wird, hatte er erschrocken aufgelacht und zurückgespult. Drei- oder viermal hatte er sich die kurze schockierende Szene angesehen, zuletzt sogar in Zeitlupe. Und Stefanie hatte nicht wegsehen können.

So wie jetzt.

Zwei Kollegen rennen zu Jacques. Ein anderer geht zum Fahrer des Lasters, erkundigt sich, ob mit ihm alles in Ordnung ist.

Jemand muss den Verkehr regeln und die Straße sperren, denkt Stefanie. Doch sie kann sich nicht bewegen. In der Tür erscheint Werner. Der Magenstoß hat ihm übel zugesetzt. Er hält sich den Bauch und bewegt sich ganz langsam, wie ein alter Mann.

Wir werden nie wieder zusammen Filme gucken, denkt Stefanie, und eine tiefe Verzweiflung bricht sich wieder Bahn, wie in der Nacht zuvor. Das Gespräch war furchtbar gewesen, die Aussprache mit Werner hatte ihre ganze Kraft gekostet.

Nie wieder, denkt sie mit einem letzten Blick auf die Kreuzung. Dann verschwimmt ihr Blick gnädig in Tränen, und sie verbirgt ihren Kopf in Hannas Lederjacke. Es dauert einen Moment, bis Stefanie bemerkt, dass Hanna mit ihr redet.

»... haben wir Wolfgang Beyer intensiv vernommen. Ich hoffe, es beruhigt dich, dass er nach dem aktuellen Stand zwar Mitglied des Rallyeteams um Wegener, Bernard und Berkovic war. Mit dem Diebstahl der Fabry-Papiere und den Morden hatte er allerdings nach Lage der Dinge nichts zu tun. Im Gegenteil. Wolf hat diese Reinigungskraft eben erst eindeutig als Jacques Bernard, als Mitglied des Rallyeteams identifiziert. Er ist aus dem Schneider ...«

»Es war ein Fehler!«, schluchzte Stefanie, und Hanna begriff, dass ihr der Fall oder das Schicksal ihres Liebhabers gerade herzlich egal waren.

Nach dem offensichtlichen Zustand von Werner Kürten und Stefanie zu schließen, war ihnen in der Nacht zuvor ihre gemeinsame langjährige Beziehung um die Ohren geflogen.

Hanna kannte die Situation und das Gefühlschaos, in dem sich ihre Freundin gerade befand. Sie hatte genau das Gleiche erlebt. Langsame, schleichende Entfremdung, zunehmende Sprachlosigkeit und ein interessanter neuer Mann, der zur rechten Zeit neuen Wind in das Gefühlsleben brachte.

Nur dass Hannas Frühlingsbrise für den Gefühlshaushalt sich als falscher Fuffziger herausgestellt hatte. Schlimmer noch, Striebek war »verrückter als eine Scheißhausratte« gewesen, wie ihr Vater es ausgedrückt hatte.

Hanna hielt Stefanie noch einen Moment im Arm, während um sie herum das Chaos langsam einer aufgeregten Routine wich. Sie dachte an das Bindungshormon, an Bindungen an sich und an Dr. Rita Kiefer, die nun ein neues Todesopfer auf ihren Edelstahltisch bekommen würde.

Auf der Treppe im Eingang lagen Prospekte und Folder verteilt auf dem Boden herum. Hanna hob einen davon auf, dessen Symbol ein Metallhelm war. Sie führte Stefanie von der Straße und dem Schauplatz des Unfalls weg in die Mitte zurück. Mit ihren Gedanken war sie bereits wieder ganz woanders.

***

Nachdem das erste Chaos geregelt und die Ordnung auf der Kreuzung vor der Mitte halbwegs hergestellt war, trafen sich alle Mitglieder der Soko Fabry wieder im Besprechungsraum.

Meuser ergriff als Erster das Wort. Er versuchte, seine unbändige Freude über den gelösten Fall mit einer eher halbseidenen Trauer um den überfahrenen Komplizen des Mörders von Hartmut Jacobi in Einklang zu bringen. Zu belegen, dass der – zu der Zeit noch bärtige – Jacques Bernard der zweite Mann neben Goran Berkovic im Kölner Schwimmbad gewesen war, »dürfte ja nur noch eine Formsache sein«. So jedenfalls drückte sich Meuser aus.

Besonders angetan war er von der Zeugenaussage Wolf Beyers aus Hannas Vernehmung in der Nacht zuvor. Dass Hartmut Jacobi zwar eng mit Michael Wegener befreundet, Jacobi allerdings zu keiner Zeit Mitglied des Rallyeteams »Nordkurve« gewesen sei.

»Ich denke, wir können davon ausgehen, dass Jacobi den Rallyefahrern lediglich eine Hälfte seiner Gartengarage oder was immer das auch ist, zur Verfügung gestellt hatte«, verfügte er händereibend. Hanna nervte diese Geste.

»Ich gehe weiterhin davon aus, dass Jacobi irgendwann dahinterkam, dass Wegener und seine Komplizen im Keller unter der Sparkasse etwas auf der Spur waren«, fuhr er händereibend fort.

Das Gehabe ihres Chefs ging Hanna zunehmend auf den Geist. Es war immer noch nicht klar, wer Michael Wegener letztlich getötet hatte.

»Wir nehmen an, dass Jacobi die beiden Fälle, also den des Kellerfundes und den Fall der beschädigten Videokamera in der Tiefgarage, so schnell wie möglich selbst übernommen hat, um seinem Freund und Kollegen den Rücken freizuhalten«, warf Cocker ein.

Werner Kürten sah auf. Es war die erste sichtbare Reaktion von Kürten in diesem Raum. Er wirkte noch müder und zerbrechlicher als Stefanie Schäfer.

»Nun ja, das wird ohne stichhaltige Beweise schwer zu belegen sein«, gab Meuser zu bedenken. »Ich glaube kaum, dass unser Raumpfleger Jacques …« – hier machte der Chef wieder ein betont betroffenes Gesicht – »… diesen ominösen Umschlag, den er im Schwimmbad in seinen Besitz gebracht hat, unter seinem Kopfkissen aufbewahrt. Aber Sie werden das prüfen.«

Alle weiteren nötigen Hintergrundrecherchen überließ Meuser natürlich freundlichst dem Team um Cocker und Hanna Broder.

»Ich hoffe, dass wir diesen Fall sehr bald zum endgültigen Abschluss bringen können. Und ich bedanke mich ganz besonders beim Ersten Kriminalhauptkommissar Brandt für seine tatkräftige Unterstützung.«

Nicken und Brummen in der Runde.

Hör endlich mit dem Händereiben auf!, dachte Hanna.

»Und damit kommen wir zum Abschluss …«

»Ist eigentlich noch niemand von euch auf die Idee gekommen, dass es einen Auftraggeber in der Sache geben könnte?«, unterbrach Hanna die abschließenden Worte ihres Chefs.

»Wie bitte?« Das leise zischende Geräusch von Meusers trockenen Handflächen verstummte augenblicklich.

»Nehmen wir doch mal für einen Moment an, dass es kein Zufall ist, wenn zwei ehemalige Söldner und ein Polizeibeamter sich in der Hildener Kanalisation zu einem Keller vorarbeiten, in dem historische Medizinliteratur verborgen liegt«, schlug Hanna vor.

Bei diesem Stichwort regten sich auch Holger Heckels Gesichtszüge. »Was willst du damit sagen?«

»Ich habe neulich einen interessanten Dokumentarfilm über archäologische Forschungsexpeditionen gesehen«, sagte Hanna. Da niemand im Raum ihr folgen konnte, ruhten alle Augen gespannt auf ihr, als sie fortfuhr: »Ich weiß nicht mehr genau, was und wo die Forscher gesucht haben. Darauf kommt es auch nicht an. Mir ist nur eine Sache aufgegangen …« Sie machte absichtlich eine Kunstpause. Bis Cocker schnaufte und Meuser – *noch* nicht ungehalten – fragte, ob sie die Runde an ihrem Geistesblitz teilhaben zu lassen gedachte.

»Kein Mensch beginnt eine Expedition, wenn er das Ziel nicht kennt«, sagte Hanna. »Und kein Forscher gräbt nach Artefakten, ohne zu wissen, *wonach genau*.«

»Sie meinen …«, begann Meuser zögernd.

»Ich meine, dass es vor der Expedition in die Kanalisation zumindest einen ungefähren Ort gegeben hat, an dem man nach einem oder mehreren ungefähr definierten Fundstücken suchte«, sagte Hanna. Und dann erklärte sie Wegener, Berkovic und Bernard zu ausführenden Organen eines unbekannten Auftraggebers, der die Männer mit dem Ziel losgeschickt hatte, die Fabry-Papiere zu finden, zu bergen und abzutransportieren.

»Für diese Theorie spricht, dass Bernard und Berkovic sich den Trick mit dem ausgeliehenen Leichenwagen ausgedacht haben, um nach der offiziellen Entdeckung des Kellers und von Wegeners Leiche die Fabry-Papiere doch noch bergen oder besser stehlen zu können«, sagte Cocker und fragte direkt an Hanna gerichtet: »Aber wie passt deiner Meinung nach Jacobi in dieses Bild?«

»Gar nicht«, sagte Hanna. »Das ist es ja. Vielleicht hat er rausbekommen, was sein Freund Wegener mit den beiden Söldnern vorhatte. Vielleicht hat Wegener ihn auch eingeweiht und ihm eine Partnerschaft angeboten. Ich gehe davon aus, dass Bernard und Berkovic ihren Partner Wegener in dem Keller getötet haben. Es kann zum Streit gekommen sein. Um die Verteilung des Geldes vielleicht.«

Hanna musste an Jacobis Spruch kurz vor dessen Tod denken. Er hatte gesagt, dass es doch immer nur um Kohle gehen würde.

Sie wandte sich an Heckel. »Wer hat dich engagiert?«

»Das Bauamt«, antwortete Heckel wie aus der Pistole geschossen.

»Und woher wusste das Bauamt von dem Keller?«

»Na, weil einer der Bauarbeiter diese Stufen zum Keller in der Grube gefunden hat.«

»Hast du mit diesem Bauarbeiter gesprochen?«

»Nein.«

»Hast du den Mann gesehen?«, fragte Hanna.

»Ich … äh, nein«, antwortete Heckel.

Hanna blickte in die Runde. »Hat irgendjemand jemals diesen ominösen Bauarbeiter gesprochen, der beansprucht, den Kellerzugang als Erster gefunden zu haben?«

Schweigendes Kopfschütteln, bis Stefanie sagte: »Aber er wurde in allen Zeitungen erwähnt.«

»Richtig«, sagte Hanna. »Doch es gab nie ein Foto von dem Mann. Und keine Interviews. Ich habe alle Artikel geprüft. Niemand von den Zeitungen hat mit dem Mann live gesprochen. Das ist doch seltsam, oder? Wenn im Neandertal nur ein Fingerknöchelchen gefunden wird, stehen sofort alle Pressevertreter von Printmedien, Funk und Fernsehen auf der Matte und machen eine

Homestory des Fundes und seines glücklichen Entdeckers daraus. Aber unser Bauarbeiter, der eine Fundgrube mit Schätzen in Millionenhöhe zu melden hat, ruft einfach nur bei Zeitungen an. Und zwar bei allen Zeitungen am selben Vormittag. Danach taucht er unter und ward nicht mehr gesehen. Geschweige denn gesprochen, interviewt oder fotografiert. Ich habe alle Beteiligten gefragt.«

»Jacobi ...«, sagte Cocker leise. »Er hat die Entdeckung des Kellers überhaupt erst ans Laufen gebracht!«

»Ganz genau«, sagte Hanna. »Ich kann mir vorstellen, dass er Wegener um jeden Preis von seinem Plan abbringen wollte, ohne dass es seinen Freund den Job kostet. Er wollte ihn retten, ihn vor einer Dummheit bewahren! Dass es Wegener und ihn das Leben kosten könnte, davon hatte er zu diesem Zeitpunkt noch keine Ahnung. Diese Gefahr wurde ihm erst klar, als er sich von oben in den Keller vorgearbeitet hatte und Wegeners Leiche entdecken musste.«

Wenn die elektronischen Impulse von Synapsen sichtbar gewesen wären – im Raum hätte ein wahres Feuerwerk stattgefunden.

»Sie schließen den Fall doch jetzt ab, oder?«, fragte Meuser, dessen Feuerwerk im Kopf wohl etwas weniger umfangreich ausgefallen war.

»Sicher«, sagte Hanna. »Sobald ich den Hintermann oder den Auftraggeber gefunden habe.«

»Das kommt überhaupt nicht in Frage!«, donnerte Meuser.

»Aber wieso ...?«, fragte Cocker.

»Es gibt nicht den leisesten Hinweis auf die Existenz irgendwelcher Hintermänner oder Auftraggeber«, unterbrach ihn Meuser schroff. »Also schließen Sie den Fall so schnell wie möglich ab!«

»Herr Meuser, Sie müssen doch einsehen, dass ...!«, rief Heckel.

Hanna überließ die hitzige Diskussion den anderen. Sie spielte mit dem Klinikprospekt, den sie im Eingangsbereich der Polizeiinspektion aufgehoben hatte. Dabei knirschte sie mit den Zähnen, was mindestens bis auf die Kreuzung vor der Mitte zu hören sein musste.

Niemand achtete auf Hanna, als sie aufstand und den Raum leise verließ.

***

»Ich habe die ganze Zeit überlegt, was uns Jacobi mit dem Eisenhut sagen wollte.«

»Wie bitte?«

Der Mann in dem hellgrauen Kaschmirmantel mit Nadelstreifen drehte sich um. Hinter ihm verriegelte sich sein goldfarbener Porsche Cayenne von selbst. Oder der Mann hatte es mit einer unsichtbaren Geste getan. Hanna war es egal.

Sie stand auf dem Parkplatz unter alten Bäumen vor der frisch renovierten Fassade des Herz- und Diabeteszentrums Rheinland an der Kirchhofstraße, keine fünfhundert Meter von der Mitte entfernt. Eine topmoderne Privatklinik, die aus der ehemaligen Hildener Geburtsklinik hervorgegangen war, in der so gut wie alle Hildener zur Welt gekommen waren, die Hanna kannte.

»Ist das ein echter Nerzkragen?«, fragte sie den Leiter der Klinik und lächelte. »Eine rein rhetorische Frage. Natürlich ist das echter Nerz. Bei Ihnen ist alles echt, oder? Herr Dolaire?«

»Dr. Dolaire, wenn es Ihnen nichts ausmacht«, antwortete der Mittfünfziger steif. »Haben Sie einen Termin? Bei mir?«

»Nein, nein«, sagte Hanna und zückte Marke und Dienstausweis. »Ich habe keinen Termin gemacht, weil wir ja sowieso nichts gegen Sie in der Hand haben.«

»Was wollen Sie denn?«, fragte Dr. Dolaire. Er hielt eine hellbraune Aktentasche vor seinen Bauch, als könne sie ihn gegen einen verbalen Angriff schützen.

Doch Hanna deutete nur auf das Schild über dem Eingang. Ein Metallhelm in der Form, wie ihn die Konquistadoren getragen haben. Darunter zwei gekreuzte Hellebarden vor einem Flammensymbol.

Hanna hatte nur wenige Klicks im Internet gebraucht, um die Verbindung der Flammen zur siebenflammigen Granate, dem Wahrzeichen der französischen Fremdenlegion, herzustellen.

»Finden Sie nicht, dass dieser Helm der Blüte des Blauen Eisenhuts zum Verwechseln ähnlich sieht? Jacobi war offensichtlich dieser Meinung.«

»Wer ist dieser Jacobi, von dem Sie dauernd sprechen?« Dolaire eilte auf den Eingang zu, ohne Hanna aus den Augen zu lassen, die drei Schritte hinter ihm ging.

»Hartmut Jacobi ist einer von zwei ermordeten Polizisten, Dr.

Dolaire. Wir sind uns nicht ganz sicher, ob Jacobi das von Ihnen in Auftrag gegebene Verbrechen als Komplize unterstützt hat oder ob er es verhindern wollte. Haben Sie vielleicht darauf eine Antwort?«

»Ich? Das ist lächerlich«, schnaufte Dolaire. Er hatte die Glastür des Eingangs fast erreicht.

»Waren Sie zufällig mal in der Fremdenlegion?«

Dolaire würdigte Hanna keines Blickes.

»Wie gesagt, wir haben keinerlei Beweise«, sagte sie. »Jacobi ging es wohl ähnlich. Aber die für Sie viel wichtigere Frage ist wohl, wieso Sie die Bücher noch nicht haben.«

Das kurze Stocken in Dolaires Gang verriet alles, was Hanna wissen wollte.

»Ich nehme an, die Männer wollten mehr Geld, oder? Wie Jacobi so schön gesagt hat, kurz bevor er starb: ›Es geht doch immer nur um Kohle‹.«

Als Dolaire sich zu Hanna umdrehte, ging sie bereits strammen Schrittes über den Parkplatz auf den schäbigen schwarzen Zafira zu, der neben dem goldenen Porsche Cayenne stand.

***

»Darauf fällt der niemals rein«, sagte Cocker.

»Wetten?«, hielt Hanna dagegen.

»Von mir aus. Flasche Rotwein? Ein guter?«

Hanna schnaufte verächtlich. »Lass dir was Besseres einfallen.«

Sie gingen nebeneinander durch eine Halle des Düsseldorfer Flughafens.

»Aber ich kann mich nicht konzentrieren. Ich hab Angst vor dem Treffen. Obwohl ich so was schon so oft gemacht habe. Mir ist ein bisschen schlecht«, gab Cocker zu.

»Mir auch. Da vorn. Das muss sie sein.«

Hanna deutete auf eine hochschwangere Frau, die mit einem Rollkoffer zusammen mit anderen Fluggästen durch eine Schiebetür kam und sich suchend umsah. Ihre Augen waren gerötet.

»So was kann für ein Baby nicht gut sein«, murmelte Cocker traurig. »Dieser ganze Schmerz und das Leid. Das überträgt sich doch sicher von der Mutter auf das Kind. Irgendwie.«

»Jetzt reiß dich zusammen«, zischte Hanna. Dann setzte sie ein Lächeln auf, das Verständnis und Freundlichkeit ausdrücken sollte.

»Frau Jacobi? Mein Name ist Hanna Broder …«

Während Hanna die ersten einfühlsamen Worte sprach, fiel ihr auf, dass sich die Frau des ermordeten Kommissars umsah. So als erwarte sie Rückendeckung hinter der Milchglastür, die ständig neue Fluggäste aus La Palma auf den Düsseldorfer Heimatboden entließ.

»Wir haben uns schon gedacht, dass Hartmut etwas zugestoßen ist, als er sich auch nicht mehr gemeldet hat«, sagte sie mit dünner Stimme und stützte sich an dem Chromgeländer vor der Schiebetür ab. Sie war wirklich sehr schwanger und atmete in kleinen Stößen.

»Auch?«, fragte Hanna.

Wieder sah Ella Jacobi über ihre Schulter. Die Tür öffnete und schloss sich hinter Fluggästen, die Abholer und Angehörige mit breitem Lächeln begrüßten. Für die Jahreszeit unanständig erholt und gebräunt, die Entspannung in die grinsenden Gesichter geschrieben.

Als Hanna die Frau und das kleine Mädchen durch die Tür kommen sah, war ihr sofort klar, nach wem Jacobis Frau sich umgesehen hatte.

Petra Wegener wirkte bleich und grau zwischen den Urlaubern. Ihre Tochter, Hanna erinnerte sich nicht auf Anhieb an den Namen, glich ebenfalls eher einem kleinen Flüchtlingskind als einer Urlauberin.

Obwohl es keine Fotos in der durchwühlten Wohnung der Wegeners gegeben hatte, erkannte auch Cocker auf Anhieb Wegeners Ehefrau und Tochter. Er schluckte seine Überraschung hinunter und eilte auf die Frau und das Mädchen zu.

Dann übernahm er eine der traurigsten Pflichten, die zum Polizeiberuf gehören. Er sprach den Hinterbliebenen des ermordeten Kriminalhauptkommissars Michael Wegener sein Beileid aus.

Schlimmer konnte es nur werden, wenn man eine Todesnachricht selbst überbringen musste. Und auch das hatten Cocker und Hanna schon oft genug übernehmen müssen.

Sie begleiteten die beiden Witwen und das kleine Mädchen durch das Flughafengelände bis zum Parkplatz. Bei der Fahrt über die Autobahn sprach niemand ein Wort.

Schließlich schlug Cocker vor, die Wegeners an ihrem Haus in Düsseldorf abzusetzen und Ella Jacobi dann nach Hilden zu bringen. Doch Petra Wegener wollte, dass die schwangere Ella erst einmal bei ihr und Mara unterkam, anstatt in Hilden in der Wohnung allein zu sein. Ella Jacobi nahm das Angebot dankbar an. Dann nahm Cocker betreten zur Kenntnis, dass die beiden Frauen still und leise mit den Tränen rangen, vereint im Schmerz über den Verlust ihrer Männer.

Das kleine Mädchen war Gott sei Dank auf dem Rücksitz zwischen Hanna und Petra Wegener eingenickt, erschöpft von der Reise.

Mit kurzen, unaufdringlichen Fragen hatte Hanna später im Haus der Wegeners am Küchentisch geklärt, dass weder die Frau von Wegener noch die von Jacobi wusste, woran ihre Männer »zuletzt gearbeitet hatten«.

Sie schienen ehrlich verzweifelt und ahnungslos. Leider begruben sie damit Hannas stille Hoffnung, dass Jacobi irgendwelche Beweise bei ihnen in Spanien deponiert hatte, die etwas mehr Licht in die Sache bringen konnten.

Mittlerweile schätzte sie Hartmut Jacobi so ein, dass sie ihm durchaus zugetraut hätte, einen Umschlag mit Material, ähnlich dem verschwundenen Umschlag aus dem Schwimmbad, bei seiner Frau zu deponieren. Ob er daran nicht gedacht hatte oder ob Jacobi dafür zu schlau gewesen war – schließlich hätte er seine und die Frau von Wegener damit zu Mitwisserinnen gemacht –, Hanna ahnte, welche der beiden Möglichkeiten eher in Betracht kam.

Sie verabschiedete sich mit der Formulierung, dass, egal, was auch immer die beiden Frauen und das kleine Mädchen brauchen sollten …

Es war nicht als Floskel, sondern ernst gemeint. Dennoch hinterließ es einen schalen Geschmack in Hannas Mund. Sie wusste, dass keine der beiden Frauen sich jemals wieder freiwillig bei ihnen melden würde.

Ein Kriegsmann soll in Waffenhandhabung geschult sein, wie es auch bei den alten Römern der Fall war.

Wilhelm Fabry, Spiegel des menschlichen Lebens

»Julian? Was ist das?«, fragte Miriam. Sie deutete auf Hannas MacBook im Küchenregal. Auf dessen aufgeklapptem Display war eine Antenne eingehakt. Der Bildschirm war dunkel, doch ein leises Grundrauschen, wie aus einem Funkgerät, war zu hören.

»Oh, das ist … nichts«, antwortete Julian betont unbeteiligt und biss in sein Brot.

Als Schauspieler musst du echt noch 'ne Menge lernen, dachte Hanna. Sie trocknete sich die Hände an einem Küchentuch an der Spüle ab und drehte sich zu den beiden Teenagern am Küchentisch um.

»Das brauche ich für meine Arbeit. Julian hat mir geholfen, es einzurichten.«

»Ist das so eine Art Überwachungssache?«, fragte Miriam. Ihre Augen glänzten vor Neugierde.

»Eine Art«, sagte Julian ausweichend.

Hanna konnte nicht anders, wuschelte ihrem Sohn durchs Haar und war stolz, wie nur Mütter stolz sein können. Julian hatte mit dem Laptop seiner Mutter und dem Inhalt eines auf wundersame Weise verschwundenen Müllsacks des Reinigungspersonals der Polizeiinspektion Mitte ein kleines Wunder vollbracht.

Er hatte Jacques Bernards Wanzen mit Hannas MacBook verbunden und den Spieß einfach umgedreht. Nun hörten sie jeden Laut, der in Hartmut Jacobis Garage abgegeben wurde, auf dem Computer in der Küche.

Hanna hatte sich freigenommen. Meuser hatte ihr zwei oder drei Wochen Urlaub angeboten. Hauptsache, sie schloss den verdammten Fabry-Fall vorher endlich ab. Doch sie wollte nur ein paar Nächte lang wieder richtig durchschlafen, zu vernünftigen Zeiten ordentliche Mahlzeiten zu sich nehmen und so viel Zeit bei Frieder im Krankenhaus und mit ihrem Sohn verbringen wie möglich. Dann noch ein paar ausgedehnte Sitzungen mit Rotwein und einem Buch in ihrer Badewanne.

Viel mehr glaubte sie nicht zu brauchen, um endlich die dunklen

Augenringe und die kleinen Depressionsattacken loszuwerden, die sie in letzter Zeit immer öfter unvermittelt heimgesucht hatten. Zu ihrem Freizeitprogramm kamen außerdem ausgedehnte Spaziergänge mit Stefanie Schäfer. Hannas Kollegin und Freundin brauchte Unterstützung bei dem Versuch, ihr Leben von Grund auf neu zu ordnen. Die Beziehung zu Werner Kürten war an der Affäre mit Wolfgang Beyer zerbrochen.

Wie meistens in solchen Fällen hatte die Affäre die Aufdeckung nicht überlebt. Wolf Beyer hatte sich zwar nichts vorzuwerfen, was die Fabry-Papiere betraf. Der Lehrer konnte schlüssige Alibis und eine überzeugende Darstellung seiner Ahnungslosigkeit vorweisen, was die Tätigkeiten seiner kriminellen Partner des Rallyeteams betraf.

Doch Stefanie wollte trotzdem erst einmal versuchen, allein mit sich und der neuen Situation fertig zu werden.

Cocker hatte sich ebenfalls freigenommen. Er war zwei Tage nach der traurigen Aktion mit den beiden Witwen am Flughafen mit Hanna in Hilden essen gewesen. Sie hatten einen tollen Abend mit viel Vinho Verde in einer Baracke hinter der katholischen Kirche in der Fußgängerzone in einem portugiesischen Club bei gegrillten Gambas und Rippchen verbracht. Ein weiterer Geheimtipp von Werner Kürten. Zu diesem Zeitpunkt standen die beiden Beamten noch dermaßen unter Druck, dass ihr Lachen zu laut und die Gespräche fast ein wenig hysterisch geklungen hatten.

»Du hast die Sache noch nicht aufgegeben, oder?«, hatte Cocker gefragt.

»Du meinst, ob unsere Wette noch läuft?«, hatte Hanna mit von Fett glänzenden Lippen zurückgegrinst. Und mit einer roten, halb geschälten Garnele gewedelt. »Denk dir endlich einen guten Wetteinsatz aus, Mann!«

»Was setzt du denn ein?«, hatte Cocker provozierend gefragt.

»Das wirst du sehen, wenn es so weit ist«, hatte Hanna, nicht minder provozierend, geantwortet.

Um ein Haar hätte die Verabschiedung vor Hannas Tür später mit einem Kuss geendet. Doch das Husten des ungeduldigen Taxifahrers hatte der schönen Situation den Zauber entzogen. Mit in die Wohnung nehmen wollte Hanna Cocker nicht. Sie fühlte sich beobachtet und befangen, Tür an Tür mit ihrem halbwüchsigen Sohn.

»Du weißt hoffentlich, dass ich immer bei dir bin«, sagte Cocker mit schwerer Zunge. »Und dass ich nie, niemals etwas verlangen würde, was du nicht willst.«

»Mach dich nicht langweiliger, als du bist«, antwortete Hanna.

***

Sie hielten die Presse raus. Komplett. Dieses Zugeständnis hatte Meuser gemacht. Nur bis die Soko Fabry endgültig aufgelöst und die Ergebnisse der Öffentlichkeit zugänglich gemacht werden sollten.

Vier Tage und Nächte lang rauschte, zischte und grummelte es leise in einem kleinen Dateifenster von Hannas MacBook vor sich hin. Für die Zeit ihrer Abwesenheit vom Laptop hatte Julian eine Verbindung zu Hannas iPhone hergestellt. Gebastelt aus einer Applikation fürs Babyfon, die man für zwei Euro neununddreißig bei iTunes herunterladen und als Überträger eines Signals benutzen konnte.

Dazu hatte Julian Hanna sein Handy geliehen, mit den Worten: »Miriam und ich sind sowieso den ganzen Tag zusammen, da muss ich nicht telefonieren.«

Kann Liebe schön sein, hatte Hanna gedacht.

Die Konstruktion aus Funkanlage, MacBook, iPhone und Handy war ein echter MacGyver, fand Hanna – auch wenn Julian keine Ahnung hatte, was seine Mutter damit meinte.

Wenn die Überwachung auf dem MacBook Laut gab, würde das neben dem Computer platzierte Baby-iPhone Hanna auf dem geliehenen Handy anrufen, wo auch immer sie sich gerade befand. So weit der Plan.

Doch als sie von dem metallischen Knirschen und Krachen geweckt wurde, das über die Lautsprecher des MacBooks übertragen wurde, lag Hanna keine drei Meter entfernt in ihrem Bett. Für Jeans und Jacke brauchte sie eine Minute. Sie schlüpfte in die Blundstones neben der Tür und rannte, so leise sie konnte, durch den dunklen Hausflur nach unten auf die Straße.

***

»Es waren nicht die Bücher an sich. Nicht nur der Sammlerwert allein, oder?«, fragte Hanna.

Sie war ohne Licht und mit ausgeschaltetem Motor vor die Einfahrt von Jacobis Nachbarin gerollt. Um diese Zeit, es war kurz nach drei Uhr nachts, würde sich die Doppelkinn-Damenbart-Nachbarin kaum daran stören, wusste Hanna. Und wenn sie doch Verstärkung rufen sollte, konnte es Hanna nur recht sein.

Gebündeltes Licht flackerte von unten erschrocken durch die Garage, in der nun zwei Wagen standen. Jacobis Opel Kombi und der Kadett des Rallyeteams, von dem mittlerweile niemand mehr lebte.

Michael Wegener war im Keller unter der Sparkasse erwürgt worden. Kevin Schmitz war von Jaques Bernard oder Goran Berkovic – oder beiden – gezwungen worden, aus dem Fenster seiner Wohnung zu springen, um einen Selbstmord vorzutäuschen. Berkovic war an einer Aconitin-Vergiftung im Kölner Schwimmbad gestorben. Und Bernard war seinem Schädel-Hirn-Trauma und diversen anderen Brüchen und inneren Verletzungen erlegen, die ihm ein Lastwagen bei seiner Flucht vor der Mitte zugefügt hatte.

Es dürfte also eigentlich niemanden mehr geben, der etwas in der Halle zu suchen hatte. Denn Wegeners und Jacobis Witwen waren von Hanna informiert worden, dass sie die Garage auf eigene Faust überwachte. Wer immer sich jetzt noch hier zu schaffen machte, hatte mit der Sache zu tun.

***

Jemand stieß sich in der Grube unter dem Rallyewagen den Kopf und fluchte leise. Hanna ging in die Hocke, sie hatte ihre Waffe gezogen und hielt sie zusammen mit einer starken Taschenlampe namens »Hokus Focus« aus Solinger Produktion unter den Kadett. Das sorgfältig gescheitelte Haar von Dr. Dolaire wurde zwischen der Unterseite des Wagens und dem Boden sichtbar.

»Wie sind Sie auf mich und die Klinik gekommen?«

»Oh«, sagte Hanna, »zuerst war es nur ein Prospekt. Aber dann habe ich noch einmal alle E-Mails des Rallyeteams ›Nordkurve‹ an die Sponsoren gelesen, die ich vom Autohaus Gertner bekommen hatte … Eine Frage, sind Sie bewaffnet?«

»Gott, nein«, sagte Dolaire. »Wo denken Sie hin?«

Hanna beschloss, ihm zu glauben, und fuhr fort: »Ich fand Ihre Adresse in der E-Mail-Liste des Verteilers. Nur dass weder auf diesem Wagen …«, Hanna klopfte auf einen Kotflügel des Kadetts, »… noch auf den Overalls jemals irgendeine Werbung von Ihnen zu sehen war. Alle anderen Sponsoren haben sich für Sachspenden oder Geld werbemäßig großzügig verewigen lassen. Nur die Klinik taucht nirgends auf. Und dann kapierte ich endlich, warum.«

Hanna klopfte erneut auf die Flanke des Opels. »Kein Eisenhut, keine Hellebarden, keine Klinik, nichts. Es ging schon lange nicht mehr um den Rallyesport, richtig?«

Keine Antwort aus der Grube.

Hanna seufzte traurig.

»Der bedauernswerte Kevin Schmitz, den Ihre Söldner mit vorgehaltenem Messer aus dem Fenster geworfen haben. Dieser arme Kerl war wahrscheinlich der Einzige, der wirklich noch an den Sport und an sein Team geglaubt hat. Was meinen Sie?«

Dolaire verteilte fettige Schmiere auf der verschwitzen Stirn, als er sich die Haarpracht zur Seite wischte.

»Sie haben die Gelder gezahlt, um dafür von Michael Wegener, Jacques Bernard und Goran Berkovic eine Dienstleistung verlangen zu können. Die ganze Rallyekiste war nur eine Tarnung.«

»Das beweisen Sie erst mal!«

»Keine Sorge, das kriege ich irgendwie hin. Ich muss Sie übrigens enttäuschen. Die Fabry-Papiere sind nicht mehr da.«

»Nicht?«, fragte Dolaire – und schien wirklich enttäuscht. Er war also noch nicht dazu gekommen, nachzusehen.

»Glauben Sie im Ernst, wir lassen solch kostbare Bücher unter diesem öltriefenden Opel? In den Metallkisten in der Grube befinden sich meine alten Taschenbücher, von denen ich mich vor dem Umzug nicht trennen konnte.«

»Verdammt! Himmelarsch! Scheiße!«, fluchte Dolaire unbeherrscht. Was Hanna überraschte. Denn für ihn war das Spiel doch gelaufen.

Oder?, funkte ein nervöser Nervenstrang ihr Zweifel zu.

»Sie verstehen das nicht. Diese Bibliothek könnte Wissen beinhalten, das für die moderne Medizin bahnbrechende Erkenntnisse bedeuten würde.«

»Ich höre immer nur ›könnte‹ und ›würde‹. Und dafür mussten vier Menschen sterben? Kommen Sie aus der Grube, langsam bitte.«

»Die Wissenschaft fordert nun einmal Opfer, das war schon immer so. Im Moment suchen Forscher im Auftrag von Pharmafirmen in den Urwäldern der ganzen Welt nach unbekannten Wirkstoffen. Wussten Sie, dass Justinus Kerner, ein schwäbischer Arzt und Dichter Anfang des 19. Jahrhunderts, die Bakterien für eines der stärksten uns bekannten Gifte, Botulinumtoxin, heute auch unter dem Handelsnamen ›Botox‹ vertrieben, entdeckt hat?«

»Halten Sie die Klappe!«, unterbrach Hanna seinen Redefluss. »Sie sind festgenommen. Ich will Ihre Hände sehen!«

Sie ging zum Heck des Wagens und zielte auf Dolaire, der die Treppe aus der Grube mit erhobenen Händen heraufstieg und tatsächlich immer noch seinen Kaschmirmantel trug. Nur dieses Mal sehr viel verdreckter als auf dem Parkplatz der Klinik.

»Besitzen Sie für Einbruch und Diebstahl keine passendere Kleidung?«, fragte Hanna.

Er schüttelte den Kopf, murmelte etwas von »Dilettanten« und »alles selbst machen« und blinzelte an dem intensiven Strahl von Hannas privater Taschenlampe vorbei. Er blickte über ihre rechte Schulter, um genau zu sein.

Als sie eine Ahnung hatte, dass da noch jemand sein könnte, den sie beim Betreten der Halle nicht bemerkt hatte, war es bereits zu spät. Etwas Schweres schmetterte knirschend auf ihren Hinterkopf.

***

»Raus mit ihr! Schnell!«, herrschte Dolaire seinen Komplizen an.

»Wir müssen sie aber nicht umbringen, oder? ... Oder?«

»Haben wir eine Wahl?«

»Moment mal. Das war nicht vereinbart! Ich dachte, es geht darum, Ihnen die Halle zu zeigen, damit Sie die Bücher holen und ...«

Wolf Beyer ließ den rostigen Wagenheber sinken, den er im Beet neben der Tür zum Hintereingang gefunden hatte.

»Quatschen Sie nicht! Helfen Sie mir gefälligst!«, zischte Dolaire ihm zu.

Hanna Broder lag mit dem Gesicht nach unten auf dem Betonboden. Neben dem Opel, mit dem er und die Kumpels so schöne Zeiten in den achtziger und den neunziger Jahren erlebt hatten. Die gemeinsame Schrauberei. Die Reisen mit dem »gelben Blitz« auf dem Hänger zu den interessantesten Rallyestrecken Europas.

Beyer war erst ausgestiegen oder besser »ausgestiegen worden«, als er bemerkte, dass der Enthusiasmus des Rallyesports etwas gewichen war, was er nicht mehr verstanden hatte. Das Schrauben, Reisen und Fahren hatte nach und nach aufgehört. Die angeblich ehrlichen Männerfreundschaften waren im Sande verlaufen. Wegener, der ihn mit ins Team geholt hatte, komplimentierte ihn auch wieder hinaus.

Wolf Beyer, der in früheren Jahren schon bittere Erfahrungen mit Rockbands und deren Mitgliedern gemacht hatte, akzeptierte die Vergänglichkeit von vermeintlich Ewigem und hatte die Rallye-Episode abgehakt. Bis er zwei Tage zuvor einen wirklich bemerkenswerten Anruf erhalten hatte.

Dr. Richard Victor Dolaires Angebot hatte ihn kurz nach dem Unfalltod eines ehemaligen Freundes erreicht, der Beyer nicht allzu sehr mitgenommen hatte. Jacques und Beyer hatten schon lange keinen Kontakt mehr gehabt, bis er ihn auf dem Flur im Polizeipräsidium gesehen und identifiziert hatte. Jacques war geflohen und gestorben, die Kommissarin, die Dolaire nun über den groben Betonboden zerrte, war ihm für diese Zeugenaussage, für den Zufall fast um den Hals gefallen.

Dabei war es in einer Kleinstadt völlig normal, dass …

Hannas Gesicht radierte über den Steinboden und schlug gegen ein Hinterrad des Opels.

»Nicht doch. Vorsicht!« Wolf Beyer eilte zu Dolaire.

»Ich helfe Ihnen ja, aber die Frau muss ins Krankenhaus! Sehen Sie, was Sie mit ihr gemacht haben. Sie zerreißen ihr das ganze Gesicht, wenn Sie sie über den Boden zerren!«

»Die Blutspur ist von *Ihrem* Schlag!«, verteidigte sich Dolaire.

»Sie haben den hippokratischen Eid damals nur aufgesagt. Ohne zu kapieren, worum es überhaupt geht, oder?«

Beyer wurde schlecht beim Anblick der Sauerei auf dem Garagenboden. Er hielt nun Hannas Oberkörper an den Schultern. Doch lange würde er sie nicht mehr halten können, denn das Blut hatte ihre Lederjacke durchtränkt und so glitschig gemacht, dass sie sich anfühlte wie ein riesiger, schwerer Fisch.

»Lebt sie noch?«

»Ja doch«, antwortete Dolaire. »Aber nicht mehr lange.«

»Was haben Sie vor?«

»Die verdammten Bücher finden! Auch ohne Ihre so wenig wertvolle Hilfe«, zischte Dolaire. »Los jetzt.«

Gemeinsam trugen sie den leblosen Körper der Kommissarin durch die Hintertür ins Freie.

»Sie wollten nur wissen, wo wir den Wagen gewartet haben. Und diesen Ort habe ich Ihnen gezeigt«, protestierte Beyer. »Nein ... Jetzt. Ist. Schluss!«

Beyer, mittlerweile recht kurzatmig, legte Hannas Oberkörper vorsichtig auf das letzte Stück der Karnaper Straße. Vor das altmodische, grün gestrichene Gartentor, das den Zugang zu Hartmut Jacobis kleiner Halle begrenzte.

Jacobi hatte nie zum Team gehört. Aber Wegeners Freund war ebenfalls ein begeisterter Opelaner gewesen, der seine Werkstatt nur zu gern mit dem Team »Nordkurve« geteilt hatte. Er restaurierte Oldtimer, das Team machte aus Straßenwagen wettbewerbsfähige Fahrzeuge für den Rallyesport – das war der Deal gewesen. Über fünfzehn Jahre lang.

In der ersten Garage in Düsseldorf waren Beförderungen, Geburten und Todesfälle mit Grillgut, Bier und Schnaps begangen worden.

»Es war eine schöne Zeit. Aber jetzt ist es vorbei«, japste Beyer.

»Was? Sie haben ja überhaupt keine Ahnung! Ich *muss* an diese Bücher kommen. Sie werden gefälligst ...«

Ein Paar Scheinwerfer tauchte am sichtbaren Straßenabschnitt in der Dunkelheit auf. Wolf Beyer starrte fasziniert in das entgegenkommende Licht.

Nachtfahrten waren seine Spezialität gewesen. Michael Wegener war ein perfekter Navigator gewesen. Egal, ob bei Tag oder in absoluter Dunkelheit.

Mit Wegener auf dem Beifahrersitz warst du bis auf einen Dezimeter Differenz perfekt eingenordet. Und das lange vor GPS und moderner Navigation. Wegener war ein Pedant, klar. Wegener war auch eine Nervensäge, richtig.

Aber dass dieser ultragenaue Mann nun tot und ermordet in einer Kiste lag, machte Beyer auf einmal wütend, während die Vergangenheit in Form eines Scheinwerferpaares auf ihn zurauschte. Oberhalb der weißen Lichter kreiste ein Blaulicht, nahm Beyer mit einem Seufzen zur Kenntnis.

Beyer beugte sich vor und hob die schwere Hauptkommissarin am Oberkörper auf seinen Schoß. Das Blut auf ihrer Lederjacke verschmierte seine Hände, den Brustkorb und die Hose. Wolf Beyer begann zu weinen.

»Es tut mir leid«, schluchzte er, während sich das Motorengeräusch schnell näherte.

»Wir müssen verschwinden!«, schrie Dolaire.

Aus irgendeiner Tasche hatte er eine Pistole hervorgezaubert und fuchtelte damit herum.

»Wer zum Schwert greift, wird durch das Schwert umkommen«, zitierte Beyer aus verheulten Augen, während zwei Mann aus dem Wagen sprangen und einer der beiden mit entschlossener, tiefer Stimme Kommandos rief, die Dolaire zum Aufgeben bewegen sollten. Doch der dachte nicht daran und gab den ersten Schuss ab.

Der zweite, aus Richtung der aufgeblendeten Scheinwerfer abgegeben, streckte Dolaire zu Boden. Jemand zog Beyer am Kragen zu sich.

Es war Hanna, die einem Zombie aus einem wirklich gelungenen Splatterfilm glich.

»Du bist es nicht wert«, flüsterte sie aus blutenden Lippen. Im Hintergrund tauchten weitere Scheinwerfer und Blaulichter auf.

»Hanna«, hörte sie eine Stimme, und der riesige rothaarige Kommissar tauchte auf. Er stieß Beyer beiseite und riss sie an sich.

»Hanna!«, schluchzte er.

»Wie? Gefunden?«, morste sie, schwach, aber völlig wach. Cocker lachte auf.

»Es gibt da eine Frau, die es nicht leiden kann, wenn man vor ihrer Einfahrt parkt ... Und einen Sohn, der lieber zweigleisig fährt. Seit er weiß, wie unberechenbar seine Mutter ihren Job macht.«

»Julian?«

»Du hast einen großartigen und klugen Sohn. Er hat mein Handy ebenfalls mit dieser komischen Laptop-iPhone-Konstruktion verbunden.«

»MacBook«, flüsterte Hanna und lächelte.

»Von mir aus, du Markentussi«, lächelte Cocker unter Tränen.

»Aber? ... Von? Düsseldorf?«

»Nein, natürlich nicht. Ich wohne seit Tagen im Hotel. Am Stadtpark. In dem Zimmer, das du sonst immer belegt hast«, lächelte Cocker. »Ich sagte doch, dass ich bei dir bin.«

Hanna nickte und schloss die Augen.

Cocker winkte die Sanitäter des Rettungswagens herbei. Bevor Hanna auf die Trage gelegt wurde, sah sie Cocker noch einmal an und sagte: »Übrigens ... verloren! Kumpel ... Dolaire ist drauf ... reingefallen!«

***

Um halb sechs Uhr in der Früh am nächsten Tag klingelte es fast gleichzeitig an fünf Haustüren in Hilden, Haan und Düsseldorf-Unterbach. Allen Türen war gemeinsam, dass sie zu gepflegten Behausungen der gehobenen Kategorie gehörten. Und dass sich ein Doktoren- oder Professorentitel auf den Klingelschildern befand.

Vier Männern und einer Frau, vom Alter her in den späten Vierzigern bis Anfang siebzig, wurde erlaubt, sich etwas anzuziehen und die Morgentoilette auszuführen, so sie nicht schon bekleidet am Frühstückstisch saßen. Dann wurden die fünf Akademiker in die Polizeiinspektion Mitte in Hilden verbracht und in getrennten Sitzungen von der Soko Fabry vernommen.

Bezeichnenderweise nannte sich die Gruppe von ausgesuchten Medizinern und Medizinhistorikern, die Dr. Dolaire um sich geschart hatte, selbst »Arbeitsgruppe Fabry«. Ihr Ziel war es gewesen, die alten, teilweise noch unentdeckten Schriften des Chirurgen nach Erkenntnissen zu durchforsten, die sich in der modernen Medizin anwenden lassen würden.

»Zum Wohl der Patienten«, wie alle sechs Mitglieder der Arbeitsgruppe ihr gemeinsames Credo formulierten. Doch den Mitarbeitern der Soko, darunter besonders Cocker und Professor Doktor Holger Heckel, wurde bei ihren Recherchen schon bald klar, dass der geschäftstüchtige Dr. Dolaire seine Forschungen eher aus monetären Gründen denn aus reiner Menschenliebe betrieben hatte.

Woher die Arbeitsgruppe Fabry ihr Quellenmaterial bekam, danach hatte kein Mitglied des erlauchten und vermeintlich intelligenten Kreises gefragt. Dieser Punkt machte Cocker besonders sauer.

Als er sich mit Vorwürfen und Anklagen heiser geredet hatte, wurden fünf der sechs Doktoren aus der Untersuchungshaft entlassen. Trotz ihres Mangels an Ethik und gesundem Menschenverstand, wie er lauthals betonte. Für die Karriere der Mediziner würde das ein Nachspiel haben, auf jeden Fall, bekräftigte Heckel.

Auch, um die Sache für Cocker erträglicher zu machen.

Dr. Richard Victor Dolaire blieb in Haft. Wenn es nach den Ermittlern der Soko Fabry gegangen wäre, wäre er wegen Gründung einer kriminellen Vereinigung und Anstiftung sowie Beihilfe zu einer ganzen Reihe von Straftaten angeklagt worden. Darüber hatte allerdings die Staatsanwaltschaft zu entscheiden.

Die Presse bezeichnete es später doppeldeutig als »Glückstreffer«, dass Dr. Dolaire bei seiner Festnahme mit einer Waffe vor etwa zehn Zeugen im Staatsdienst herumgefuchtelt und sogar geschossen hatte.

Damit konnte der Staatsanwalt etwas anfangen.

Wer weite Reisen thun will,
muß mit vier Stucken versehn sein.
1. Mit gesundem Leibe
2. Starckem Magen
3. Geduld und Sanftmütigkeit
4. Mit gute und schwere Seckel
(schwere Seckel = volle Geldbörse)

Wilhelm Fabry, Spiegel des menschlichen Lebens

»First visit to St. Lucia?«

Hanna liegt auf dem Bauch. Sie hat eigentlich keine Lust auf ein Gespräch. Oder darauf, die Augen zu öffnen. Die Wunden im Gesicht verlieren endlich den letzten Schorf. Es war eine wahre Folter, nicht dauernd daran herumzukratzen. Doch Cocker hatte ihr dabei geholfen, die Finger davon zu lassen.

»Wie bitte? ... *Pardon me?«*

»Is it your first time here on our island?«

»Mhm«, grunzt Hanna Zustimmung.

Die Hände auf ihrem Rücken massieren sanft, aber kräftig genug für eine Gänsehaut.

Genau die richtigen Punkte, denkt sie. Go on, please.

»You should visit the waterfalls. They shot a Superman-movie at that place. Very nice«, sagt der Masseur.

»The lady has a real superman right beside her«, sagt eine dunkle Stimme, der das Englisch nicht leicht über die Zunge zu gehen scheint.

»Place is nice for lovers, too«, sagt die Stimme über ihr.

Hanna muss grinsen, während der Masseur ein *»cheap offer for the trip«* macht. Sein Bruder hat einen Wagen und könnte die Führung zum Wasserfall übernehmen.

»Was ich dich schon die ganze Zeit fragen wollte«, hört Hanna Cockers Stimme von rechts aus dem Liegestuhl. »Was steckt hinter diesem Scherz, den ihr euch mit Heckel erlaubt habt? Es gibt nur fünf Zellen in der Mitte, also was bitte schön ist ›Zelle sechs‹?«

»Ein Partyraum im Keller. Neben dem Zellentrakt.«

»Wie? Das ist alles?« Cocker klingt enttäuscht.

»Das ist alles. Sonst noch was?«

»Ist mein Wetteinsatz hiermit eingelöst?«

»Ich denke ... schon.« Hanna öffnet die Augen und blinzelt.

Etwa zehn Meter vor ihr brandet die karibische See sanft an den Strand. Zwei Bergspitzen ragen in den Himmel. Die Bierflasche neben dem Massagetisch im feinen Sand ziert genau dieser Ausblick als Symbol auf dem Etikett: »Piton Lager Beer« heißt der einheimische Stoff.

Hanna dankt dem Masseur und richtet sich auf. Doch sie ist zu spät. Cocker läuft über den Strand und springt vom großen Felsen. Arschbombe.

Die Sonne lacht. Hanna macht es ihr nach und rennt Cocker über den Sand hinterher. Bauchklatscher.

Quellen (Auswahl)

Eike Pies: »WILHELM FABRY (1560–1634): Ein rheinisch-bergischer Chirurg von europäischer Bedeutung« (Verlag Dr. Eike Pies, 2010)

Heinrich Strangmeier (Herausgeber): »Hildener Jahrbuch, Band 6, 1953/55« (Verlag Fr. Peters, Hilden, 1956)

Die Zitate im Buch sind den Originalschriften Wilhelm Fabrys entnommen:

- Observationes I/91 (1598)
- Spiegel des menschlichen Lebens (1621)
- Von Nutz und Fürtrefflichkeit der Anatomie (lat. 1624 / dt. 1936)
- Schatzkämmerlein (der Gesundheit) (1628)

Unterschiedliche Schreibweisen sind dem Originaltext oder dem jeweiligen Übersetzer zuzuordnen.

Danke!

Für Hanna Broders dritten Fall war einiges an Recherche nötig. Daher wird die Liste etwas ausführlicher:

Zunächst danke ich meiner Frau Sandra Pautsch, meinen Jungs Luis und Jakob sowie meinen Eltern Karin und Gerd Pautsch.

Anders als im Zitat: »*What no wife of a writer can ever understand is, that a writer is working when he's staring out the window*« von Rudolph Erich Rascoe hat die Familie viel Verständnis für die Arbeit des Autors bewiesen und mich in den richtigen und oft langen Momenten in Ruhe gelassen, die ich brauchte.

Besonderer Dank gebührt (»Lassen Sie den ›Doktor‹ weg« ;-) Wolfgang Antweiler für seine freundliche, geduldige und gründliche Hilfe in Sachen Hilden und Wilhelm Fabry.

Dr. Marion Heister hat mir mit ihrem Lektorat wieder einmal sehr geholfen. Über die Frage mit den Perspektiven streiten wir wahrscheinlich bis zum letzten Buch. Ich finde das großartig. Vielen Dank!

Außerdem danke ich den Hildenern Sandra Abend, Bernd Morgner und Volker Hillebrandt, Olaf Tkotsch – Capio Klinik im Park, Günther Spiller – Turm-Apotheke, Dorothea Wachenfeld – Adler Apotheke.

Neu unter den Mitstreitern ist der Erste Polizeihauptkommissar Wolfgang Busch. Er ist der sympathische echte Leiter der »Mitte«, die in der richtigen Welt heißt: Polizeiwache Hilden, Wachbereich Hilden/Erkrath.

EPHK Busch ist übrigens der Running Gag mit »Zelle sechs« zu verdanken, denn diesen Raum gibt es wirklich. Ich war drin. Außerdem durfte ich die Büros und Zellen der »Mitte« besuchen und dem Kommissar mehrere Löcher in den Bauch fragen.

Was ich ihm besonders hoch anrechne, ist, dass er die beiden ersten Hanna-Broder-Romane in Rekordzeit gelesen hat. Danach konnte ich ihn sogar noch als Experten für das dritte Manuskript gewinnen. Sein trocken-sympathisches Fazit zu den Fakten, wenn ich fabulierend übers Ziel hinausschoss: »… Aber das ist nur schnöde Realität, Herr Pautsch.«

Wolfgang Busch ist meine wichtigste Bereicherung in Fragen zur Polizeiarbeit. Dafür meinen Dank.

Besonders sympathisch war seine finale Frage: »Werden Hanna und Cocker eigentlich ein Paar?«

Ich weiß es (noch) nicht.

Oliver Pautsch

Oliver Pautsch
TÖDLICHE STILLE
Broschur, 208 Seiten
ISBN 978-3-89705-512-4

»Ein waschechter Heimatkriminalroman mit Lokalkolorit nonstop. Pautsch baut kontinuierlich Spannung auf, die sich für alle Beteiligten in einem furiosen Ende entlädt. Trockener Wortwitz und markante Sprüche fehlen ebenso wenig wie satt eingestreutes Rheinisches Flair.«
Rheinische Post

»Genau wie die Kommissarin wird der Leser sofort in eine atemberaubende Abfolge von Ereignisse hineingeworfen.«
Westdeutsche Zeitung

www.emons-verlag.de